Moritz Matthies
Arsch voll Geld

MORITZ MATTHIES

ARSCH VOLL GELD

Ein Erdmännchen-Krimi

dtv

Von Moritz Matthies
sind bei dtv außerdem erschienen:
Der Wald ruft
Da ist was im Busch
Schiffe versenken

FSC www.fsc.org
MIX
Papier aus verantwortungsvollen Quellen
FSC® C019821

Originalausgabe 2024

Umschlaggestaltung und -motive: www.buerosued.de
Satz: C.H.Beck.Media.Solutions, Nördlingen
Gesetzt aus der Stempel Garamond
Druck und Bindung: Druckerei C.H.Beck, Nördlingen
Printed in Germany · ISBN 978-3-423-22058-3

1

Es stimmt was nicht. Ich dämmere noch im Halbschlaf vor mich hin, aber das merke ich trotzdem. Hier stimmt was nicht.

So ein Halbschlaf ist ja eigentlich eine ganz schöne Sache – wenn die Gedanken vor sich hin plätschern und du nicht weißt, ob da jetzt wirklich ein Känguru durch deine Kammer hüpft und warum sich das nicht ständig den Kopf stößt, weil sie doch viel zu niedrig sein müsste. Überhaupt: Wie kommt ein Känguru in deine Kammer? Das Gute am Halbschlaf ist, dass es nicht so wichtig ist, ob es Sinn macht. Lass hüpfen. Hüpf, Känguru, hüpf, und schön mit dem Kopf aufpassen. Wofür ein Halbschlaf hingegen gar nicht zu gebrauchen ist, das ist, wenn man über etwas Bestimmtes nachdenken will. Zum Beispiel darüber, dass hier was nicht stimmt. Und dann hüpft da ständig dieses Känguru durchs Bild, und einen Gedanken wirklich festhalten kannst du vergessen.

Ich stelle also fest, dass ich den Halbschlaf nutze, um darüber nachzudenken, weshalb der Halbschlaf ein unguter Zustand ist, um darüber nachzudenken, was hier nicht stimmt. Ganz schön kompliziert, finde ich, besonders da ich mich ja noch im Halbschlaf befinde. Ein bisschen stolz bin ich trotzdem, wahrscheinlich weil so komplizierte Gedanken sonst eher was für meinen Bruder Rufus sind. Ich krieg davon

Kopfschmerzen, er gute Laune. Hüpfen lassen, Ray, dann kommst du vielleicht drauf. Oder es hüpft vorbei.

Ich betrachte also das Känguru, wie es lustig durch meine Kammer hüpft, immer schön von einer Seite zur anderen, hin und her und hin und her. Und hin. Und her. Plötzlich bleibt es stehen, dreht mir seine merkwürdig geformten Nüstern zu, die aus irgendeinem Grund gleichzeitig seine Augen sind, und sagt: »Wieso schläfst du nicht, Ray?«

Und ich setze mich auf und rufe: »Weil hier was nicht stimmt, verdammte Hacke!«

Eine Klaue legt sich auf meine Brust. »Ray?«

Die Stimme kenne ich. Das ist kein Känguru, das ist …

»Ray, alles in Ordnung?«

»… Natalie?«

Ihre Barthaare kitzeln mich am Ohr. »Wen hast du denn erwartet?«

»Da war ein Känguru«, sage ich.

»Wo?«

»Na hier, in meiner Kammer.«

»Interessant.«

Ich atme zweimal tief durch. In der Zwischenzeit hat meine Kammer Gelegenheit, sich vollständig zu materialisieren, und Natalie ebenfalls, und dann bin ich wach.

»Ich glaube, ich hab's nur geträumt«, sage ich.

»So ein Glück«, antwortet Natalie. »Ich hab schon überlegt, wie wir es wieder aus der Kammer kriegen sollen.«

Jetzt, da ich richtig wach bin und so mittelmäßig geradeaus denken kann, wird mir auch klar, was hier nicht stimmt. Natalie. Sie sitzt neben mir. Und ist ebenfalls wach. Dabei sollten wir beide tief und fest schlafen, denn der Tag hat gar nicht richtig angefangen, und der gesamte Clan pennt noch.

Es gibt also keinen Grund, aufzuwachen. Und doch sitzen wir hier und starren in die Dunkelheit.

»Wieso bist'n du schon wach?«, frage ich.

»Weiß auch nicht«, sagt Natalie. »Ich muss die ganze Zeit nachdenken.«

»Das heißt, du bist schon länger wach.«

»Hm-m.«

Klingt nicht gut, finde ich. Da schwingt was mit. Wenn das Weibchen, das erst vor wenigen Tagen endgültig in deine Kammer gezogen ist ... Also wenn die nachts neben dir sitzt und nachdenkt, dann stimmt was nicht.

»Willst du mich nicht fragen, worüber ich nachdenke?«, fragt Natalie.

»Ich weiß nicht«, sage ich. »Will ich?«

»Wahrscheinlich nicht. Aber wenn du nicht fragst, sag ich es dir trotzdem. Und mir wäre lieber, du würdest fragen.«

Okay, ich schätze, damit sind meine Chancen, nicht zu fragen, für den Arsch. Mach's einfach, Ray.

»Worüber denkst du nach?«

»Über uns.«

Sag nicht, ich hätte dich nicht gewarnt, Ray. Da schwingt was mit.

»Und jetzt soll ich dich fragen, warum. Richtig?«

»Würde sich anbieten«, sagt Natalie.

In Momenten wie diesen bewundere ich Natalie, ehrlich. Sie macht, dass ich nicht anders kann, als mich immer weiter in die Scheiße zu reiten. Dabei weiß ich ganz genau, dass mit jeder neuen Frage etwas auf mich zukommt, mit dem ich unter Garantie nichts zu tun haben will. Und trotzdem frage ich.

»Warum denkst du über uns nach?«, frage ich.

»Willst du die Wahrheit hören?«

Da, schon wieder. Die Antwort ist, logisch: Auf keinen Fall! Und was sage ich?

»Natürlich!«

»Also gut. Die Wahrheit ist, dass ich Zweifel habe, ob wir die richtige Entscheidung getroffen haben.«

»Hä?«

»Ich frage mich, ob das wirklich Sinn macht.«

»Hä-ää?«

Sie dreht mir den Kopf zu. »Wozu sind wir da, Ray?«

»Wird das jetzt eine Was-ist-der-Sinn-des-Lebens-Nummer?«

»Ich fürchte, das ist es bereits.«

»Wir sind Erdmännchen«, sage ich, »keine Menschen. Wenn es etwas gibt, das wir den Menschen voraushaben, dann dass wir uns nicht ständig nach dem Warum fragen müssen. Wir werden groß, wir finden ein Weibchen ...«

»... oder ein Männchen.«

»Ja, logisch. Wir finden ein Weibchen oder ein Männchen oder auch nicht, und dann gründen wir einen Clan oder auch nicht und kriegen Junge oder auch nicht, und irgendwann werden wir alt und sterben oder auch nicht.«

»Wir sterben oder auch nicht?«

»Was weiß ich? Wenn ich bedenke, wie lange Pa jetzt schon nicht stirbt, halte ich alles für möglich.«

»Aber findest du nicht auch, dass das total viel Verantwortung ist? Junge kriegen, sie großziehen. Ich stell mir das total anstrengend vor.«

»Logisch ist das anstrengend. Aber darum geht's doch gar nicht. Entweder du willst Junge haben oder eben nicht. Und wenn du welche willst und dann auch noch welche kriegst, dann gehört der ganze andere Scheiß logisch mit dazu, die Verantwortung und die Sorge und die Schlaflosigkeit. Normal.«

»Genau darüber denke ich nach …«

Ich könnte nicht sagen, wann, aber offenbar bin ich aufgestanden und wackle jetzt durch meine Kammer wie eben noch das Känguru, immer schön von einer Seite zur anderen.

»Nur, dass ich dich richtig verstehe«, sage ich. »Erst überlegst du einen halben Winter lang, ob du einen Clan mit mir gründen willst, dann überlege ich einen halben Winter lang, ob ich einen Clan mit dir gründen will. Dann überlegen wir noch einen halben Winter gemeinsam. Dann entscheiden wir, dass wir es wollen, du ziehst bei mir ein, und drei Tage oder was später weißt du nicht mehr, ob du das wirklich willst?«

Aus dem Dunkel flüstert Natalie: »Tut mir echt leid, Ray.«

Ich bleibe stehen. Am liebsten würde ich mit dem Hinterbein aufstampfen, aus Protest, aber das wäre voll kindisch. Deshalb mache etwas total Erwachsenes, rufe: »Und mir erst!«, und stampfe aus der Kammer.

Kaum komme ich aus dem Bau, bereue ich meine Entscheidung. Es ist wirklich noch stockfinster. Und kalt. Obwohl der Frühling sich bereits anschleicht, ganz deutlich. Im Zoo wären wir um diese Zeit ins Freigehege gezogen, Sommersaison, fieses Frittenfett, kreischende Schulklassen. Gehen einem voll auf die Eier, diese Rotzgören, aber nach einem halben Jahr in der Geschlossenen vermisst man sie richtig.

Nur mit Mühe kann ich den Umriss des T-72 ausmachen. Das ist der Panzer, der bei der Überschwemmung unserer Savanne plötzlich zutage trat und unserem Clan mit seiner letzten Granate das Leben gerettet hat. Lange Geschichte.

Jedenfalls, während ich den Umriss des Panzers betrachte, denke ich schon wieder, dass etwas nicht stimmt. Diesmal brauche ich allerdings nicht so lange, bis ich darauf komme. Vorne auf der Kanone hockt ein Umriss. Ich mache drei Schritte darauf zu und kneife die Augen zusammen.

»Rocky?«

»Hm«, macht der Umriss.

Yep, ist Rocky.

»Was machst du da?«, frage ich.

Und Achtung, jetzt kommt's. Rocky, mein großer Bruder, Clanchef und hauptberuflich Hohlbirne, sagt: »Ich denke nach.«

2

Kann nicht sein«, sage ich.

Okay, ich sag's nicht wirklich, ich denke es nur. Aber was soll ich auch sonst denken? Ist schließlich noch nie vorgekommen, dass Rocky wirklich nachgedacht hätte. Wenn ihm etwas gegen den Strich geht, haut er so lange drauf, bis es Ruhe gibt. Problem gelöst.

Also frage ich: »Ernsthaft?«

»Sehr ernsthaft.«

Ich stehe unter dem Kanonenrohr und blicke zu ihm auf. Er hat die Knie angezogen und seinen Kopf auf eine Klaue gestützt. Als wäre sein Kopf vor lauter Nachdenken zu schwer geworden.

»Und worüber?«

Rockys Antwort lässt auf sich warten. So lange, dass in der Zwischenzeit der erste Lichtstreifen am Horizont aufscheint und sich über den Wald spannt. Die Hügel und Mulden unserer Savanne nehmen Gestalt an. Falls sich jemand fragt: Nein, wir leben nicht wirklich in der Savanne, ist nur ein ehemaliger NVA-Truppenübungsplatz irgendwo in Brandenburg. Noch längere Geschichte.

Rocky wird von einem Lichtstrahl getroffen und sagt: »Alles. Nichts. Wer weiß das schon?«

Au weia. Rocky denkt nicht nur nach, er denkt über das große Ganze nach. Dafür kann es nur eine Erklärung geben.

»Ist was mit Roxy?«, frage ich.

»Kannst du laut sagen.«

Roxy, um das auch gleich zu klären, ist unsere Schwester aus dem ersten Wurf. Rocky, ich, Roxy und Rufus. Als unser alter Herr damals seinen Erstgeborenen zu seinem Nachfolger bestimmt hat, da hat Rocky nicht nur den Job als Clanchef bekommen, sondern auch gleich noch Roxy als Frau. Ist so bei uns. Wer Clanchef wird, bekommt die älteste Schwester als Frau dazu. Ist nicht mehr zeitgemäß, schon klar, aber früher war es eben noch so. War auch okay, damals, denn Roxys größter Wunsch war immer, irgendwann Frau des Clanchefs zu sein. Allerdings, wenn ich mir jetzt ansehe, wie Rocky da oben hockt, würde ich vermuten, dass sich in der Zwischenzeit etwas geändert hat.

Ich stelle mich so hin, dass sein Blick auf mich fällt. Also ungefähr. Ist schwer zu sagen, wo sein Blick wirklich hinfällt, weil seine Augen so tief in den Höhlen liegen.

»Und was?«, rufe ich.

»Hm?«

»Was passiert ist – mit Roxy.«

»Wenn ich das wüsste.« Rocky wechselt das Vorderbein und legt seinen Kopf auf die andere Klaue. »Sie fragt sich, ob es das jetzt gewesen ist. Ob das einfach immer so weitergeht, jetzt, wo Cindy und Chantal uns nicht mehr brauchen.«

»Und Colin«, erinnere ich ihn an seinen Sohn.

»Hm? Ach ja, den gibt's ja auch noch. Genau, Colin. Roxy meint, sie würde sich noch nicht alt genug fühlen, um nichts mehr vom Leben zu wollen.« Plötzlich schnellt Rockys Kopf in die Höhe. »Was soll'n das heißen: *mehr* vom Leben wollen? Und was heißt: sich *alt* fühlen? Wie geht'n das überhaupt, sich alt fühlen? Ich fühl da nix.«

Ist unklar, ob er noch mitschneidet, dass ich unter ihm stehe. Für jemanden, der sonst Maximum drei oder vier Wörter aneinanderreiht, kommt er jedenfalls ganz schön in Fahrt. »Die Rolle als Frau des Clanchefs würde sie unterfordern, meint sie. Sie sieht da keinen Sinn mehr für sich. Ich würde ja auch meine Aufgabe eher nicht so initiativ angehen. Initiativ? Spinnt die?«

»Und was hast du ihr gesagt?«

Rocky sucht den Boden unter sich ab. »Ah, Ray, du bist's.«

Womit die Frage beantwortet wäre, ob er mich noch auf dem Schirm hat.

»Was hast du ihr gesagt?«, wiederhole ich meine Frage.

»Na, dass ich der Clanchef bin. Fertig. Reicht doch wohl. Bin ich etwa kein guter Clanchef? Ich meine, hab ich uns nicht hierhergeführt, nachdem wir aus dem Zoo abhauen mussten?«

Nein, denke ich, das waren Rufus und ich.

»Hat keiner gefehlt, soweit ich mich erinnere«, überlegt Rocky weiter. »Alle noch da. Und hab ich uns nicht den neuen Bau klargemacht? Ich meine, wir haben doch hier alles.« Er imitiert Roxys Stimme: »›Ich will mehr vom Leben.‹ Ist das Leben neuerdings 'ne Zitze, an der man nuckelt, oder was? Erleben will sie noch was, sagt sie. Ich meine, wir erleben doch hier jeden Tag irgendwas. Sinn. Sinn. Sinn! Ich grab uns einen Bau, ich mach ihr Junge, und wenn es irgendwo Ärger gibt, dann klär ich das. Für mehr bin ich nicht zu gebrauchen. Der Sinn kann mich mal!«

Ich kann mich täuschen, aber es klingt, als würde er mit den Tränen ringen.

»Ray?«, ruft er plötzlich. »Ray!«

»Hier.«

»Bin ich etwa kein guter Clanchef?« Er steht auf, als würde er den Wald anrufen, breitet die Vorderbeine aus. »Bin ich kein guter Erdmann?!«

Nein, ich täusche mich nicht. Rocky, unser Clanchef, heult. Krasser Scheiß.

Das Bild von Rocky, wie er, während sein Ruf verhallt, mit zuckenden Schultern auf der Kanone steht, als würde er sich gleich in den Abgrund stürzen, wirft mich so sehr aus der Bahn, dass ich mich abwende und lautlos Richtung Wald schleiche. Bevor ich darin verschwinde, drehe ich mich noch mal um. Da sitzt er wieder, Rocky, das stärkste Erdmännchen aller Zeiten, Hammer Fellzeichnung, und stützt den Kopf auf eine Klaue.

Ich überlege: erst Natalie, jetzt Roxy. Da muss es eine Erklärung für geben. Vielleicht eine schräge Sternenkonstellation oder dass die Erde sich heute linksrum dreht oder Aliens ein unterirdisches Magnetfeld aktiviert haben. Irgendwas in der Art. Auf jeden Fall: Wenn es jemanden gibt, der mir darauf eine Antwort geben kann, dann Rufus.

Ich wende mich um und laufe in den Wald. Falls sich jetzt einer fragt, wieso ich nicht in unseren Bau laufe, wenn ich doch zu Rufus will: Nein, so sehr hat mich die Begegnung mit Rocky nicht aus der Bahn geworfen, dass ich nicht mehr wüsste, wo ich bin. Aber es gibt neue Entwicklungen in unserem Wald.

Grete, unsere demokratisch gewählte Oberbeschützerin, hat Junge bekommen, Gideon und Gaylord. Natürlich hat sie die nicht von Rufus bekommen, denn Grete ist Feldhäsin und Rufus, logisch, Erdmännchen. Unterschiedliche Spezies, unterschiedliche Chromosomen. Wie es genau funktioniert, kann ich nicht erklären, aber wenn zwei Spezies unterschiedlich viele Chromosomen haben, dann können sie rammeln, so viel sie wollen, aber Nachwuchs ist nicht zu erwarten. Schade eigentlich, eine Mischung aus Grete und Rufus wäre bestimmt voll knuffig. Na ja, was nicht ist, ist nicht.

Jedenfalls hat sich Grete ihren Kinderwunsch von einem Durchhoppler erfüllen lassen, und jetzt hat sie Gideon und Gaylord. Und weil Rufus' moralisches Gewissen einfach keine Grenzen kennt und er außerdem hammerdringend von Grete geliebt und bewundert und gebraucht werden will, ist er zu ihr in die Mulde gezogen, gibt jetzt den Patchwork-Daddy und kümmert sich rührend um Gretes Nachwuchs. Und deshalb muss ich, wenn ich zu Rufus will, nicht in den Bau zurück, sondern in den Wald und …

Hm.

Da blitzt was durchs Gebüsch. Etwas, das näher kommt. Und außerdem Schnaufgeräusche von sich gibt. Rätselhaft. Vielleicht ist das der Grund, warum heute so viel nachgedacht wird. Vorsichtshalber schiebe ich mich in das Wurzelgeflecht einer Kiefer und mache mich unsichtbar.

Groß. Was immer da durchs Gebüsch blinkert, ist ganz schön groß. Hinter einem Busch bleibt es stehen, blinker, blinker, und verschnauft. Ich befürchte schon, dass es mich entdeckt hat, da fällt es um. Und zerbricht.

Als Nächstes höre ich eine Stimme sagen: »Alles Wissen ist vergeblich ohne die Arbeit. Und alle Arbeit ist sinnlos ohne die Liebe.«

Ich komme aus meinem Versteck. »Rufus?«

3

Er zieht im Morgengrauen sein Solarpanel durch den Wald, das macht er. Das heißt, jetzt zieht er es nicht mehr, sondern steht mit hängenden Schultern davor und, tja, sinniert über das Wissen, die Arbeit und die Liebe.

Jetzt muss ich schon wieder was erklären, aber ich mach es kurz, versprochen: Vor ein paar Monaten haben Rufus und ich unseren alten Partner Phil wiedergetroffen, was dazu geführt hat, dass wir wieder als Detektive im Einsatz waren, besser gesagt: als Undercover-Agenten. Kein Witz. Interpol, organisierte Kriminalität, das ganz dicke Brett. Am Ende haben wir den Fall gelöst, und Rufus hatte bei Montgomery, unserer Criminal Intelligence Officerin, einen Wunsch frei. Und was hat er sich wohl gewünscht von all den Dingen, die es auf dieser Welt so zu wünschen gibt? Genau. Ein fucking Solarpanel, das, wenn man es aufklappt, auch bei null Komma fünf Sonnenstunden pro Tag zuverlässig sein Smartphone lädt. Aber ich sollte mich nicht beschweren, denn ich hab mir von Montgomery eine Bluetooth-Box für meinen Club gewünscht, Marshall, voll die Rocknummer. Wummert so krass, dass die Dachsladys ganz von selbst anfangen zu twerken, muss aber alle paar Tage geladen werden. Und womit? Ganz genau.

Ich bin kein Experte, aber wenn ich mir ansehe, was Rufus sich gerade ansieht, dann sieht das für mich so aus, als könnten mein Bruder und ich unsere elektronischen Endgeräte demnächst unabhängig voneinander aufladen. Statt eines großen Klapppanels hat Rufus nämlich jetzt zwei mittelgroße Panels zum Nichtklappen.

»Wo wolltest du denn hin mit dem Ding?«, frage ich.

Rufus' Schultern verflüssigen sich vollständig. »Nach Hause.«

»Ich dachte, du würdest jetzt bei Grete …«

»Denk mehr nach, Ray, bitte. Ich weiß, dass du dazu in der Lage bist.«

Schwer angeschlagen, mein Bruder. Also bitte, ich tu's. Denke mehr nach.

»Dein neues Zuhause ist nicht länger dein Zuhause«, folgere ich.

»Na bitte.«

»Und jetzt?«

Rufus stößt einen dieser Seufzer aus, die niemand so hinbekommt wie er. Die ganze Vergeblichkeit des Strebens, eingefangen in einem Seufzer.

»Jetzt«, er ruckelt seinen Klettgurt zurecht, »nehmen wir jeder eine Hälfte meines Panels und tragen es zu unserem Bau.«

»Geht klar«, sage ich.

Kurz darauf stapfen Rufus und ich durch den Wald wie zwei Möbelpacker, die jeder einen Gastrokühlschrank auf dem Rücken tragen. Bis wir in der Savanne ankommen, sagt keiner was, weil wir zu beschäftigt damit sind, die Dinger nicht fallen zu lassen. Wir schleppen sie also mit letzter Kraft den Hügel hinauf – schon von fern sehe ich, dass Rocky noch immer auf der Kanone sitzt – und lehnen sie vorsichtig gegen die Panzerkette.

Rufus blickt nach oben. »Was ist denn unserem Clanchef widerfahren?«

»Er denkt nach.«

»Ernsthaft?«

»Sehr ernsthaft.«

»Interessant«, flüstert Rufus. »Also aus wissenschaftlicher Sicht betrachtet.«

Ich suche mir einen Lichtfleck, halte mein Gesicht in die aufgehende Sonne und schließe die Augen. Frühling, aber so was von. Ich spüre, dass Rufus neben mir steht und vermutlich das Gleiche macht wie ich.

»Willst du's mir erzählen?«, frag ich.

»Was denn?«

Ich mache seine Stimme nach. »Denk nach, Rufus. Ich weiß, dass du dazu in der Lage bist.«

»Jaja, schon gut. Viel zu erzählen gibt es da ohnehin nicht.« Ich warte auf den berühmten Rufus-Seufzer, doch der bleibt aus. »Grete und ich haben entschieden, dass in der momentanen Situation ihr Bedarf an Besinnungszeit …«

»An was?« Ich stelle fest, dass es ganz schön krass ist, wo überall das Wort »Sinn« drinsteckt, wenn man mal darauf achtet.

»Sie nennt es Me-Time, aber ich würde eher von Besinnungszeit sprechen. Wie dem auch sei: Sie weiß meinen Erziehungseifer, was Gideon und Gaylord betrifft, durchaus zu schätzen, nichtsdestotrotz scheint es bei ihr einen erhöhten Bedarf an Besinnungszeit zu geben, weshalb wir entschieden haben, dass ich vorläufig zurück in unseren Bau ziehe und kurz- und möglicherweise auch mittelfristig nur gelegentlich vorbeischaue und eher rudimentäre Erziehungsaufgaben übernehme.«

Ich blinzle zu ihm rüber. »Fuck.«

Er blinzelt zurück. »Kannst du da einen Zusammenhang herstellen?«

»Sie hat dich abserviert.«

»Diese Formulierung erscheint mir eindeutig zu drastisch. Grete muss sich in ihre neue Rolle als Mutter einfinden, das ist ganz natürlich. Und solange fehlen ihr einfach die emotionalen Kapazitäten, um sich Klarheit darüber zu verschaffen, welche Art von Beziehung wir miteinan-«

»Sie hat dich abserviert, Rufus.«

Da kommt ganz schön lange nichts neben mir. Seufzer? Nein, auch nicht. Nur Stille. Dann bricht Keiler Herrmann durchs Gehölz, ruft Rocky und Rufus und mir einen guten Morgen zu, bekommt von keinem eine Antwort. Ich hebe zum Gruß die Klaue, Herrmann wirft uns noch einen Blick zu, schüttelt den Kopf und verschwindet wieder im Unterholz.

Als Nächstes sagt Rufus: »Fuck.«

Und ich so: »Ja, genau.«

Rocky, den ich auf seiner Kanone schon fast vergessen habe, grummelt: »Willkommen im Club.«

Wären wir nicht drei Erdmännchen, sondern drei Menschen aus einem Western, und würden wir nicht im Sand hocken, sondern an einer Bar sitzen, dann würde uns der Barkeeper jetzt drei Whiskey hinstellen, ohne dass wir sie bestellt hätten. Wir aber schweigen einfach. Scharren ein bisschen im Sand. Ich schätze, manchmal wäre ich gerne ein Mensch in einem Western.

Irgendwann klingelt Rufus' Handy, und als er es aus der Halterung an seinem Klettgurt befreit, sehe ich, dass Lea anruft, und das ist ganz klar die erste richtig gute Nachricht dieses Tages. Lea ist Phils Tochter. Sie kann uns nicht verstehen, aber sie weiß, dass wir sie verstehen, deshalb ruft sie uns jeden Sonntag an und erzählt uns, wie ihre Woche war.

Statt den Anruf anzunehmen, starrt Rufus das Display an. »Merkwürdig.«

Komplett durch den Wind, der Typ. »Wieso merkwürdig?«, frage ich. »Lea ruft uns doch jeden Sonntag an.«

»Heute ist Mittwoch.«

Ich starre ihn an, sein Smartphone dudelt derweil munter im Ortungsgerät-Klingelton vor sich hin. »Wie kannst du so was wissen?«

»Die Frage lautet wohl eher: Wie kannst du so etwas nicht wissen? Du hast doch eindeu-«

»Ich hab es dir schon Millionentrilliarden Mal gesagt, Rufus: Ich scheiß auf mein Potenzial. Und jetzt geh ran!«

»Hi, Ray, hi, Rufus!« Lea, die wie üblich auf dem Bett in ihrem Zimmer sitzt, winkt in die Kamera. Gleich kommt unter Garantie ihre geistesgestörte Töle angesprungen, sabbert das Display voll und bellt dümmlich ins Handy.

»Wie geht's euch?«, ruft Lea.

Rufus und ich versuchen uns an einem Thumbs-up und wackeln rum wie blöde, um zu demonstrieren, dass wir voll gut drauf sind, weil wir ganz sicher nicht wollen, dass die Sinnkrise im Wald auch noch Lea runterzieht. Leider sind wir mit unserem Versuch, Lea nicht runterzuziehen, ein bisschen spät dran. Sie ist schon runtergezogen.

Rufus und ich werfen uns einen Blick zu, dann tippt mein Bruder eine Whatsapp und schickt sie ab. Swish.

Lea liest sie, blickt zur Tür, um zu checken, dass niemand sie hört, kommt ganz nah ans Display und sagt: »Ich glaub, mit Papa stimmt was nicht.«

4

Leider dauert es eine Weile, bevor wir erfahren, was mit Phil nicht stimmt, denn in diesem Moment wird die Tür zu Leas Zimmer aufgestoßen, und ich schwöre, ich höre das alberne Schlackern von Susies Ohren, bevor sie gleich auf das Bett springt und das Display bespeichelt.

Lea versucht, sie vom Smartphone fernzuhalten. »Lass das, du albernes Ding!«

Zu spät. Susie hat uns gesehen, schlackert euphorisch mit den Ohren und bellt: »Sie sind wieder da. Da! Wieder da, wieder da! Fressen möchte ich euch, so süß seid ihr. Fressen!« Sie fährt ihre Schlabberzunge aus und versucht, uns vom Display zu lecken. »Wie heißt ihr noch mal?«

Jeden Sonntag das gleiche Spiel. Rufus sagt, eine Woche sei für einen Cockerspaniel einfach zu lang, um sich so etwas Kompliziertes wie zum Beispiel einen Namen zu merken. Wie sich gerade herausstellt, reicht für Susie bereits die Spanne von Sonntag bis Mittwoch, um sich etwas nicht zu merken. Hat biologische Ursachen und hängt offenbar mit der Rasse zusammen. Rufus hat mir erklärt, dass Spaniel die ersten Hunde waren, die auf bestimmte Merkmale hin gezüchtet wurden, weil irgendein französischer König vor tausend Jahren ausgerechnet ihre Wabbelohren schick fand. Dabei machen die überhaupt keinen Sinn, außer dass man sie super mit Kletten bewerfen kann, die Susie dann nicht mehr herausbekommt, egal, wie krass sie den Kopf schüttelt oder sich auf dem Boden wälzt. Um es mit Rufus zu sagen: Keine Hunderasse hatte die Chance, länger zu degenerieren als der Spaniel. Dumm gelaufen, kann ich da nur sagen.

Statt ihr zu antworten, winke ich in die Kamera. »Hi, Susie!«

Der Hund bleibt in der Bewegung stecken. Das macht Susie oft, wenn eine Information sie überfordert. Ihr Name zum Beispiel. Sieht dann so aus, als wäre die Verbindung abgerissen.

»Das bin ich! Ich bin Susie!« Vor Freude springt sie mal wieder im Kreis, als wäre sie selbst ihre beste Freundin. Was vielleicht sogar stimmt. »Ich bin Susie, Susie!« Im Vorbeispringen fällt ihr Blick auf das Display, und sofort ist ihre Aufmerksamkeit wieder ganz von uns in Anspruch genommen. »Wer seid ihr noch mal?«

Mal sehen. Wir waren schon Dick und Doof, Tim und Struppi, Asterix und Obelix … »Wir sind Obst und Gemüse«, sage ich.

Rufus neben mir zischt: »Wie du das jeden Sonntag erträgst, ist mir ein Rätsel.«

»Heute ist Mittwoch«, zische ich zurück.

Susie überlegt derweil, wie toll sie das finden soll, dass wir Obst und Gemüse sind. Da ihr Gehirn keine Antwort ausspuckt, fängt sie wieder an, im Kreis zu springen. »Ich bin Susie! Ich bin ein Hund! Ich bin Susie, der Hund!«

»Hey, Susie!«, rufe ich.

Freeze. »Wer, ich?«

»Allmächtiger, steh mir bei«, nuschelt Rufus.

»Genau!«, rufe ich Susie zu. »Sag mal: Kannst du auch andersrum springen?«

Susies Gehirn ist kurz davor, in Rauch aufzugehen. »Weiß nicht.«

»Versuch mal!«

Ihre Pfoten tapsen hilflos auf dem Bett herum. Wenn ich es nicht besser wüsste, würde ich sagen, sie macht gerade ihre ersten Schritte. Sie wirkt komplett verunsichert. »Ich bin Susie. Ich bin ein Hund. Ich bin Susie, der Hund.« Das scheint sie vorübergehend zu beruhigen. Bis ihr etwas einfällt. Sie blickt verzweifelt Rufus und mich an. »Wie geht springen noch mal?«

»Mach einfach so wie vorher«, sage ich.

Susie betrachtet ihre Pfoten, als sähe sie sie zum ersten Mal, schlackert mit den Ohren, starrt auf ihre Pfoten. Nichts. Kein Eintrag. »Ich bin Susie«, sagt sie zu sich selbst. Sehr langsam legt sie sich hin, dreht sich auf die Seite und wimmert: »Ich bin Susie. Susie, der Hund. Ich bin ein Hund.«

»Ich muss dich beglückwünschen«, schnalzt Rufus. »Du scheinst tatsächlich eine Möglichkeit gefunden zu haben, ihr Resthirn zu deaktivieren.«

Plötzlich habe ich ein schlechtes Gewissen. »Und was, wenn da wirklich was kaputtgegangen ist?«

»Was denn?«, fragt Rufus nur.

Zum Glück wischt Lea in diesem Moment mit dem Ärmel Susies Gesabber von ihrem Smartphone. Danach ist das Bild wieder klar, und Lea sieht uns traurig an.

»Was habt ihr denn mit der gemacht?«, fragt sie.

Ich versuche, so auszusehen, als könnte ich kein Wässerchen trüben, Rufus zieht derweil mit seinem Hinterlauf einen perfekten Halbkreis in den Sand. Schließlich schreibt er Lea die nächste Whatsapp.

»Ach ja«, sagt Lea, »wegen Papa. Der ist irgendwie voll komisch drauf. Gestern beim Frühstück hat er die ganze Zeit nur auf seinen Teller geglotzt. Als ich dann aus der Schule zurückkam, saß er immer noch da.«

Ich blicke hoch zu Rocky, der unverändert auf dem Kanonenrohr hockt.

»Klingt nach Ehekrise«, flüstere ich Rufus zu.

»Mama hat gesagt«, fährt Lea fort, »er ist ins Büro gefahren, aber nach einer Stunde wieder da gewesen. Sie hat dann mit einem Kollegen von Papa telefoniert, der ihr erzählt hat, dass Papa vor der Tür zu seinem Büro stand und es nicht geschafft hat, sie aufzumachen. Also nicht, weil sie abgeschlossen gewesen wäre oder so, sondern weil … Als wäre die Klinke elektrisch oder so. Jedenfalls hat er es nicht geschafft, sie runterzudrücken. Sie haben ihn dann wieder nach Hause geschickt. Jetzt liegt er im Bett und steht nicht auf.«

Rufus tippt sich mit zwei Krallen ans Kinn. »Ein nicht überwindbar wirkender Bereich des Alltags …«, überlegt er. »Klingt nach Erschöpfungsdepression.«

»Wovon soll der denn erschöpft sein?«, frage ich.

»Das lässt sich nicht objektiv messen. Es kommt auf das subjektive Empfinden an. Selbst der langweiligste Job der Welt kann dich erschöpfen – zum Beispiel bei fehlender Anerkennung durch das soziale Umfeld oder fehlender Sinnhaftigkeit.«

»Fehlende Sinnhaftigkeit«, wiederhole ich und lenke meinen Blick zurück zu Rocky, der nicht so aussieht, als hätte er vor, von dem Rohr noch einmal runterzukommen. Anschließend betrachte ich Lea, die sich wirklich Sorgen um Phil zu machen scheint.

»Schreib ihr doch«, schlage ich vor, »ob sie uns nicht mit

Phil besuchen kommen will. Ein bisschen Frühlingswaldluft hat noch keinem geschadet.«

»Soziale Kontakte stärken ...« Rufus beginnt zu tippen. »Ein vielversprechender Therapieansatz.«

Swish.

Als Lea die Whatsapp liest, hellt sich augenblicklich ihr Gesicht auf. »Au ja, das mach ich. Wenn ich ihm sage, dass ich euch besuchen fahren will, dann steht er bestimmt auf.«

Zum Abschied winkt sie in die Kamera, leider wird dadurch auch Susie aus ihrer Lethargie gerissen.

Vollkommen unmotiviert springt sie auf die Beine, sieht das Handy und bellt: »Euch kenn ich! Wer seid ihr noch mal?« Sie kann auch wieder im Kreis springen, schade eigentlich. »Ich bin Susie!«, brüllt sie. »Susie! Ich bin ein Hund!!«

Mechanisch beugt sich Rufus vor und drückt den Anruf weg. Als das Display schwarz wird, sagt er: »Ich fürchte, du hast dich überschätzt. Da gibt es nichts kaputtzumachen.«

Wie aufs Stichwort hören wir jemanden rufen: »So, Mister Clanchef, würde es Ihnen etwas ausmachen, Ihrer Frau zu erklären, was Sie da oben treiben?«

Roxy steht unter dem Kanonenrohr, als würde jede Granate einfach an ihr abprallen, und blickt zu ihrem Mann empor.

»Ich denke nach«, antwortet Rocky.

»Ah, und worüber?«

»Das ist die Frage.«

»Wie bitte?« Roxy stemmt ihre Klauen in die Hüften. »Schön, schön. Wenn du damit fertig bist, wäre ich dankbar, du könntest dich dazu herablassen, wieder in den Bau zu kommen. Du wirst nämlich gebraucht.«

»Werde ich?«, fragt Rocky.

»Großer Gott.« Roxy macht eine Bewegung, als wollte sie einen Mückenschwarm verscheuchen, wirft uns ein »Geht das auf eure Kappe?« zu und verschwindet wieder im Bau.

Rufus stößt mich an. »Hast du das gehört?«

»Blieb mir ja nichts anderes übrig.«

Vor Begeisterung vergisst mein kleiner Bruder, dass Grete ihn kurz- bis mittelfristig abserviert hat und sein Solarpanel im Arsch ist.

»Rocky fragt sich, worüber er nachdenkt.«

»Krasser Scheiß«, sage ich.

»Das ist ein Quantensprung!«

»Wenn du meinst.«

5

Ich entscheide mich, nicht zurück in den Bau zu gehen. Das Gespräch mit Natalie hängt mir noch in den Knochen. Kurz überlege ich, ob es vielleicht auch mich erwischt hat und ich die Klinke nicht drücken kann wegen dem, was mich dahinter erwartet. Wie Phil. Ich weiß ja nicht, wie schnell so eine Erschöpfungsdepression zuschlägt. Dazu müsste ich Rufus befragen, aber der ist im Panzer verschwunden und sucht nach geeignetem Werkzeug, um sein Solarpanel zu flicken. Außerdem will ich ihn im Moment sowieso lieber nichts fragen. Denn kaum war das Telefonat mit Lea beendet und Roxy im Bau verschwunden, strebten Rufus' Schultern wieder bedenklich dem Boden zu, weil ihm einfiel, dass Grete ihn abserviert hat. In diesem Zustand kannst du ihn nicht mal nach der Zahl zwischen eins und drei fragen, ohne mit einer Belehrung bestraft zu werden. Ist seine Art, sich dafür zu rächen, dass er so viel schlauer sein muss als der Rest der Welt.

Ich nehme mir also Rufus' vielversprechenden Therapieansatz zu Herzen und stärke meine sozialen Kontakte, indem ich bei meinen Freunden im *Acapulco* vorbeischaue. Manchmal, wenn mich die Wehmut überkommt und ich an den Zoo zurückdenke – an die erleuchteten Züge, wenn sie nachts durch den Bahnhof gerauscht sind, oder wie der Mond sich im Dach von Elsas Gehege gespiegelt hat –, dann muss ich mir nur klarmachen, dass ich niemals so tolle Freunde gefunden hätte, wenn wir nicht hätten fliehen müssen und hier im Wald gestrandet wären. Und dann geht es wieder.

Auf der Wiese bei den Spaßbecken ist noch nicht viel los. Außer ein paar dünnbeinigen Igeln, die sich nach Monaten zum ersten Mal wieder mit verkniffenen Augen ins Freie wagen und zaghaft ihre Pfoten ins Wasser strecken, lässt sich niemand blicken. Allerdings, als ich hinter dem Wasserfall die Steine zum *Acapulco* hochsteige, höre ich bereits sanfte Gitarrenklänge. Die Chill-out-Playlist, wie ich sofort erkenne, in bester Marshall-Qualität.

In der großen Dancehall ist keine Sau, die Klänge kommen aus dem hinteren Teil, wo die Darkrooms sind. Und die Musik ist nicht das Einzige. Der Geruch, der mir aus dem Dunkel entgegenströmt, verrät mir, dass Eddie, Bernie, Freddie und die anderen seit Tagen vor sich hin muffeln und keine Pfote vor die Tür gesetzt haben. Wenn Waschbären nur halb so gut riechen könnten wie Erdmännchen, dann würden denen die Synapsen durchbrennen bei ihrem Eigengeruch.

Ich stelle mich in den Durchgang. Sehen kann ich nichts, weil der Darkroom nicht umsonst seinen Namen hat, aber ich kann riechen, wie sie mal wieder fermentieren, Shabby und Abigail, Olivia und Anita und, logisch, Bernie, Eddie und Freddie.

»Ich störe euch nur ungern«, rufe ich ins Dunkel, »aber draußen ist Frühling!«

»Ray!«, antworten mindestens drei Stimmen gleichzeitig, und dann rieche ich, wie der Fellhaufen in Bewegung gerät. Wenig später stehen Freddie, Bernie und Eddie vor mir, und wir hauen uns zur Begrüßung gegenseitig auf die Nasen, was jedes Mal Hölle wehtut, aber was soll ich machen? Freunde sind Freunde.

»Ich muss mit euch reden«, sage ich. »Aber zuerst springt jeder von euch einmal durch den Wasserfall.«

»Und was ist mit dir?«, fragt Freddie.

»Bin ich ein Waschbär?«, frage ich zurück.

»Ich spring nur, wenn du auch springst«, sagt Bernie.

»Das ist albern«, erwidere ich. »Euch wird nicht kalt. Ich frier mir dadrin die Eier ab.«

»Nicht unsere Schuld«, sagt Bernie.

Leise fängt Eddie zu brummen an: »Ray. Ray. Ray. Ray …«

»Ich hol mir eine Lungenentzündung oder sonst was, wenn ich da reinspringe«, sage ich.

Abigail und Olivia stimmen mit ein: »Ray. Ray. Ray …«

»Kommt schon«, wehre ich ab, »das könnt ihr nicht ver-«

»Zeig's uns!« Das war Anita.

»Ja«, ruft Olivia, »lass dich nicht so bitten!«

Und dann stehen sie alle vor mir, rufen: »Ray, Ray, Ray, Ray!«, und ich muss sagen, das tut echt gut.

»Also schön!«, rufe ich zurück. »Aber danach will ich jede und jeden von euch durch den Wasserfall springen sehen.«

»Schwöre«, sagt Shabby.

Gemeinsam gehen wir durch den großen Saal vor zum Eingang, und ich bin ein bisschen nervös, denn ich hab es seit Monaten nicht gemacht. Aber mit Unterstützung meiner Freunde wird's schon klappen. Ich trete also an die Kante, drehe mich mit dem Rücken zum Wasserfall und stelle mich so hin, dass nur noch die Krallen meiner Hinterbeine den Boden berühren. Ein Chor aus »Ray, Ray, Ray«-Rufen bläst mich an, ich gehe in die Knie, schließe meine Ohren, atme tief ein und mache das, was kein anderes Tier im Wald kann:

einen Rückwärtssalto durch den Wasserfall und rein ins Spaßbecken.

Leider sterbe ich dort.

Zumindest setzt mein Herz aus.

Ganz schön lange.

Ist. Das. Kalt.

Dann setzt mein Herz doch wieder ein, und ich erinnere mich daran, was in so einer Situation zu tun ist.

Atmen.

Schwimmen.

»Fuck!«, rufe ich, und im nächsten Moment fliegen erst Alina, Olivia und Abigail und dann Freddie, Bernie und Eddie durch den Wasserfall und über mich hinweg.

»Du hast es geschworen!«, rufe ich, und Shabby, von dem ich weiß, dass er hinter dem Wasserfall steht, kichert: »Ich weiß.«

»Los!«

»Ich mach ja.«

Es dauert noch ein paar Sekunden, ich hab mich bereits auf einen der Steine gerettet, die das Spaßbecken begrenzen, da plumpst schließlich auch Shabby durch den Wasserfall und klatscht unter Jubelrufen mit Arschbombe ins Becken.

6

Später sitze ich mit Bernie, Freddie und Abigail auf den Steinen, die sich schon ein klitzekleines bisschen aufgewärmt haben, während Eddie, Olivia und Alina noch im Becken planschen. Nur Shabby ist hinten an dem Hügel zugange, von dem oben der Wasserfall herabstürzt. Er hat, als er aus dem Becken kam, einen Tennisball gefunden, der offenbar im Gebüsch überwintert hat und genauso schlaff aussieht wie Shabby selbst, weshalb Shabby in ihm wohl einen Seelenverwandten vermutet. Jedenfalls rollt er seinen neu gefundenen Freund jetzt geduldig den Hügel rauf, schafft es aber immer nur bis fast nach oben, dann rollt der Tennisball wieder runter und Shabby hinterher. Inzwischen habe ich aufgehört zu bibbern.

Wie gewöhnlich rekelt Alina sich auf einem der Steine, als würde auf der anderen Seite ein Paparazzo im Gebüsch hocken. »Was wolltest du denn?«, fragt sie. Und meint mich.

»Hm?«, mache ich.

»Vorhin hast du gesagt, du müsstest mit uns reden.«

Im Hintergrund rollt Shabby wieder den Ball den Hügel hinauf. »Diesmal schaff ich's!«, kichert er.

Alina stützt ihren Kopf auf eine Pfote und fixiert mich. »Und?«

»Nicht so wichtig«, versichere ich und genieße einfach nur, in Gesellschaft meiner Freunde zu sein.

Wie zu erwarten, verliert Shabby auch diesmal den Ball, der am Fuß des Hügels aus dem Gebüsch kullert, dicht gefolgt von Shabby. Er liest ihn auf, hält ihn hoch, ruft: »Oder auch nicht!«, und versucht es erneut.

»Lass dich nicht schon wieder bitten«, schaltet sich Olivia ein. »Das langweilt.«

»Von mir aus«, sage ich. »Also: Habt ihr das auch manchmal, dass ihr euch nach dem Sinn fragt?«

Freddie ist der Erste, dem eine Antwort einfällt: »WasnfürnSinn?«

Ich versuche zu erklären, was ich selbst nicht genau greifen kann: »Na, der Sinn halt. Wieso es euch gibt.«

Eddie spuckt eine Wasserfontäne in meine Richtung. »Ich bin ein Waschbär!«

Auch eine Antwort, denke ich.

Im Hintergrund, wer hätte es gedacht, rollt ein Tennisball auf den Rasen, dann bricht Shabby aus dem Unterholz und verkündet: »Ich bin ein glücklicher Waschbär!«

Hm.

»Wart mal, Shabby!«, rufe ich.

Shabby liest den Ball auf und kommt rübergewackelt. »Was'n?«

Ich versuche, mich zu konzentrieren. »Kannst du mir erklären, warum du glücklich bist?«

»Na ja ...« Shabby lässt den Ball von einer Pfote in die andere hüpfen. Ich bin sicher, wenn er versuchen würde, das absichtlich zu machen, könnte er es nicht. »Ich bin ein Waschbär. Und als der Waschbär, der ich bin, mach ich so Waschbärzeug: Ich chille, ich wühle im Müll, ich mach mit Olivia rum, ich schlafe, ich spring durch den Wasserfall, ich ...«

»Du furzt«, sagt Abigail.

»Und wie«, bestätigt Shabby. »Furzen ist geil. Danach fühlt man sich immer irgendwie leichter.«

»Furzen macht dich glücklich?«, frage ich.

»Irgendwie schon«, überlegt Shabby. »Ich bin halt ein Waschbär. Und wenn ich als Waschbär so Waschbärsachen mache, dann geht's mir irgendwie gut. Wow!« Erst jetzt merkt er, dass er sich den Ball immer von der einen Pfote in die andere wirft. »Was ich alles kann!« Er blickt zum Hügel hinüber. »Ich versuch's noch mal«, sagt er und wackelt von dannen.

Ich weiß nicht, ob das Gespräch mit meinen Waschbärfreunden mich wirklich schlauer gemacht hat, auf jeden Fall bin ich, als ich in den Bau zurückkehre, deutlich besser gelaunt als vorher. Rocky hockt auch nicht länger auf dem Kanonenrohr, was ich mal als gutes Zeichen deute.

Leider bin ich nur so lange gut drauf, bis ich in meine Kammer komme, was nicht daran liegt, dass Natalie mich erwartet, um mit mir über ihre Zweifel bezüglich unserer Zukunftsplanung zu reden, sondern daran, dass sie es nicht tut.

Weg.

Ausgeflogen.

Ist natürlich erst mal überhaupt nichts dabei. Kann ja jeder rumlaufen, wie er will. Aber wozu nimmt sie ihr halb durchsichtiges Seidentuch mit, das sie sich manchmal umlegt, um mich im wechselnden Schummerlicht des kleinen LED-Hasen anzutanzen? Der übrigens auch nicht mehr da ist.

Mein erster Gedanke – und hier sieht man mal, wie ähnlich Erdmännchen und Menschen einander sind –, mein allererster Gedanke also ist: Die hat einen anderen. Peinlich, ich weiß. Schließlich geht es bei dem Gedanken ja nicht darum, dass sie einen anderen haben, sondern dass sie MICH betrügen könnte. Gekränkte Eitelkeit also. Nicht wirklich cool. Aber ich kann den Gedanken auch nicht nicht denken. Der nächste Gedanke: So nicht. Und dann gleich noch mal: So nicht!

Mir rauscht das Blut in den Ohren, weshalb ich kaum etwas hören kann, aber meine Nase ist hellwach. Also spitze ich mein feines Näschen, fächere den Duftcocktail in unserem Bau auf, isoliere Natalies Geruch und folge ihm an den Kammern der Homies aus dem vierten Wurf vorbei und dann links den Gang entlang bis in eine kleine Kammer, die komplett nach Natalie riecht.

Ich stelle mich in den Durchgang. »Darf ich fragen, was du hier machst?«

Oh Mann, ich klinge schon wie Roxy.

Natalies Stimme kommt warm und weich aus dem Dunkel und nimmt mir allen Wind aus den Segeln. »Bis eben habe ich ein Nickerchen gemacht. Komm ruhig rein.«

Nicht mit mir, denke ich und bleibe wacker im Durchgang stehen. »Und warum hier?«

»Hat sich so angeboten.«

»Hat sich angeboten?«, frage ich.

»Ist schließlich meine Kammer.«

Was stimmt, wie mir auffällt. Ist mir in der Aufregung glatt entgangen. »Ich dachte«, entgegne ich, »wir hätten jetzt eine gemeinsame Kammer.«

»Die haben wir auch weiterhin. Ich habe nur gerade das Bedürfnis nach etwas Me-Time, deshalb bin ich zum Schlafen in meine Kammer gegangen.«

Me-Time? Besinnungszeit? Ist hier eine Verschwörung im Gange?

»Und wie lange soll die dauern, diese Me-Time?«

»Kann ich nicht sagen, vielleicht erst mal nur ein paar Tage.«

»Ein paar …«

»Das ist kein Grund, beleidigt zu …«

»Ich bin nicht beleidigt!« Guter Witz. Ich drehe mich auf dem Absatz um, sage: »Ich wünschte, ich wäre als Waschbär geboren worden«, schlage mir den Kopf an, wackel in meine Kammer zurück und schmolle.

7

Am nächsten Morgen hat mich die Erschöpfungsdepression voll im Griff. Ich will da nicht raus, denke ich. Ich will einfach nicht. Würde ich wahrscheinlich auch ohne Erschöpfungsdepression denken, denn die Nacht war voll Scheiße.

Me-Time.

Besinnungszeit.

Bin ich ebenfalls abserviert worden? Und *hat* sie einen anderen?

Zum Glück steht irgendwann Rufus im Durchgang und sagt: »Sie sind da.«

»Wer?«

»Denk nach, Ray. Ich weiß, dass …«

»Lea und Phil«, sage ich.

»Und Susie«, antwortet Rufus.

Auf dem Weg zum Westausgang sage ich: »Um die musst *du* dich kümmern.«

»Um Susie?«

»Und um Lea. Ich glaube, ich brauch ein bisschen Me-Time mit Phil.«

»Angesichts seiner aktuellen Disposition halte ich es für angezei-«

»Ist mir egal, was du denkst, Rufus. Gib mir ein bisschen Besinnungszeit mit Phil. Bitte.«

Phil, Lea und Susie erwarten uns da, wo der Sand- in den Waldboden übergeht. Doch kaum kommen Rufus und ich aus dem Bau, reißt sich Susie los und rennt in die Savanne, was leicht tödlich enden kann, denn hier liegen noch tonnenweise Blindgänger herum, weshalb es Menschen verboten ist, das Gelände zu betreten, und sich auch von den Tieren keins rauftraut. Mit Ausnahme von uns, denn im Gegensatz zu allen anderen können wir die Munition riechen. Die Evolution hat uns als Savannentiere wirklich beschissen für das Überleben im brandenburgischen Wald ausgestattet, uns aber andererseits das Überleben auf ehemaligen Truppenübungsplätzen gesichert. Ironie des Schicksals.

»Ich kenn euch!« Susie tanzt um uns herum wie das, was sie ist: ein bekloppter Cockerspaniel. »Ihr seid süß! Ihr seid soooo niedlich!«

»Schleck mich ab«, erwidere ich, »und ich stech dir ein Ohrloch.«

Freeze.

»Wie heißt ihr noch mal?«

Ein Tag reicht also. Ein Tag, und alles ist vergessen. Jeden Morgen eine neue Welt. Ein Leben als Cockerspaniel muss die reinste Achterbahnfahrt sein.

»Ich bin Keim«, sage ich, »und das ist mein Freund Sprosse.«

»Gleich trete ich freiwillig auf'n Blindgänger«, sagt Rufus.

»Das wirst du schön bleiben lassen. Stattdessen machst du brav mit Susie und Lea einen Waldspaziergang. Kannst ihnen ja den Wasserfall zeigen. Mit ein bisschen Glück stürzt sich Susie von alleine runter.«

»Ich bin Susie!« Sie wirft sich hin, paniert ihre Ohren mit Sand, wälzt sich auf den Rücken und strampelt mit allen vieren in der Luft.

Wortlos geht Rufus an ihr vorbei und steuert Phil und Lea an.

»Und was ist mit Susie?«, frage ich.

»Die kommt schon.«

»Aber …«

»Wenn wir Glück haben, wälzt sie sich auf eine Mine.«

Obwohl Rufus von Susie noch mehr genervt ist als ich, macht er, worum ich ihn gebeten habe: Nimmt Lea und ihren Hund unter seine Klaue und stratzt mit ihnen in den Wald hinein. Allerdings nicht, wie ich feststelle, in Richtung Wasserfall, sondern in Richtung Keilerschanze. In der wohnen die Wildschweine. Ich vermute, er hofft, dass Susie Keiler Fritz anspringt und von ihm in Stücke gerissen wird.

Phil steht am Rand der Savanne wie eine menschliche Trauerweide, blickt ihnen nach und murmelt: »Geht alles so schnell vorbei.«

Ich warte, bis sie nicht mehr zu sehen sind, bevor ich frage: »Sollen wir auch ein Stück gehen?«

»Okay.«

Ich hab mir überlegt, mit ihm zu den Stechapfelwiesen zu spazieren, die im Frühlingslicht ganz malerisch aussehen und außerdem nach Aufbruch duften. Allerdings bleibt Phil alle paar Schritte ohne ersichtlichen Grund stehen. Akku alle, denke ich.

»Bei uns ist grad voll die komische Stimmung«, versuche ich ein Gespräch in Gang zu bringen.

»Ach ja?«

Immerhin, ein Anfang. »Ja«, fahre ich fort. »Alle haben irgendwie 'ne Sinnkrise.«

Ich erzähle ihm von Grete und Rufus, Rocky und Roxy und Natalie und mir. »Erst wollte sie unbedingt, dass wir zusammenziehen, jetzt will sie plötzlich mehr Me-Time«, beende ich meine Ausführungen.

Phil bleibt stehen. »Me-Time«, wiederholt er.

»Bei euch ist aber schon alles in Ordnung, oder?«, frage ich. »Ich meine, bei Mo und Lea und dir.«

Als der Detektiv, der er ist, wittert Phil natürlich sofort einen Hinterhalt. »Wieso fragst du?«

»Nur so«, sage ich. »Lea meinte, deine Kollegen haben dich gestern nach Hause geschickt …«

Inzwischen bewegen wir uns wieder.

»Ach so, ja, da war nichts.«

»Gut«, sage ich. »Dann ist also mit deiner Arbeit auch alles in Ordnung.«

»Hm? Sicher. Alles wie immer.«

Was nicht heißt, dass es in Ordnung ist, denke ich und rufe mir Rufus' Worte ins Gedächtnis, dass auch der langweiligste Job der Welt dich fertigmachen kann. Anders eben. Ich beobachte Phil aus den Augenwinkeln und finde seinen Allgemeinzustand wirklich bedenklich. Und dann wird mir klar, warum. Das letzte Mal, dass ich Phil derart abwesend erlebt habe, war, als sein Kollege aus alten Tagen, Ernie Wandlitz, verschwand.

»Tsss«, mache ich.

»Was?«, fragt Phil.

»Ach nichts, ich musste nur gerade an unseren letzten Fall denken. Ich meine, wer hätte gedacht, dass wir noch mal einen Fall haben würden? Und dann gleich so einen! Phil and Friends. Das war voll krass!«

Phil bleibt stehen. »Wie kommst du denn jetzt darauf?«

»Weiß nicht, einfach so. Musste ich ha-«

»Phil and Friends waren eine einmalige Sache.«

»Ja, klar. Ich hab ja auch nur ...«

Moment.

Phil mag ein guter Detektiv sein, aber nicht nur er. Und so, wie er auf die Erwähnung unseres letzten Falls reagiert ... Offenbar hab ich da eine sensible Stelle ... Und das kann doch eigentlich nur bedeuten ... In meinem Gehirn greifen auf einen Schlag lauter Zahnräder ineinander, und, oh Wunder, plötzlich reißt die Wolkendecke auf, und ich werde von einem einzelnen Lichtstrahl getroffen.

»Montgomery hat dich kontaktiert«, sage ich.

»Blödsinn.«

»Ach du Scheiße!«

»Was?«

Inzwischen ist Phil echt genervt, ist mir aber egal, denn:

»Es gibt einen neuen Fall!«

»Du spinnst.«

»Gib es zu«, sage ich. »Wir haben einen neuen Fall.«

»Haben wir nicht. Ich hab sofort abges-«

»Ha! Montgomery *hat* dich kontaktiert!«

Wir stehen vor der Stechapfelwiese. In ein paar Wochen reifen hier die Partydrogen für die nächste Clubsaison heran. Schön anzusehen ist sie schon jetzt, saftige Blätter in frischem Licht. Weiter hinten hoppeln ein paar Hasen durchs Grün, einfach so, Lebensfreude.

»Phil and Friends«, grollt mein Partner vor sich hin. »Unsere Zeiten als Schnüffler sind vorbei, Ray. Endgültig.«

»Schon klar«, sage ich.

»Begreif das mal!«, ruft er unvermittelt, und es ist nicht klar, ob er mich oder sich selbst meint.

Nicht persönlich nehmen, Ray. Dein Partner ist nervlich angeschlagen.

»Hab's kapiert«, sage ich.

Er dreht mir den Rücken zu. »Bemüh dich nicht. Ich finde allein zurück.«

Echt? ECHT JETZT?! Ich werde am selben Tag von meiner Partnerin UND meinem Partner abserviert?

Ich blicke ihm nach, balle meine Klauen zu Fäusten und rufe: »Logisch hast du Montgomery abgesagt! Hast schließlich Wichtigeres zu tun. Dein Büro wartet auf dich, das darfst du nicht im Stich lassen. Aber pass auf, dass du dir an der Klinke nicht die Finger verbrennst!«

Hab ich gerade gesagt, ich würde es nicht persönlich nehmen? So viel dazu. Ändert aber nichts.

Phil trottet in den Wald hinein, wird von einem Lichtstrahl eingefangen, verschwindet. Danach ist es gespenstisch ruhig. Ein paar Hirschlausfliegen zappeln durch die Luft. Hinten hoppeln die Hasen.

Lebensfreude.

Am Arsch.

8

Auf dem Rückweg treffe ich Spanner. Jens Spanner, Gelbhalsmaus und außerdem der lebende Beweis dafür, dass es auch brandenburgischen Waldbewohnern grundsätzlich möglich ist, Vorurteile über Bord zu werfen. Als wir hier ankamen, war er noch einer unserer erbittertsten Feinde. Und stolz darauf. Es war ein hartes Stück Arbeit, aber inzwischen akzeptiert er uns. Bei der Frühjahrsversammlung neulich hat er uns sogar als Teil der Waldgemeinschaft bezeichnet. Dass wir im Herbst keine Vorräte anlegen, wird er allerdings nie begreifen.

Als ich am Bau unseres neuen Freundes vorbeigehe, kommen mir muffige Haselnüsse entgegengerollt. Dabei hat er neben dem Eingang schon einen Haufen schimmelige Bucheckern zu einer Pyramide aufgeschichtet. Sieht mir schwer nach Frühjahrsputz aus. Im Bau jedenfalls wird ordentlich gestöhnt.

»Hey, Alman«, rufe ich. »Alles gucci dadrin?«

Schwer atmend arbeitet sich Spanner einen Weg ins Freie, sieht mich, reibt sich die Barthaare. »Ah, Ray. Na, ich weiß schon, was jetzt kommt.«

»Ach ja?«

»Aber sicher. Gleich darf ich mir anhören, warum ich im Herbst so viele Vorräte anlege, wenn ich im Frühjahr die Hälfte davon doch nur wieder aus dem Bau rolle.« Er verschnauft kurz. »Aber deine Häme kannst du dir sparen. Ich frag mich nämlich selbst, ob das auf lange Sicht noch Sinn macht. Der Klimawandel, weißt du. Die Winter werden immer kürzer. Und ich stopf mir die Hütte bis unter das Dach voll mit Nüssen. Mein Gott, ich glaube, ich bin so ziemlich der einzige Nager im Wald, der im Frühjahr fetter aus dem Bau kriecht, als er im Herbst reingegangen ist. Für die Pumpe ist zu viel Fett auch nicht gut. Aber was soll ich machen, es liegt mir im Blut.«

Ich denke an Shabby, den glücklichen Waschbären, und wie er gestern immer diesen bescheuerten Tennisball den Hügel hochgeschoben hat. »Du bist, was du bist«, sage ich.

»Da sachste was.«

»Vielleicht«, erkläre ich, »würde es dir mehr Spaß machen, wenn du deine Vorräte mit jemandem teilst.«

Spanner hört auf, sich die Barthaare zu putzen. »Ich soll mir einen Untermieter reinnehmen?«

»Zum Beispiel. Oder du suchst dir ein Weibchen.«

»Dann könnten wir die Vorräte gemeinsam essen«, überlegt Spanner, »und ich müsste nicht immer so viel wegschmeißen.«

»Genau.«

»Und ich wär im Frühjahr nicht so fett.«

»Voll.«

»Außerdem wäre es ganz schön, den Winter über nicht immer alleine in der Bude zu hocken.«

»Klarer Fall.«

Spanner wird nervös. »Aber dann müsste ich meine Vorräte ja teilen.«

»Äh, also, das ist so ein bisschen die Idee dahinter.«

Spanner kreuzt die Vorderpfoten, was bei ihm ein sicheres

Zeichen für erhöhte Gehirnaktivität ist. »Mal angenommen, ich würde mir ein Weibchen suchen.«

Und mal angenommen, du würdest eins finden, denke ich.

»Das hätte schon einige Vorteile«, bestätigt Spanner. »Auf der anderen Seite ...« Er sieht mich an. »Bringt die mir nicht alles durcheinander?«

»Was ist dir denn wichtiger«, frage ich. »Dass keiner in deinem Bau irgendwas durcheinanderbringt oder dass du jemanden hast, mit dem du gemeinsam den Winter verbringen und deine Vorräte verputzen kannst.«

»Tja ...«, sagt Spanner.

»Und?«

»Nicht so einfach.« Er wartet auf eine göttliche Eingebung. Die nicht kommt. »Ich mach mal weiter«, entscheidet er. »Da ist noch 'ne Menge zu tun.« Er wackelt zurück in den Bau. Das Letzte, was ich ihn sagen höre, ist: »Du bist, was du bist.«

Da sachste was, denke ich.

Als ich in die Savanne zurückkehre, sind Phil, Lea und Susie tatsächlich schon abgedüst. Rufus schraubt an seinem Panel herum, während Marcia ihren Schwestern Minka und Mitzi die Krallen mit dem Nagellack versiegelt, den sie neulich im Wald gefunden haben. Mint Metallic.

»Mega!«, flötet Minka.

Und Mitzi: »Voll episch.«

Ich gehe zu Rufus und sage: »Ich brauche dich.«

»Aha.«

»Jetzt.«

Er blickt von seinem Solarpanel auf. »Ist nicht gut gelaufen, euer Gespräch, oder?«

»War nicht wirklich ein Gespräch«, erwidere ich.

»Dachte ich mir. Als Phil zurückkam, war er sehr kurz angebunden. Hat sich Susie und Lea geschnappt und ist direkt zu seinem Auto.«

»Ich will, dass du ihn anrufst.«

»Ich hab dir gleich gesagt, dass es bei Phils derzeitiger Disposition angezeigt ist, jemanden dabeizuhaben, der in psychologischer Gesprächsführung geschult ist. Da kann man nicht einfach …«

»Ruf ihn an. Jetzt.«

»Mein lieber Bruder, ich denke, es wäre besser, wenn du zunächst …«

»Willst du'n neues Ohrloch?«

Da ist er, der Rufus-Seufzer. Noch dazu ein besonders schönes Exemplar. »Mit dieser Art Rhetorik erreichst du bei mir gar nichts, Ray«, erklärt er. »Auf ein solches Niveau lasse ich mich nicht herab.«

Ich scanne Rufus' Werkzeugsammlung und wähle das mit dem größten Zerstörungspotenzial aus. Einen Hammer, dessen Kopf auf der einen Seite flach und auf der anderen spitz ist. Rufus wird ja nicht müde, mir zu erklären, wie viel Potenzial in meinem Kopf brachliegt. Jetzt geb ich dir Potenzial, denke ich.

Der Hammer ist ungefähr so schwer wie ich, weshalb ich ganz schön hin und her wanke. Schließlich aber gelingt es mir, ihn mit gestreckten Vorderpfoten über meinem Kopf zu balancieren und mich vor das Solarpanel zu stellen.

»Was hältst du von diesem Niveau?«, frage ich.

Da sieht man es mal. Bei der Aussicht auf ein weiteres Ohrloch zuckt mein Bruder nur müde die Schultern, wenn aber sein Solarpanel in Gefahr ist: das blanke Entsetzen.

»Wenn du das Panel zerstörst, kannst du auch deine Box nicht mehr aufladen.«

Ich drücke die Knie durch, hebe den Hammer, so hoch es geht.

»Ich protestiere!«, protestiert Rufus.

Ich strecke mich noch etwas mehr. Gleich kann ich gar nicht mehr anders, als den Hammer mit der Spitze voran in das Panel zu rammen.

»Also schön!«, ruft er.

Was gut ist, denn länger kann ich den Hammer unmöglich in der Luft halten. Ich drehe mich um die eigene Achse, schlage der Länge nach hin, und das spitze Ende des Hammers gräbt sich eine Klauenbreite neben meinem Kopf mit einem dumpfen Geräusch in den Sand ein.

9

Weshalb die Eile?«, will Rufus wissen, während wir den Gefechtsturm hochklettern, weil oben der beste Empfang ist. Der einzige, besser gesagt.

»Ich hatte gerade eine Unterhaltung mit Spanner.«

»Auf den Zusammenhang bin ich jetzt wirklich gespannt.«

Ich ziehe meinen Bruder am Vorderbein. »Wer sind wir, Rufus?«

»Oh, mein Bruder betritt philosophisches Terrain«, stellt Rufus fest.

»Ich meine«, sage ich, »was gibt deinem Leben Sinn?«

»Da ist natürlich an erster Stelle meine Familie zu nennen, Archimedes, der Clan, aber auch … Gut, gerade jetzt ist ein suboptimaler Zeitpunkt, um über Grete und Gideon und Gaylord zu sprechen. Aber es gibt noch mehr: den Science-Newsletter zum Beispiel, aber auch …«

»Ein neuer Fall!«, fahre ich ihm ins Wort. »Ein neuer Fall gibt unserem Leben Sinn. Denn ich bin Schnüffler. Das ist einfach, was ich bin, okay? Ich hab mir das nicht ausgesucht.«

»Nicht schlecht, Ray, nicht schlecht. Aber was hat das mit Phil zu tun?«

»Denk nach, Rufus, ich weiß, du kannst es. Denk ganz scharf nach!«

Rufus ploppen praktisch die Augen aus den Höhlen. »Montgomery hat angerufen.«

»Ich hab es ja immer gewusst«, sage ich. »Du hast eindeutig Potenzial.«

Rufus hat sein Smartphone bereits aus der Halterung gezogen, hält aber noch mal inne. Er sieht mich an. »So fühlt sich das an, wenn ich zu dir sage, du hast Potenzial?«

»Genau so«, erwidere ich.

»Gut«, sagt Rufus. »Gut!«

Als Phil unseren Anruf entgegennimmt, rauscht es im Hintergrund. Offenbar sitzt er noch im Auto.

»Phil, hörst du mich?«, frage ich.

»Notgedrungen«, sagt Phil.

»Gut, ich dachte schon, du würdest nicht rangehen.«

»Bin ich auch nicht. Lea war's.«

»Wo seid ihr gerade?«

»Auf der Autobahn.«

»Gut. Fahr die nächste Abfahrt runter und dreh um.«

Schweigen.

Rufus macht mir irgendwelche Zeichen, aber ich pfeife auf seine psychologisch geschulte Gesprächsführung.

»Hör zu, Partner, ich weiß, warum es dir scheiße geht«, sage ich. »Weil du dich gerade voll anstrengst, das zu werden, was du tust: ein Bürohengst. In Wahrheit aber bist du, was du bist: nämlich ein Detektiv.«

Von der Seite nuschelt Rufus: »Zwei Seelen wohnen, ach, in seiner Brust.«

»Bist du noch dran?«, frage ich.

»Leider«, sagt Phil. »Lea lässt mich das Gespräch nicht wegdrücken.«

»Du kannst vor *mir* weglaufen, Phil, aber niemals vor dir selbst!« Das habe ich ziemlich gut gesagt, finde ich. Sogar

Rufus bedeutet mir, weiterzumachen. »Du kannst jetzt zurückfahren und deine innere Stimme zum Schweigen bringen, und morgen schaffst du es vielleicht wieder, die Klinke zu deinem Büro runterzudrücken. Aber tief in dir drin weißt du, dass das nicht das Leben ist, das dir entspricht. Das bist nicht du.«

Rufus hält mal wieder die Zeit für einen Einwurf gekommen: »Gibt es ein richtiges Leben im falschen?«

In der Leitung wird es still. Nur das Rauschen des Verkehrs ist zu hören.

»Phil?«, frage ich.

Endlich seine Stimme. »Erinnert ihr euch an unseren letzten Auftrag?«

»Die *Golden Silverstar?* Logisch!«

»Erinnert ihr euch auch noch daran, wie mir an Bord zweimal der Stecker gezogen wurde und ich um ein Haar dasselbe Schicksal erlitten hätte wie Ernie?«

»Klaro!«, rufe ich.

»Falls ich *dich* daran erinnern darf«, sagt Rufus, »auch wir hätten um Haaresbreite Ernies Schicksal geteilt.«

»Ich habe eine Frau, die ich liebe. Und ein Kind, das ich ebenfalls liebe.«

»Dasselbe gilt für mich«, ruft Rufus. »Ein leibliches und zwei Adoptivkinder!«

»Dann solltest du froh sein, noch am Leben zu sein«, sagt Phil.

»Bin ich«, sagt Rufus. »Jeden Tag, jede Stunde.«

Wieder ist nur das Rauschen des Verkehrs zu hören. Scheiße, denke ich. Mehr gibt es irgendwie nicht zu sagen.

»Also dann«, sagt Phil.

Nein, nein, nein! Bevor er das Gespräch wegdrücken kann, rufe ich: »Phil!!«

»Wir sehen uns.«

»Auch ich bin dankbar, noch am Leben zu sein, Phil! Aber was heißt das denn – Leben? Wann hast du dich jemals lebendiger gefühlt als auf der *Golden Silverstar*? *Das* ist Leben. Du bist Ermittler, Agent von mir aus, aber kein Sesselfurzer!«

»Netter Versuch, Ray. Bis dann …«

Ich höre Verkehrsrauschen, dann Lea, die »Papa!« sagt.

Dann Phil: »Lass mal, ist schon okay.«

Und dann ist er weg.

Das war's. Ich bleib auf dem Gefechtsturm sitzen und popel die Dichtung aus der Dekontaminationseinheit. Selbst nachdem Rufus längst runtergeklettert ist, um an seinem fucking Panel weiterzuschrauben. Selbst als die Dödel aus dem vierten Wurf auftauchen, um in dem, was mal als Rufus' und mein Headquarter gedacht war, *Guardians of the Galaxy* zu spielen. Selbst als Rocky kommt, mich nicht einmal zur Kenntnis nimmt, sich wieder vorne auf die Kanone setzt und seinen Kopf auf eine Klaue stützt. Immerhin hab ich es versucht. Ist kein wirklicher Trost, weil es nicht funktioniert hat. Aber wenigstens muss ich mich nicht fragen, ob Phil sich womöglich hätte umstimmen lassen.

Irgendwann neigt sich die Sonne dem Horizont entgegen, und ein kühler Wind kommt auf, der mir unangenehm ins Fell schneidet. In den Bau will ich trotzdem nicht. Entweder wartet da eine leere Kammer auf mich oder aber ein Gespräch mit Natalie über ihre Zweifel. Beides wenig verlockend.

»Ich könnte Hilfe gebrauchen!«, ruft Rufus von irgendwo unter mir, und beinahe bin ich froh, mich nützlich machen zu können.

Ich lasse mich also von der Kettenschürze rutschen, klatsche in den Sand, schüttel mich und gehe zu Rufus, der mir sofort einen Vortrag hält und mir erklärt, wie ich die eine Hälfte des Segels halten soll, damit er die Drähte wenigstens provisorisch miteinander verbinden kann, und dass es eigentlich nicht zumutbar ist, ohne einen Akku-Lötkolben derartige Arbeiten verrichten zu müssen.

Ich halte das Segel und lasse ihn reden, blicke in die Ferne, sehe Schleichi in der Luft stehen, der vermutlich eine Maus im Visier hat, und dann, gerade als Rufus den letzten Draht mit irgendeiner Klemme fixiert, lasse ich das Segel fallen, und Rufus' Arbeit der letzten zwei Stunden ist im Arsch.

Mein Bruder ringt um Fassung. Das Ergebnis ist folgender Satz: »Ich würde mich nicht scheuen, das als überaus ärgerlich zu bezeichnen!«

»Sorry«, sage ich.

»Dir ist hoffentlich klar, dass ich jetzt wieder von vorne anfangen muss.«

»Musst du nicht.«

»Ach nein?«

»Nein, ist überflüssig.«

»Interessant. Und warum, meinst du, sei das über-«

»Da vorne steht Phil.«

Ich kann nicht behaupten, dass mein Partner viel glücklicher aussieht als am Vormittag, so wie er da am Rand der Savanne steht. Aber: Er ist zurück.

»Ich hab's dir doch gesagt«, begrüße ich ihn. »Du kannst

vor mir weglaufen, nicht aber vor dir selbst. Du bist, was du bist!«

»Krieg dich ein, Partner. Es war nicht das, was *du* gesagt hast. Sondern Lea.«

Hab ich mich verhört, oder hat er mich gerade »Partner« genannt? Hat er. Partner. Ein Gefühl, als hätte ich warme Vanillecreme in den Adern.

»Nach dem Telefonat mit euch«, fährt Phil fort, »hat sie mir erzählt, dass sie, wenn sie nicht gut drauf ist, euch anruft, und dann geht's wieder. So hätte halt jeder seine Methode.«

»Ganz schön schlau, deine Tochter«, wirft Rufus ein.

»Allerdings. Jedenfalls meinte sie: Was immer ich tun müsse, damit es mir wieder gut geht, sei das Richtige.«

»Noch schlauer«, sage ich.

Phil kratzt sich am Kinn. »Einerseits ja. Allerdings weiß Lea nicht, wie es sich anfühlt, wenn ihrem Vater etwas zustößt.«

»Wird es nicht«, sage ich.

»Kannst du nicht wissen.«

»Ich fühl's.«

»Wenn ich mir eine Kugel einfange«, überlegt Phil, »wird sie sich ihr Leben lang Vorwürfe machen.«

»Wirst du nicht.«

»Kannst du nicht wissen.«

»Ich fühl's.«

»Du fühlst es, schon klar. Ich soll dem Bauchgefühl eines Erdmännchens mein Leben anvertrauen.«

»Wir sind keine gewöhnlichen Erdmännchen«, gibt Rufus zu bedenken.

»Nein, seid ihr nicht.« Phil lässt seinen Blick über die Savanne schweifen, als müsste irgendwo am Horizont die Antwort aufscheinen. »Ich schätze, es spielt ohnehin keine Rolle. Ich bin zurückgekommen, und das heißt dann wohl, dass …«

»… wir einen neuen Fall haben!«

Phil geht neben uns in die Hocke. »Hört mal, ich verstehe, wenn ihr ein bisschen Zeit braucht, um hier erst einmal eure Sachen zu sortieren. Ich kann auch morgen früh wiederkommen, wenn …«

»Nicht nötig«, unterbreche ich ihn. Denn ich muss nur eins machen: mich von Natalie verabschieden. Ihr sagen, dass ich ein bisschen Me-Time brauche. Oder Rufus und ich ein bisschen We-Time. Egal, sie wird's verstehen. »Gib uns fünf Minuten.«

Rufus blickt zu seinem zerbrochenen Solarpanel hinüber. »Mir reichen drei.«

10

Rufus hat voll Oberwasser. Dass wir uns wie in alten Zeiten in Phils Umhängetasche verstecken müssen, nagt mächtig an seinem Ego. Er hat erwartet, dass sie uns bei Interpol den roten Teppich ausrollen, uns für unsere Verdienste einen Orden anstecken und uns auf einer Applauswelle ins Gebäude tragen. Pustekuchen. Phil hat uns erklärt, dass Interpol im Normalfall gar keine eigenen Aktionen durchführt, sondern nur die Zusammenarbeit koordiniert. Von dem, was wir hier machen, weiß außer Montgomery und Montgomerys Chef Nowotny niemand etwas.

Es ist also wie beim letzten Mal. Phil sitzt auf der Bank bei den Aufzügen, Rufus und ich hocken in der Tasche, irgendwann gleiten Fahrstuhltüren auseinander, und eine Art Duftinvasion stürmt die Tasche und bringt meine Synapsen zum Leuchten.

»Neues Parfum«, stellt Rufus fest. »Synthetische Pampelmuse, Zeder, Bambus und Vanille. Gewagt.«

Ich versuche einfach nur, möglichst flach zu atmen.

»Phil, welche Freude!« Mit Montgomerys Stimme könnte man Füchse aus dem Bau treiben. Sie wallt heran. »Ist da in Ihrer Tasche drin, was ich annehme, das da drin ist?«

»Wenn Sie annehmen, dass da zwei Erdmännchen drin sind, dann ja.«

Montgomery streckt zur Begrüßung zwei Finger durch

unseren Sehschlitz und wackelt mit Nägeln, die lang genug sind, um Schneckenrennen darauf auszutragen. »High five, guys!«

Rufus und ich klatschen jeweils mit einem ihrer Finger ab.

»Na, dann kommt mal. Die Zeit drängt.«

Im Fahrstuhl auf dem Weg in den dreizehnten Stock sagt sie: »Ich glaube, ich sollte mal mit meinem Therapeuten reden.«

»Worüber?«, fragt Phil.

»Sie sehen echt fertig aus.«

»Sie wollen mit Ihrem Therapeuten darüber reden, wie fertig ich aussehe?«

»Je fertiger Sie aussehen, desto besser gefallen Sie mir. Ist doch sonderbar, finden Sie nicht?«

»Das bin ich gewohnt«, meint Phil. »Ich wecke mütterliche Instinkte. Das Lied meines Lebens ...«

»Mütterlich würde ich die nicht nennen ...« Die Fahrstuhltür öffnet sich. »Was kann ich Ihnen denn heute Gutes tun: Flat White? Oder lieber Hot Chocolate? In Ersterem ist mehr Koffein, in Letzterem ...«, Montgomerys Stimme wird weich wie Sahnecreme, »mehr sugar. Sie sehen mir aus, als könnten Sie beides vertragen.«

Das macht Montgomery häufig: sich etwas fragen, um sich die Antwort darauf gleich selbst zu geben. Als sie die Bürotür hinter sich zuzieht, stellt Phil seine Tasche auf den Tisch, schlägt den Deckel zurück, und Rufus und ich dürfen endlich rausklettern. Wir bauen uns vor unserer Criminal Intelligence Officerin auf und salutieren.

Montgomery ist entzückt und pikst mir liebevoll einen ihrer langen Nägel in den Bauch. »Ach, ihr beiden ...«

Ich sehe mich um. Ihr Büro ist genauso unspektakulär wie

bei unserem letzten Besuch. Ein Tisch, ein Computer, zwei Stühle, Grau in Grau. Neu ist die Dattelpalme, die allerdings auch so aussieht, als könnte sie einen Flat White und etwas Hot Chocolate vertragen. Dabei ist das Einzige, was man tun muss, um einer Dattelpalme das Leben zu versüßen, ihr kein Wasser zu geben. Sollte eigentlich nicht so schwer sein.

Montgomery selbst erstrahlt in gewohnter Pracht. Heute trägt sie ein perlmutt schillerndes Kostüm, eine Art Federboa in Orange und den dazu passenden Nagellack. Marcia, Minka und Mitzi würden dafür töten.

Die Tür wird geöffnet, Phil bekommt seinen Flat White vorgesetzt. Eine Stimme sagt: »Äh, Haustiere sind hier eigentlich verboten.«

Ich erwidere: »Sehe ich aus wie ein Haustier?«

Natürlich kann ich sagen, was ich will, denn bei dem Interpol-Mitarbeiter kommt nur Krchztlfffbrch an.

»Sind keine Haustiere«, übersetzt Phil. »Sind Wildtiere.«

Die Tür schließt sich.

Montgomery gibt Phil den ersten Schluck und, weil sie ihn ganz dolle lieb hat, noch drei Sekunden extra. Dann legt sie los.

»Weshalb ich Sie hergebeten habe …« Schlagartig herrscht voll die professionelle Atmo. »Ist Ihnen der Name Romy Davis ein Begriff?«

»NE-Invest«, knarzt Rufus.

Phil sagt: »Nicht, dass ich wüsste.«

Montgomery sieht ihn an. Ist nicht die Antwort, die sie sich erhofft hat. »Spekulieren Sie an der Börse?«

»Womit?«, erwidert Phil. »Legosteinen?«

»Was nicht das Dümmste wäre, die Lego-Aktie hat den Markt in den vergangenen Jahren outperformed. Aber lassen wir das. Romy Davis gehört zu denen, die an der Börse das ganz große Rad drehen. Seit vor dreizehn Jahren ihr Mann gestorben ist und sie dessen Investmentfirma übernommen hat, ist sie zu einer Art Rihanna der Wall Street aufgestiegen.«

»NE-Invest«, wiederholt Rufus gelangweilt.

»Ihr neuester Fonds, der NE-Invest, garantiert Renditen, bei denen jeder andere Fondsmanager Schnappatmung bekommt.«

Montgomery wartet auf Phils Reaktion.

Die sieht so aus: »Sie haben mich nicht hergebeten, um mir Börsentipps zu geben.«

»Allerdings nicht, geht noch weiter. Die Renditen von NE-Invest sind so erstaunlich, dass die Börsenaufsicht auf den Plan getreten ist.«

»Lassen Sie mich raten: Man kann Romy Davis nichts nachweisen.«

Montgomery stützt die Ellenbogen auf ihren Schreibtisch, verschränkt die Hände ineinander und legt ihr Kinn darauf ab. Ihr Lidschatten passt zur Federboa und zu den Fingernägeln, und wenn sie mit den Wimpern klimpert, so wie jetzt, sieht das aus, als würden zwei tropische Falter Synchronfliegen üben.

»Wenn alle Männer eins und eins so gut zusammenzählen könnten wie Sie, Phil, dann wäre mein Leben sehr viel einfacher.«

Phil trinkt seinen Kaffee aus. »Könnte ich noch so einen …«

»Ist bereits in Arbeit«, erwidert Montgomery.

»Danke. Was ich noch nicht zusammenzählen kann, ist, wo ich ins Spiel komme.«

»Richtig.« Sie stößt einen klitzekleinen orangefarbenen

Seufzer aus, dann ist sie wieder bei der Sache. »Vor zehn Tagen hat ein Buchprüfer von NE-Invest Kontakt mit uns aufgenommen. Nur leider war er tot, bevor er uns verraten konnte, warum. Autounfall auf gerader Strecke.«

»Sachen gibt's.«

»Tja. Richtig spannend wird es aber erst jetzt. Wir vermuten seit Längerem, dass in Davis' Fonds zuvor gewaschenes Drogengeld aus Mexiko fließt, und zwar in nicht unbeträchtlicher Höhe.«

Die Tür wird geöffnet, ein weiterer Kaffee vor Phil abgestellt. Da ist ein Zögern.

Bis Phil sagt: »Sind immer noch Wildtiere.«

Um das Gesagte zu unterstreichen, nehme ich Angriffshaltung ein, fahre die Krallen aus und fauche, was das Zeug hält.

Die Tür schließt sich.

Phil nimmt einen Schluck. »Nur für mich, zur Orientierung«, sagt er. »Was habe ich mir denn unter einer nicht unbeträchtlichen Summe vorzustellen?«

»Wir vermuten einen mittleren dreistelligen Millionenbetrag.«

Phil, der gerade seine Tasse absetzen wollte, überlegt es sich anders und nimmt gleich noch einen Schluck. »Langsam werde ich wirklich neugierig darauf, wo ich da ins Bild komme.«

»Das kann ich Ihnen sagen. Am Wochenende findet auf Davis' Anwesen an der Côte d'Azur die Vermählung ihres Sohnes Jeremy mit Heather Cork statt.« Montgomerys Nägel spielen miteinander wie schnäbelnde Störche. »Sie wissen schon: Großes Geld heiratet alten Namen.«

»Ich sehe es vor mir«, sagt Phil.

»Das ist gut. Was uns interessiert, ist allerdings nicht das Brautpaar und auch nicht Romy Davis, sondern der mexikanische Drogenbaron, der, soweit wir informiert sind, zur Hochzeit anreisen wird. Warum er dieses Risiko auf sich nimmt, ist unklar, denn sobald er europäischen Boden betritt, gehört er uns. Falls wir ihn kriegen. Außer in Ungarn und Polen liegt in praktisch jedem anderen Land ein Haftbefehl gegen ihn vor. Die Liste der ihm zur Last gelegten Vergehen ist so lang, dass Sie schon einige Fantasie aufbringen müssen, um etwas zu finden, das nicht draufsteht.«

Phil trinkt den Kaffee aus, lehnt sich zurück, wartet.

»Mein Plan«, seufzt Montgomery, »ist es, Sie auf die Hochzeit einzuschleusen. Ihr Job wird es sein, Samtpfote ausfindig zu machen, ihr einen Tracker zu verpassen und das Gelände zu verlassen, bevor jemand Sie umbringt.«

Phil und ich starren Montgomery an. Und dann sagen wir gleichzeitig: »Die *was?*«

Montgomery blickt von Phil zu mir und wieder zu Phil. »Wenn ich es nicht besser wüsste … Wie dem auch sei: Sie haben richtig gehört.«

»Wahrscheinlich haben Sie es schon gesagt, und es ist mir nur entgangen: Wenn Samtpfote in ganz Europa per Haftbefehl gesucht wird – weshalb nehmen Sie sie nicht einfach fest?«

Bevor Montgomery antworten kann, sagt Rufus: »Weil niemand weiß, wie sie aussieht.«

Montgomery ist kurz verunsichert. Dann erklärt sie: »Weil niemand weiß, wer Samtpfote ist. Es wird sogar gerätselt, ob sich hinter dem Namen womöglich eine Frau verbirgt. Wir haben keine Handhabe, das Anwesen von Romy Davis zu betreten. Der Richter ist geschmiert und gibt uns keine Genehmigung. Außerhalb der Legalität können wir ebenfalls nicht operieren. Finden Sie heraus, wer Samtpfote ist, tracken Sie ihn oder sie, und machen Sie sich so dünn, wie ich es nie sein werde. Sobald Samtpfote das Anwesen verlässt, schlagen wir zu.«

»Mit anderen Worten: Meine Mission ist nicht legal und nicht autorisiert.«

»Autorisiert ist sie schon. Von mir.« Klimper, klimper. »Ansonsten hat sich nichts geändert, Phil: Ich mag, wie Sie eins und eins zusammenzählen.«

»Und als was wollen Sie mich auf der Hochzeit einschleusen? Als Katzenfutterlieferant?«

»Nicht doch. Da kommen Sie nicht weiter als bis zum Hintereingang. Sie brauchen Bewegungsfreiheit. Deshalb werden Sie als Phil & Friends eingeschleust. Ray und Rufus werden das Wägelchen mit den Trauringen zum Altar ziehen, Ray als Bräutigam verkleidet, Rufus als Braut, inklusive Schleier.« Sie wirft Rufus und mir einen Blick zu. »Der Weddingplanner freut sich schon auf euch.«

»Isnwitz«, sage ich.

Phil wendet sich Rufus und mir zu: »Jungs?«

»Vorher hacke ich mir ein Bein ab«, sage ich.

Rufus haut sich eine Klaue aufs Ohr. »Nicht ganz, was ich mir vorgestellt habe.«

Phil wendet sich Montgomery zu, beugt sich vor, lächelt sein unwiderstehlichstes Lächeln, wartet, bis Montgomery vollständig zu Hot Chocolate geschmolzen ist, und sagt: »Schätze, Sie haben uns.«

11

Für den offiziellen Teil der Besprechung ziehen wir in den Conference Room um: Videowand, Chromschwinger, in Streifen geschnittenes Licht, Blick auf die Spree. Auch hier gibt es etwas Neues, allerdings keine Zimmerpflanze, sondern den Tisch: oval, Nussbaum, groß und so staubfrei, dass ich gerne darauf inlinern würde. Vielleicht war ihnen der alte zu rund.

Montgomery macht das, was sie scheinbar immer macht, sobald sie diesen Raum betritt: Essen bestellen. Ich vermute, sobald man hier drin eine Besprechung abhält, geht das Essen aufs Haus.

»Bringen Sie einfach von allem etwas«, höre ich sie sagen. »Wird sich schon jemand finden.« Sie lächelt Rufus und mich an und drückt sich den Hörer gegen die Brust. »Für euch wieder die bunte Knabbermischung?«

Ich versuche mich an einem Thumbs-up, Rufus ruckelt seinen Klettgurt zurecht. »Gerne nicht so viele Feuerkäfer diesmal. Von denen haben wir im Wald mehr als genug.«

Phil gibt es an Montgomery weiter, die einen ihrer Fingernägel auf der Linie ihrer gezupften Augenbraue spazieren führt. »Moment noch«, sagt sie ins Telefon, drückt es wieder gegen ihre Brust und nimmt Rufus ins Visier. »Hab ich das richtig verstanden? Ihr wollt die bunte Knabbermischung, aber mit nicht so vielen Feuerkäfern?«

Rufus bekommt sein Thumbs-up deutlich besser hin als ich, jedenfalls ist die Aussage eindeutig.

»Und rede ich hier wirklich gerade mit einem Erdmännchen?«

Wieder lässt Rufus' Reaktion wenig Spielraum für Interpretation.

»Ihr macht mich fertig«, sagt Montgomery, löst das Telefon von ihrer Brust. »Hören Sie …«

Während wir auf das Essen warten, bringt unsere Criminal Intelligence Officerin Leben in die Monitorwand. Als Erstes präsentiert sie uns Romy Davis, deren Gesicht aussieht wie achtunddreißigeinhalb und die den Körper einer Neunzehnjährigen zu haben scheint, aber unlängst die Sechzig gerissen hat.

»Gut gephotoshopped«, bemerkt Phil.

»Mitnichten. Was Sie da sehen, ist die Arbeit des bestbezahlten plastischen Chirurgen der USA. Diese Frau überlässt keinen Kieselstein in ihrer Auffahrt dem Zufall.«

Rufus macht ein Geräusch, als würde er auf einem Sahnebonbon lutschen. »Cartier Tank«, sagt er. Und als Phil und ich ihn ansehen: »Ihre Uhr. Haben Princess Diana und Jackie Kennedy schon getragen.«

Auf dem benachbarten Monitor erscheint das Bild eines jungen Mannes, der den Eindruck macht, als würde er gerne alles Mögliche dem Zufall überlassen. Die Kiesel in seiner Auffahrt sowieso.

»Der Bräutigam«, vermutet Phil.

»Ach, Phil«, seufzt Montgomery, was übersetzt so viel heißt wie: Wenn nicht bald das Essen kommt, muss ich *Sie* vernaschen. Sie reißt sich zusammen. »Der Bräutigam, in der Tat. Jeremy. Er ist fünfundzwanzig, und in seinem Fall ist der Umstand, dass er wie siebzehn aussieht, nicht der Arbeit eines plastischen Chirurgen geschuldet, sondern seiner ungebrochenen Naivität. Letztes Jahr hat er einen Master in International Management erworben, ohne die Uni auch nur ein einziges Mal betreten zu haben. Die hat dafür jetzt einen neuen Sportcampus, benannt nach …«

»… Romy Davis.«

»Hören Sie auf, Phil, ich bin sowieso schon ganz wuschig! Wenn Sie ihn fragen, was er beruflich so macht, sagt er Ihnen, dass er Rallyefahrer ist. Was stimmt. Er hat seinen eigenen Rennstall, finanziert von Sie-wissen-schon-wem, fährt sämtliche Rallyes der Welt mit und wird zuverlässig Letzter – sofern er überhaupt ins Ziel kommt. Und das hier ist seine Braut.«

»Eieiei«, schnalzt Rufus.

Das Foto zeigt Heather Cork mit zweien, die nur ihr Vater und ihre Mutter sein können, auf einem unverschämt grünen Rasen und vor einem Landhaus, das verdächtig nach Downton Abbey aussieht.

»Ja«, sagt Montgomery, »Lord Ashton und Lady Phyllis kommen über die Runden. Allerdings nicht so geschmeidig, wie man denken würde. Das Anwesen frisst ihr Vermögen auf. Und Heather, die ihr Jurastudium im Gegensatz zu Jeremy ohne die Unterstützung ihrer Eltern summa cum laude abgeschlossen hat, will dringend hinaus in die große, weite Welt und raus aus der Kanzlei ihres Vaters. Jeremy ist für sie also das Sprungbrett in die High Society. So, und jetzt zeige ich Ihnen die Hochzeitsgäste, von denen wir wissen, dass sie in großem Stil in NE-Invest investiert sind.«

»Wofür steht eigentlich das NE in NE-Invest?«, will Phil wissen.

»Never enough«, erklärt Montgomery. Einen Augenblick später geht die Tür auf, zwei Leute tragen ein halbes Dutzend Schachteln und Kartons herein, und Montgomery sagt: »Aufs Stichwort.«

Unter den Leuten, die Montgomery uns als Nächstes präsentiert und die wir im Auge behalten sollen, ist eine, bei deren Erscheinen auf dem Monitor Phil sagt: »Die kenn ja sogar ich.«

»Natürlich kennen Sie Holly Kim«, erwidert Montgomery mit vollem Mund. »Sie ist eines der drei erfolgreichsten Topmodels aller Zeiten. Und doch kennt niemand ihr genaues Geburtsdatum. Muss man auch erst einmal hinbekommen.«

Sie hat Arabisch bestellt, Humus, Falafel, Bohnen, Hühnchen, vom Tisch steigt ein Duft nach Zitrone, Petersilie, Zwiebel und Knoblauch auf. Rufus und ich wühlen derweil in unserer Knabbermischung nach den leckersten Insekten. Skorpione sind leider keine dabei, aber auf dem Boden schlängeln sich ein paar schmackhafte Tausendfüßler.

Apropos schmackhaft: Ich gestehe, sogar ich finde, dass diese Holly Kim echt bombe aussieht. Was mir bei Menschen total selten passiert, denn erzählt mir, was ihr wollt, aber nackte Haut ist irgendwie schräg, no judgement. Holly Kim aber … Sie ist perfekt. Das gruselt einen richtig. Eine Mischung aus Jamaika und Ostasien, veredelt mit natürlichem Hochmut und jahrelang unter einem Sonnensegel mit Eselsmilch poliert.

»Sie nehmen nicht ernsthaft an, dass sie Samtpfote ist«, sagt Phil.

»Nein, aber wir können es auch nicht ausschließen. Seit

einigen Jahren betreibt Holly Kim eine Agentur mit Sitz in Shanghai, die Marken erlebbar macht.«

»Wie hab ich mir denn das vorzustellen?«

»Vermutlich gar nicht. Wissen sollten Sie aber, dass Holly Kim praktisch ihr gesamtes Privatvermögen in Davis' Fonds investiert hat. Wichtiger aber sind vermutlich die hier.«

12

Sie zeigt uns ein Foto, auf dem so viele makellos weiße Zähne zu sehen sind, dass man sich erst an die Helligkeit gewöhnen muss, um zu erkennen, was sonst noch drauf ist: ein lachendes Paar in den Sechzigern, umringt von lachenden Menschen in den Zwanzigern.

»Das sind Rahul und Saira Gayakwad im Kreise von vier ihrer sieben Kinder. Sie wohnen in London, Mumbai und dem Rest der Welt und produzieren die erfolgreichste Telenovela Bollywoods. ›Nishay – Ich bete dich an‹ bringt es auf mittlerweile sechstausendfünfhundert Folgen. Früher hat Saira selbst die Titelrolle gespielt, inzwischen ist sie neben ihren Mann auf den Produzentenstuhl gewechselt, was sich als Glücksfall für die beiden erwies. Ohne Saira wäre Rahul ein ganz gewöhnlicher indischer Durchschnittsmillionär geblieben, inzwischen aber spielen sie in der Liga der Superreichen. Sie sehen: Es muss nicht immer Öl sein.«

»Mit anderen Worten: Wenn einer von den beiden Samtpfote ist, dann die Frau.«

»Finden Sie's raus, Phil.«

Auf dem benachbarten Monitor erscheint ein Paar um die siebzig, Rücken an Rücken, die Gesichter zur Kamera gedreht, ganz ungezwungen so und total gut drauf. Der Mann hat sein grau meliertes Haar streng nach hinten gekämmt, alles an ihm schreit nach guter alter Zeit: Schnauzbart, Maßanzug, Einstecktuch. Die Frau hat sich ihre blonden, unglaublich gesunden und ganz zufällig perfekt gewellten Haare mit ihrer Ups-ist-die-wirklich-von-Prada-Sonnenbrille so weit aus dem Gesicht geschoben, dass ebenfalls ganz zufällig der alte Perlenohrring aus Familienbesitz darunter hervorblitzt. Beide lachen in die Kamera, als hätte man ihnen die Mundwinkel an den Ohren festgenäht.

»Das sind Geneviève und Philippe Haut les cœurs«, erklärt Montgomery. »Sie leiten in siebzehnter Generation die Geschicke des gleichnamigen Bordeaux-Weinguts, wobei Philippe sich in erster Linie für die älteren Jahrgänge interessiert. Lange Zeit galt in dieser Dynastie Diskretion als oberstes Gebot. Das änderte sich, als Geneviève vor zehn Jahren Philippe zum Mann nahm. Nach der ersten Flasche Merlot ist der Gute kaum noch zum Schweigen zu bringen, und die hat er in der Regel spätestens nach dem Mittagessen intus.«

»Und auch die haben ihr Vermögen in Romys Fonds angelegt«, folgert Phil.

»Und stecken möglicherweise in finanziellen Nöten. Vorletztes Jahr fiel der Ernteertrag um ein Drittel geringer aus als üblich, dieses Jahr war es die Hälfte. Denen geht die Luft aus.«

Sie faltet ein Stück arabisches Brot, schaufelt sich eine Portion Baba Ganoush darauf und will alles zusammen in ihrem Mund verschwinden lassen, als ich »hey!« rufe, zwischen den Schachteln hindurchflitze und eine Klaue auf das Fladenbrot lege. Sie blickt mich erschrocken an, aber das ist noch nichts gegen den Schreck, als ich aus der Auberginenpaste einen flüchtigen Blatthornkäfer hervorziehe.

Ich halte ihn hoch, seine verklebten Beinchen schaufeln

durch die Luft, und sage: »Den will sie mir doch wohl nicht wegessen.«

Als ich ihn ins Maul stecke, stelle ich fest, dass Blatthornkäfer in Auberginenpaste voll was von gehobener Küche haben, und lecke mir die Zwischenräume meiner Krallen sauber.

Montgomery legt ihr Chubz auf dem Tisch ab. »Na, schönen Dank auch«, fasst sie zusammen.

»Können wir das jetzt als Dip für unsere Knabbermischung nehmen?«, frage ich.

Phil gibt die Frage an Montgomery weiter, die mal wieder zwischen uns hin und her blickt.

»Das ist echt nicht mehr lustig, was da bei euch abgeht. Aber bitte: Ich rühr das nicht mehr an.«

»Lit«, sage ich und ziehe das Brot zu Rufus und mir und unserer Knabbermischung rüber.

Fünf Personen fehlen noch in Montgomerys Aufzählung: das Ehepaar Burns, Anita & Lovis sowie Günther Rauch.

Brooke und Louis Burns kam vor einigen Jahren die Idee einer mobilen Hot-Dog-Kette – MR. DOG –, die inzwischen an der Westküste der USA sehr erfolgreich aufgestellt ist und deren Geschäftsmodell die Burns auf die gesamte USA ausweiten möchten. Die beiden sehen geradezu schockierend normal aus. Louis ist ein gut gelaunter Mittvierziger mit Hut, der offenbar sein bester Kunde ist, Brooke eine gut gelaunte Mittvierzigerin, die wie eine Erzieherin aussieht, der die Kinderherzen nur so zufliegen.

Anita & Lovis dagegen sind ihre eigene Marke, so wie Phil & Friends. Nein, anders. Seit dreiundzwanzig Jahren schließt das kinderlose Lifecoach-Traumpaar sinnsuchenden Menschen das Glück des Lebens auf, indem sie ihnen den Zugang zu ihren inneren Kraftquellen freilegen. Ihr Foto ist ein Versprechen: Besuche einen unserer Siebentausend-Euro-Workshops, und du wirst Teil unserer Glücksgemeinschaft, gegen Aufpreis wirst du vielleicht sogar ein bisschen wie wir, endlos glücklich, lichtumkränzt und mit einem zarten rosa Ring um dich und dein ganzes Sein.

Fehlt noch Günther Rauch, fünfundsechzig, Lederhut, markantes Kinn, den Blick auf den nicht im Bild befindlichen Berggipfel gerichtet, während sich das sexy ergraute Brusthaar herb männlich aus dem weit geöffneten Hemd kräuselt.

»Den hab ich auch schon irgendwo gesehen«, bemerkt Phil.

»Was nicht schwierig ist, schließlich sitzt er in jeder zweiten Talkshow.«

»Na klar«, sagt Phil. »Der Bohnenkönig.«

»Ganz recht. Immer auf der Jagd nach der perfekte Kaffeebohne, auch wenn er dabei Leib und Leben riskieren muss. Eine Art Symbiose aus Indiana Jones und Mutter Teresa. Und natürlich ist ihm nichts wichtiger als das Wohl der Menschen, die für ihn arbeiten. Seine Kaffeebauern verdienen nicht einen Dollar am Tag, sondern eins fünfzig, außerdem stellt er ihnen Wellblechhütten, und für fast ein Drittel der Kinder gibt es rudimentäre Schulbildung. Er muss sich daher mit sehr bescheidenen Gewinnmargen zufriedengeben. Reicht aber, um mit ungefähr dreihundert Millionen Dollar bei Davis investiert zu sein.«

Phil lehnt sich zurück, kaut länger als nötig auf einem Falafel-Bällchen, sieht Montgomery an und sagt: »Ihr habt nichts.«

13

Montgomerys orangefarbene Tropenfalter fangen wieder an zu flattern. »Nicht viel«, gibt sie zu. »Aber die Information, dass Samtpfote zur Hochzeit kommt, ist ziemlich verlässlich. Diesem Risiko würde sie sich nicht freiwillig aussetzen.«

»Es geht ums große Geld.«

»Vermutlich. Deshalb haben wir uns diejenigen Gäste genauer angesehen, die bei Romy investiert sind. Aber Sie haben recht: Ein zwingender Verdacht tut sich da bei keinem auf.« Sie legt ihren Kopf schief, gleich heben sie ab, ihre Falter. »Ist eine einmalige Chance, Phil. Hinter Samtpfote sind wir seit Jahren her, und wer weiß, wann sie noch einmal europäischen Boden betritt. Sehen Sie es so: Wenn's danebengeht, haben Sie zwei Tage umsonst Shrimps genagt und Jahrgangschampagner getrunken. Außerdem gibt es sicher hübsche Erinnerungsfotos von Ray und Rufus als Braut und Bräutigam.«

Phil blickt in seine Kaffeetasse. Schon wieder leer, na so was. »*Einen* von denen könnte ich noch …«

»Kommt«, sagt Montgomery.

»Okay«, sagt unser Partner schließlich. »Gesetzt den Fall, es geschieht ein Wunder, und wir finden tatsächlich heraus, wer Samtpfote ist. Sie sagten etwas von tracken?«

»Gut, dass Sie es ansprechen. Sie hatten ja bei unserer letzten Mission eine Wunschliste mit technischen Zaubereien erstellt.«

Rufus, dem eine halbe Assel aus dem Maul schaut, ist schlagartig wie elektrisiert. »Bekomme ich endlich meine Anschnalldrohne?«

Um Montgomery nicht noch weiter zu verunsichern, tut Phil so, als hätte er Rufus nicht verstanden. »Wir bekommen Mini-Anschnalldrohnen?«

»So schnell wird die Wiese nicht grün«, entgegnet Montgomery. »Die meisten Menschen machen sich falsche Vorstellungen davon, über welche finanziellen Mittel Interpol verfügt. Unser Jahresbudget liegt unterhalb der Einstiegsgrenze für Romy Davis' Fonds. Nichtsdestotrotz« – sie öffnet ihre Handtasche und zieht ein kleines schwarzes Kästchen mit roter Schleife hervor – »konnte unsere Entwicklungsabteilung immerhin *einen* Ihrer Wünsche umsetzen.«

Phil entfernt die Seidenschleife und öffnet den Deckel. Zum Vorschein kommt ein Billo-Kuli mit Werbeaufdruck.

»Phil & friends?«, liest Phil.

»Gefällt Ihnen das Logo?« Montgomery nimmt ihm den Kuli aus der Hand und presst ihn mit einer schnellen Bewegung in seinen Nacken.

»Au«, bemerkt Phil.

»Hab Sie«, sagt Montgomery.

»Ich bin getrackt?«

»I wish. Aber so funktioniert es. Schauen Sie.«

Sie schraubt den Kuli auseinander, in dem tatsächlich hochsensible Technik zum Vorschein kommt. Es gibt zwei Patronen, beide nicht größer als eine Feuerameise. Mit der einen lässt sich eine Person tracken, mit der anderen außer Gefecht setzen.

»Aber Vorsicht vor Selbstversuchen«, warnt sie. »Fünf Sekunden, dann geht sogar ein Nashorn in die Knie.«

Mit spitzen Fingern nimmt sie Rufus das Gerät aus den Klauen, der gerade die Funktionsweise des Injektionsmechanismus untersucht, schraubt den Kuli vorsichtig wieder zusammen und reicht ihn Phil.

»Einmal hier den Daumen draufhalten, bitte. Danach kann niemand außer Ihnen den Mechanismus aktivieren. Für alle anderen« – sie wirft Rufus einen Blick zu – »ist das Ding nur noch zum Schreiben zu gebrauchen.«

Phil macht es, drückt seinen Daumen auf den Werbeschriftzug.

»Glaubst auch nur du«, sagt Rufus, der beleidigt ist, dass Montgomery ihm nicht zutraut, das Ding sachgemäß zu bedienen. »Auf meiner Liste stand der übrigens gar nicht.«

»Wenn ich mich recht erinnere«, sagt Phil daraufhin zu Montgomery, »stand der gar nicht auf meiner Liste.«

»Wie recht Sie haben. Der Kugelschreiber war meine Idee, mein persönliches Geschenk an Sie, sozusagen. Deshalb die Schleife.« Klimper, klimper. »Auf Ihrer Wunschliste stand das hier.«

Ein zweites Mal lässt sie ihre Finger in der Handtasche verschwinden. Als sie wieder zum Vorschein kommen, halten sie ein kleines Gerät, zu dem mir, egal, wie sehr ich mich anstrenge, nur eins einfällt:

»Wozu wolltest du denn einen Vibrator?«, frage ich Rufus.

Mein Bruder ist ganz aus dem Häuschen über seinen Vibrator. »Mein Grapnel Launcher!« Er reißt ihn Montgomery praktisch aus der Hand.

Phil ist etwas zurückhaltender. »Ich kann mich auch nicht daran erinnern, einen Vib-«

In dem Moment klickt es, und der Vibrator fährt vier Widerhaken aus. Rufus hält ihn über sich, zielt, drückt irgendwo drauf, und die vier Haken entpuppen sich als eine Art Sprengkopf, der zur Decke emporschnellt und sich in eine der Platten bohrt.

»Geilo!« Rufus schnallt sich das Vibrator-Ding um, drückt noch einmal wo drauf und wird mit leisem Surren zur Decke emporgezogen. »Das ist eine Enterhakenpistole, ihr Ignoranten«, ruft er und winkt uns zu. »Optimiert für die Befestigung an einem Klettgurt, zweihundertsechzig Gramm leicht, trägt aber Lasten bis dreieinhalb Kilo. Das bedeutet, es kann uns auch gemeinsam …«

In dem Moment knallt Rufus gegen die Decke, die Widerhaken lösen sich, und einen Augenblick später klatscht er neben mir auf die Platte, und der Sprengkopf bohrt sich eine Klauenbreite neben seinem Kopf in den Tisch.

Seiner Laune tut das keinen Abbruch. »Wer zu hoch hinauswill«, er blickt zur Decke, »stößt irgendwann oben an.« Er sortiert seine Knochen, lässt die Pistole wieder zu einem Vibrator zusammenschnurren und klemmt ihn an seinen Klettgurt. Dabei zieht er unauffällig mit einem Hinterbein die Schachtel mit der Auberginenpaste über die Dellen, die seine Enterhakenpistole im Tisch hinterlassen hat. Anschließend wendet er sich an Montgomery: »Firma dankt.«

»Hat er gerade was gesagt?«, fragt sie.

Phil nickt. »Firma dankt.«

»Sagen Sie das jetzt, oder hat er das gesagt?«

»Sagen wir beide«, antwortet Phil diplomatisch.

»Gern geschehen«, erwidert Montgomery. Sie blinkert Phil an, dass es nur so knistert. »Ich hab noch was für Sie.«

Jetzt wird es sexuell, denke ich. Stattdessen legt sie drei Ohrstöpsel auf den Tisch.

»Die kennen Sie ja schon. Abhörsichere In-Ears, die sich automatisch verbinden und über die Sie Ihren kleinen Freunden Anweisungen geben können.«

»Oder umgekehrt«, werfe ich ein.

»Glauben Sie wirklich, dass wir die auf der Hochzeit benutzen dürfen?«, fragt Phil skeptisch.

»Klar. Wie sonst sollen Sie Ihren Co-Stars sagen, was die beiden zu tun haben?«, erwidert Montgomery. »Außerdem sehen die Dinger selbst für Experten völlig unverdächtig aus. Unsere Entwicklungsabteilung ist mächtig stolz darauf, dass die neuen Modelle auch eine Übersetzerfunktion haben. Vorerst nur für Englisch und Französisch, aber wir arbeiten an weiteren Sprachen.«

Phil nimmt einen der Ohrstöpsel in die Hand, betrachtet ihn von allen Seiten. »Und wo stellt man die Sprache ein?«

Montgomery lächelt. »Die Besonderheit dieses technischen Meisterwerks ist, dass es mit künstlicher Intelligenz arbeitet und automatisch erkennt, welche Sprache gesprochen wird. Sie müssen also nichts tun, die KI erledigt alles.«

»Das glaube ich erst, wenn ich es höre«, sagt Rufus.

Phil blinkert zurück, was Montgomery ein seliges Lächeln entlockt. »Spannend.«

Wir landen am nächsten Morgen bei Sonnenaufgang. In Nizza. Das ist da, wo die Reichen und Schönen wohnen. Wenn du nicht wenigstens eins von beidem bist, meint Rufus, servieren sie dir hier nicht mal einen Kaffee. Wir sitzen in derselben Maschine wie beim letzten Mal, einer Bombardier Global 5000. Hätte ich mir natürlich nie gemerkt, wie das Ding heißt, aber während des Fluges ist Rufus so lange im Mittelgang auf und ab stolziert und hat »Bombardier Global 5000« geschnalzt, dass inzwischen sogar der Teppichboden weiß, in was für einer Maschine er verlegt ist.

Wir setzen in dem Moment auf, da sich der erste glühend rote Streifen der aufgehenden Sonne aus dem Meer erhebt. Ich sitze auf dem Tisch, blicke aus dem Fenster und fühle mich gleichzeitig klein und überlebensgroß. Ist voll cringe, weiß ich selber. Am Ende bin ich nur ein unbedeutendes Erdmännchen, das sich fragt, ob das Weibchen, mit dem es eigentlich einen Clan gründen wollte, einen anderen hat. Beim Abschied jedenfalls hatte Natalie mehr Verständnis, als mir lieb war. Beinahe als wäre sie froh, mich los zu sein. Me-Time. Fuck. Auf der anderen Seite ist das hier meine Me-Time, ich find's geil, und ja, ich fühle mich wie ein Filmstar! Ich bin zwar nur ein kleines Erdmännchen, aber wie viele andere kleine Erdmännchen haben schon das Glück, so krasse Sachen zu erleben? Mein Bruder, okay. Sonst noch einer? Ganz genau: keiner nämlich.

»Ray?«

Das war Phil. Seine Tasche steht neben mir, der Deckel ist bereits zurückgeschlagen, und Rufus sitzt auch schon drin.

»Wir machen's echt noch mal, oder?«, sage ich.

Mein Partner krault mich unterm Kinn. »Sieht so aus.«

14

Rufus hat es mir erklärt: Nizza ist eine Stadt an der Côte d'Azur, was übersetzt »Azurblaue Küste« heißt, und die liegt in Südfrankreich am Mittelmeer. Und ist tatsächlich ganz schön. Zumindest, wenn sie unter einem vorbeigleitet, während der Tag erwacht und man über die erhöht gelegene Autobahn chauffiert wird.

Montgomery fährt selbst, was dazu führt, dass Rufus und ich auf der Rückbank ständig übereinanderpurzeln und wir alle paar Minuten knapp am Tod vorbeischrammen. Unsere Criminal Intelligence Officerin wird während der Operation mit ihrem Einsatzteam auf einem nahe gelegenen Hügel Position beziehen und ihre schützende Hand über uns halten. Phil auf dem Beifahrersitz versucht, sich nichts anmerken zu lassen, sein Angstgeruch allerdings weht durchs Auto wie die bläulichen Schwaden in einer Raucherkneipe.

Ein weiteres Mal hupt Montgomery einen Wagen von der linken Spur und zieht vorbei. Rufus und ich sehen einen wild gestikulierenden Mann und winken freundlich zurück.

»Wenn ich nicht wenigstens einmal am Tag zweihundert fahre«, erklärt Montgomery, »fehlt mir einfach was.«

Irgendwann biegen wir von der Autobahn ab, Rufus und ich werden gegen die Tür geschleudert, direkt neben uns und nur durch das Türblech getrennt ertönt die wütende Hupe eines Sattelschleppers, und Montgomery sagt seelenruhig zu ihrem Rückspiegel: »Ist hart, ich weiß. Aber du kommst drüber weg.« Sie lacht. »Früher oder später.«

Kurz darauf endet unsere Fahrt. Wir stehen auf einem Parkplatz, es riecht nach Meer und Pinien und warmem Asphalt. Irgendwo zwitschert ein Sperling. Phil hebt seinen Koffer aus dem Wagen, ein Stück weiter wird ein Lkw mit Veranstaltungstechnik entladen.

»Seien Sie vorsichtig.« Montgomery drückt Phil an sich, was meinen Partner plötzlich ziemlich zerbrechlich wirken lässt. »Oh Gott, Sie haben recht«, sagt sie, als sie sich von ihm löst. »Mütterliche Instinkte, ich spüre es ganz deutlich. Das Leben steckt doch voller Überraschungen. Apropos mütterliche Gefühle …«

Sie beugt sich in den Kofferraum, und als sie sich wieder aufrichtet, baumelt eine Anzugtasche an ihrem Finger, aus der zwei Kleiderbügelhaken herausschauen. Wie beim letzten Mal, als wir als Phil & Friends auf der *Golden Silverstar* angeheuert haben. Allerdings muss ich sagen, dass jeder froh sein kann, der sich an Phils Anzug von damals nicht erinnert. Wüsste jedoch nicht, wie man sich *nicht* daran erinnern kann. Ich sag nur: Dolce & Gabbana, goldmetallic.

»Schon wieder?«, fragt er.

»Das Budget war zwar schon ziemlich ausgereizt«, sagt Montgomery, »aber den hier konnte ich als Sonderausgabe verbuchen. Ist immerhin eine Promihochzeit, da wollen Sie nicht unangenehm auffallen, oder? Außerdem … Ich werde Sie vermutlich nicht in diesem Anzug zu sehen bekommen, aber ich stelle mir gerne vor, wie Sie darin ein Glas Champagner trinken, aufs Meer schauen und dabei an ihre Criminal Intelligence Officerin denken.«

Der Parkplatz endet an einer Mauer, die von mehr Kameras überwacht wird als das Olympiastadion.

»Da fühlt man sich sofort willkommen geheißen«, bemerkt Rufus, während wir den Eingang ansteuern.

Der wiederum wird von zwei Bodyguards bewacht, die jeder eine Waffe unter der Achsel tragen, als wären es Prada-Täschchen.

»Sig Sauer MPX Copperhead«, raunt Phil uns zu. »Und das soll eine Hochzeit sein?«

»Mit Magazin für dreißig Schuss«, stellt Rufus fest. »Eine gewöhnliche Sicherheitsfirma hat so etwas gar nicht.«

Einer der Bodyguards bedeutet uns, dass wir in ein neben dem Eingang aufgebautes Zelt treten sollen, der andere hält sich einen Finger auf den Stecker in seinem Ohr. Reden tut keiner mit uns. Montgomery hat uns vorgewarnt, dass man uns die Handys abnehmen wird. Schließlich soll niemand unvorteilhafte Fotos von der Promihochzeit an die Presse durchstechen oder in den sozialen Medien posten. Das hier ist allerdings krasser als die Einlasskontrolle bei Interpol.

Phils Koffer wird durchsucht, auf Geheimfächer gecheckt, durch einen Detektor geschoben. Sein sowie Rufus' Handy bekommen Aufkleber und verschwinden in einem Sicherheitsschrank, Phil selbst wird befummelt und mit einem Metalldetektor abgetastet. Als sie unsere In-Ears einsammeln wollen, muss Phil ausführlich erklären, dass er die für unsere Show braucht, weil er Rufus und mir damit die Kommandos erteilt.

Am Ende gibt der Typ sie zurück, allerdings nicht ohne einen väterlichen Rat: »Don't fuck with me.«

Prompt meldet sich bei mir eine Stimme im Ohr und übersetzt: »Leg dich nicht mit mir an.«

»Besser hätte ich es auch nicht gekonnt«, sagt Rufus, der die Stimme ebenfalls gehört hat.

»Seit wann sprichst du denn Englisch?«

»Tue ich nicht«, antwortet mein Bruder. »Aber den Satz hab ich nun wirklich oft genug im Zoo gehört.«

Zum Schluss muss Phil noch eine Verschwiegenheitsvereinbarung unterzeichnen.

Rufus und ich werden ebenfalls begutachtet, dabei gilt das besondere Interesse des Guards Rufus' Klettgurt und allem, was daran befestigt ist. Einen Moment lang starrt er auf die Enterhakenpistole. Wenn sie eingefahren ist, so wie jetzt, kann man einfach nicht anders, als sie für einen Vibrator zu halten.

»Sick«, sagt er und deutet auf den Ausgang.

Wir treten aus dem Zelt, und – holla! – was soll ich sagen: So was habe ich noch nie gesehen. Als Montgomery uns instruiert hat, benutzte sie ein paar Mal das Wort »Anwesen«. Ich gebe zu, ich fand das ein bisschen albern. Anwesen. Wieso sagt sie nicht einfach Grundstück, hab ich gedacht. Oder Haus mit Garten. Dann dachte ich, so ist sie halt, typisch Montgomery.

Bei dem, was sich uns in diesem Moment darbietet, wird mir allerdings einiges klar. Das hier ist kein Grundstück, und erst recht kein Haus mit Garten. Was Mo und Phil haben, ist ein Haus mit Garten. Das hier ist ein Anwesen. Sogar wenn man das Wort noch nie gehört hat, denkt man als Erstes: ah, ein Anwesen.

Der Garten ist wie ein Park, nur besser gepflegt. Mit diesem Grün kann der beste Golfplatz nicht mithalten. Das gesamte Anwesen fällt terrassenartig zum Meer hin ab, das in optimaler Hintergrundlautstärke vor sich hin rauscht. Die Sonne spiegelt sich auf dem Wasser, was exakt so angenehm in den Augen brennt, dass man die Sonnenbrille aufsetzen muss. Es gibt eine obere, eine mittlere und eine untere Wiese. Zypressen, Akazien, der ganze Scheiß. Aber alles in perfekter Dosierung. Und selbstredend sind die Zypressen so schlank, dass sie wie Supermodels aussehen. Ich weiß nicht einmal, ob die beschnitten werden oder ob die nicht von selbst die ganze Zeit den Bauch einziehen.

Ein Wort zum Haus, also dem Ding in der Mitte. Gibt auch noch rechts und links und oben und unten was, aber jetzt sprechen wir mal über das riesige Ding auf der mittleren Wiese. Das genauso wenig ein Haus ist, wie dieser Garten ein Garten ist. Da ist jeder Dachziegel handverlesen, damit selbst von hier oben aus alles perfekt aussieht. Die Grundform ist ein Hufeisen, aber es gibt natürlich noch allerhand Anbauten, der Hauptriegel ist zwei-, der Rest eingeschossig. Ich weiß nicht, wie viele Zimmer dadrin sind, aber meine Vermutung ist: Wenn man in der Mitte die Schiedsrichter unterbringt, kann man bequem im linken Flügel die Hertha-Mannschaft und im rechten die von FC-Union unterbringen, ohne dass es Ärger gibt.

Phil fasst das Ganze so zusammen: »Heilige Scheiße.«

Sogar Rufus braucht einen Moment, um den Anblick zu verarbeiten. »Ärmlich, aber sauber«, sagt er schließlich.

Wir sind noch ganz versunken in den Anblick und fragen uns, was wohl als Nächstes passiert, als ein Mann eine der Treppen herauffedert, die sich von hier auf das Anwesen ergießen. Wie er das macht – federn –, ist mir unklar, denn seine babyblaue Hose sitzt genauso eng wie sein makellos weißes Hemd, was befürchten lässt, dass hier gleich Knöpfe fliegen. Das Lockerste an ihm ist der weiße Vollbart, und selbst der wird jeden Tag auf Ausreißer abgesucht.

»Hi-i!«, ruft er und streckt Phil bereits seine Hand entgegen, bevor er die letzten Stufen emporgefedert ist. »Ich bin Luc, der Weddingplanner. Und du bist Phil, nehme ich an.«

Sie schütteln einander die Hände.

»Korrekt«, sagt Phil.

»Und das müssen deine Friends sein!«

»Ebenfalls korrekt«, sagt Phil.

Als Luc vor Rufus und mir in die Hocke geht, halte ich mir kurz eine Klaue vor das Gesicht, um nicht von umherfliegenden Knöpfen getroffen zu werden. Wundersamerweise bleiben alle dran.

»Hallo, ihr beiden! Ich sehe schon: Euch werden die Herzen nur so zufliegen. Na, dann zeige ich euch mal euer Quartier. Und Vorsicht mit dem Rasen. Der ist frisch gefärbt und darf frühestens in anderthalb Stunden betreten werden.«

»Ist ein Scherz«, sagt Phil.

Luc macht eine Geste, die das Anwesen umschließt. »Sieht irgendetwas hier nach einem Scherz aus? Also bitte: frühestens in anderthalb Stunden betreten. Und jetzt hurtig, ich hab endlos viel zu tun. Auf dem Weg erkläre ich euch, in welchen Bereichen des Anwesens ihr euch aufhalten dürft und welche tabu sind. Ach, und hier ist dein Ausweis. Bitte immer sichtbar tragen.«

Phil hängt sich den Ausweis mit seinem Foto um. »Artist«, liest er ab. »Aber zum Schlafen darf ich ihn ablegen, oder?«

Luc federt bereits die Stufen hinab. »Zum Schlafen darfst du alles ablegen.«

15

Der Weg, den Luc uns hinabführt, schlängelt sich an der Außenmauer des Anwesens entlang und führt durch dichten Baum- und Buschbestand. Wer hier kommt und geht, wird von den Gästen im Haupthaus nicht bemerkt, was natürlich Absicht ist. Schließlich soll die Stimmung nicht durch den Anblick von körperlich arbeitenden Menschen getrübt werden.

Als an einer Stelle die Bepflanzung den Blick auf das Haupthaus freigibt, bleibt Phil stehen. »Das ist Frau Davis, oder?«

Gemeint ist die Frau auf dem Balkon im ersten Stock, die, von ihrem weißen Kleid umflattert, auf das Meer hinausblickt und telefoniert. Sie wirkt zugleich erhaben und unglücklich. Wie ich sie so da stehen sehe, kommt mir ein Gedanke, nämlich der hier: Oben wird's einsam. Zwischen den Säulen unter dem Balkon stehen übrigens zwei weitere mit MPs bestückte Guards.

»Ja, das ist sie«, erwidert Luc. »Und wenn du einen Tipp von mir willst: Geh ihr lieber aus dem Weg.«

Phil wirft Luc einen fragenden Blick zu.

»So dünnhäutig wie im Moment hab ich sie noch nie erlebt«, erklärt der Weddingplanner.

»Dann kennt ihr euch schon länger?«, fragt Phil.

»Mein halbes Leben. Zwanzig Jahre lang hab ich Jeremys Geburtstage organisiert, Firmenfeiern und Hochzeitstage ausgerichtet, die Trauerfeier für ihren Mann ... Aber so nervös wie zur Hochzeit ihres Sohnes ...«

Luc blickt zum Balkon hinüber, wie um sich zu vergewissern, aber Romy ist bereits wieder verschwunden. Die Guards dagegen haben sich nicht vom Fleck bewegt, und für einen Moment weiß man nicht so genau, ob sie Romy beschützen oder bewachen.

»Eine Zeit lang«, erinnert sich Luc, »waren Jeremy und mein ältester Sohn ganz gut befreundet. Tja, so geht's.«

Phil sagt nichts, aber ich spüre, dass er dasselbe denkt wie Rufus und ich: *Der* hat Kinder?

Der Weg schlängelt sich noch ein bisschen unter den Schirmpinien entlang, bevor er an einem Bungalow endet, der sich mit der Rückseite gegen die Mauer des Anwesens drückt. Könnte sehr idyllisch aussehen, wenn nicht auch hier ein bewaffneter Guard auf der Terrasse stehen würde, der uns auf unvergleichliche Weise nicht beachtet.

»Willkommen im Reich der Lohnempfänger.« Luc schiebt die Panoramatür des Bungalows auf, und sofort steigt mir der angenehme Geruch von Sandelholz in die Nase. Im Vorraum stehen sandfarbene Sitzgelegenheiten, auf denen ich mich sofort herumwälzen möchte, es gibt eine Teeküche und auf einem Opal-Glastisch liegen Lifestyle-Magazine aus. Hab schon Schlimmeres erlebt.

»Ihr seid in der Sechs«, erklärt Luc. »Die ist dahinten. Dein Ausweis ist gleichzeitig die Zimmerkarte. In der Vier schläft Hervé, der das Catering organisiert. Coco, die die Bars managt, ist in der Drei, ich bin in der Eins. Rauchst du?«

»Kommt darauf an, wie viel ich getrunken habe«, erwidert Phil.

Ich erwarte schon, dass Luc jetzt mit einer erzieherischen

Maßnahme rüberkommt, stattdessen fängt er an zu grinsen. »Kenn ich«, sagt er. »Also: Solltest du so betrunken sein, dass du eine rauchen willst, dann erinnere dich daran, dass das nur auf der Terrasse erlaubt ist. Nicht daneben, nicht davor und nicht dahinter. Und hier drin schon gar nicht.«

Phil deutet mit seinem Kinn zum Guard hinüber, der mit dem Rücken zur Tür am Rand der Terrasse steht. »Werde ich sonst erschossen?«

»Ich vermute«, Luc zieht beiläufig die Tür zu, »wenn du es wagst, hier drin zu rauchen, erschießt Romy dich persönlich.«

»Mal im Ernst«, sagt Phil. »Was machen all diese Guards hier? Ich dachte, das wär 'ne Hochzeit?«

Luc blickt hinaus. »Hab ich mich auch schon gefragt. Einer entspannten Atmosphäre ist das jedenfalls nicht zuträglich.«

Phil tritt neben ihn, und gemeinsam betrachten sie etwas, das ich aus meiner Warte nicht sehen kann.

»Hey, Partner«, sage ich. »Nimm mich mal auf die Schulter.«

Er tut es, setzt mich auf seine Schulter, und dann sehe ich, was er sieht, nämlich die untere und zugleich größte Wiese des Anwesens, in die eine weitere, ovale Rasenfläche eingelassen ist. Erst nachdem ich sie eine Weile angestarrt habe, kapiere ich, dass es ein Grün ist, um patten zu üben. Daneben ist eine Station, auf der man Abschläge trainieren kann, indem man Bälle ins Meer drischt. So weit, so bekloppt.

Was mich allerdings am meisten beeindruckt, ist die Bühne, die sie auf dem hinteren Teil des Rasens errichtet haben, vielmehr die Boxentürme, die sie neben ihr hochziehen.

Phil geht es offenbar ähnlich, denn er fragt Luc: »Wen hat

Romy denn als Hochzeitsband engagiert? Die Red Hot Chili Peppers?«

»Gut geraten. Jeremy hat sich tatsächlich die Red Hot Chili Peppers gewünscht«, sagt Luc. »Aber die Braut wollte etwas Tanzbareres.«

»Und?«, fragt Phil.

»Darf ich nicht drüber reden. Ist eine Überraschung.«

»Verstehe«, sagt Phil.

Weiter sagt Phil nichts.

Was Luc nicht lange aushält.

»Harry Styles«, flüstert er.

»Harry Styles?«, kreischt jemand.

Ich.

Phil zuckt zusammen und legt sich schützend die Hand aufs Ohr.

Rufus springt vom Sofa, dass die Gadgets an seinem Klettgurt klingeln wie ein Glockenspiel. »Harry Styles? Harry Styles kommt?«

Phil, dem ich einen vorübergehenden Tinnitus verpasst habe, setzt mich unsanft auf dem Boden ab.

»Wenn Marcia und Minka das erfahren«, rufe ich Rufus zu, »hassen die uns auf alle Zeit.«

Rufus lässt nur die Hüfte kreisen und summt: »Watermelon sugar … hiiigh! Watermelon sugar … hiiiiigh!«

Ich tue so, als hätte ich ein Mikro in der Klaue, und wir beenden den Refrain gemeinsam: »Watermelonsugarhiiigh!«

Luc sieht erst uns und dann Phil an. »Was ist denn in die gefahren?«

Phil reibt sich sein Tinnitus-Ohr: »Harry Styles …«

16

Wir beziehen unser Zimmer, das ganz aus Messing und Teakholz besteht, anschließend probieren Rufus und ich die Outfits für unseren Auftritt an. Luc meinte, dass der Schneider als Vorlage nur ein paar Fotos von Phil & Friends gehabt habe, die irgendwer auf der *Golden Silverstar* gemacht hat und die seitdem im Internet kursieren. Zur Not, meinte er, ließen sich noch Änderungen vornehmen. Muss aber nicht, denn der Schneider ist ein fucking genius. Mein Anzug sitzt wie aufgesprüht – Fliege und Zylinder eingeschlossen –, und wenn Rufus den Klettgurt ablegt, passt ihm auch das Hochzeitskleid und rutscht ihm nicht einmal von den Schultern. Muss man erst einmal hinkriegen: ein Kleid zu schneidern, das nicht von Schultern rutscht, die gar nicht existieren.

Das »Wägelchen«, in dem wir die Trauringe zum Altar fahren sollen, ist übrigens ein rotes, fernlenkbares Ferrari-Cabrio von der Größe eines Handgepäckstücks, wie es gewöhnliche Menschen in gewöhnliche Flugzeuge mitnehmen. Und der geht voll ab.

Luc hat sich vorgestellt, dass Phil irgendwo in sicherer Entfernung steht, den Wagen unauffällig fernsteuert und Rufus und mich bis zum Hochzeitsbogen lenkt. Aber wenn Rufus und ich uns schon als Hochzeitspaar ausstaffieren lassen müssen, will ich mir den Spaß, selbst mit dem Ding über den frisch gefärbten Rasen zu heizen, logisch nicht nehmen lassen.

»Sag ihm, das kann er knicken«, rufe ich. »Der Bräutigam fährt selbst!«

Luc glaubt nicht dran, dass ein Erdmännchen in der Lage ist, selbstständig ein Auto zu steuern, also demonstrieren wir es: Ich übernehme die Fernbedienung, lenke den Ferrari sicher zwischen den Stuhlreihen hindurch, während Rufus sich eine Klaue an den Kopf hält, damit der Schleier nicht weggeweht wird. Dann bringe ich die Kiste zum Stehen, steige aus, richte den Zylinder, gehe um den Wagen herum und öffne Rufus' Tür. Anschließend heben wir das Samtkissen, auf dem später die Ringe liegen werden, von der Rückbank und tragen es gemeinsam die Rampe empor. Übrigens: Rufus wird ja nicht müde, mir zu sagen, wie ungerecht es ist, dass ausgerechnet er die Braut geben muss. Insgeheim aber – da kann er mir erzählen, was er will – findet er das Kleid und den Schleier … Ich weiß nicht, sexy?

»Seit fünfundzwanzig Jahren mach ich das jetzt.« Luc stemmt eine Hand in die Hüfte und klemmt sein Kinn zwischen Daumen und Zeigefinger. »Wir hatten schon Schwertschlucker, Feuerspucker, Zauberkünstler … Einmal hatten wir einen Paraglider, der ein pinkfarbenes Herz in den Himmel gemalt hat. Aber so etwas habe ich noch nie gesehen.« Er streicht über seinen Bart, wie um sicherzugehen, dass er noch da ist. »Ich sag dir was, Phil: Wenn das morgen genauso glatt läuft, dann werdet ihr euch vor Anfragen kaum retten können.«

Kurz darauf umkurven Rufus und ich in unserem neuen Gefährt das Haupthaus, heizen am Pool und ich-weiß-nicht-wie-vielen bewaffneten Guards vorbei und zu unserem Bungalow hinunter. Rufus quietscht vor Vergnügen, während er darüber wacht, dass sein Schleier sich nicht im Hinterrad verfängt.

Zehn Minuten oder so nach uns trifft Phil ein, hängt unsere Outfits über die Bügel, damit sie keine Falten kriegen, und wir haben unsere erste Lagebesprechung.

»Schön, dass ihr Spaß habt.« Unser Partner sitzt nachdenklich auf der Bettkante. »Aber wir haben einen Auftrag. Und ich habe keine Ahnung, wie wir den ausführen sollen. Außerdem läuft hier irgendwas im Hintergrund, und mein Gefühl sagt mir, wir sollten wissen, was das ist, bevor es uns in Gefahr bringt.«

»Die Wachen …«, überlege ich.

»Zum Beispiel«, sagt Phil.

»Bis jetzt habe ich zwölf gezählt«, sagt Rufus. »Aber das sind sicher nicht alle. Es gibt Bereiche des Anwesens, die kennen wir noch gar nicht. Die beiden am Pool haben übrigens Spanisch miteinander gesprochen.«

»Bist du sicher?«, fragt Phil.

Mein Bruder macht das, was er immer macht, wenn jemand seine Kompetenz in Zweifel zieht: schaltet in den Schlaumeiermodus. »Ich wüsste nicht, womit ich das verwechseln sollte.«

»Dann verstehe ich langsam, was die Hausherrin so nervös macht«, überlegt Phil.

Ich leider nicht. Deshalb sage ich: »Klär mich auf, Partner.«

»Luc hat erwähnt, er habe Romy noch nie so dünnhäutig erlebt wie im Moment«, sagt Phil. »Und als er sie auf die Security angesprochen hat, hat sie lediglich erklärt, es gebe erhöhte Sicherheitsvorkehrungen. Was glaubt ihr: War das Romys Idee mit den erhöhten Sicherheitsvorkehrungen?«

Logisch nicht!, schießt es mir durch den Kopf. Laut sage ich: »Das ist Samtpfötchens Gang.«

»Aber warum sollte ein mexikanischer Drogenbaron mit seiner eigenen Privatarmee zu einer fremden Hochzeit anrücken«, überlegt Rufus, »wenn niemand weiß, wer er ist, und er aus genau diesem Grund nicht festgenommen werden kann?«

»Guck dir die Typen doch mal an«, sage ich, »die sind nicht hier, um irgendwen zu beschützen. Das ist ein Statement.«

»Sieht so aus«, überlegt Phil, »als hätte sich Samtpfötchen Jeremys Hochzeit ausgesucht, um der Mutter des Bräutigams die Pistole auf die Brust zu setzen.«

»In dem Fall lag Montgomery richtig«, sage ich, »und Samtpfötchen kommt tatsächlich zur Hochzeit.«

»Oder ist schon da«, ergänzt Rufus.

»Von den Personen, die Montgomery uns gezeigt hat, hat sich die erste für heute Abend angekündigt. Günther Rauch.«

»Der Bohnenkönig?«, frage ich.

»Genau der. Die anderen kommen erst morgen. Bis jetzt ist nicht einmal das Brautpaar anwesend. Das feiert nämlich Junggesellen- beziehungsweise Junggesellinnenabschied, Jeremy in Nizza, Heather in Saint-Tropez.«

»Was nicht bedeuten muss, dass Samtpfote nicht bereits da ist«, gibt Rufus zu bedenken. »Montgomery selbst hat es gesagt: Die einzige gesicherte Information ist, dass er kommt. Alles andere sind vage Vermutungen.«

»Soll heißen?«, fragt Phil.

»Soll heißen«, erwidert Rufus, »das Beste, was wir im Moment tun können, ist, uns unauffällig umzusehen und Augen und Ohren offen zu halten.«

»Na dann«, sage ich. »Ab an die Bar.«

17

Die Bar auf der oberen Wiese ist nicht besetzt. Sind ja auch noch keine Hochzeitsgäste da. Die kleinere Bar am Pool hingegen ist geöffnet. Hinter dem Tresen steht eine Frau, die zwei Meter zehn oder so groß ist, jedenfalls klar größer als Phil, und die außerdem den Körperbau einer Marvel-Heldin hat. Und so, wie sie rüberkommt, hat sie hinter der Theke schon mehr Leute abblitzen lassen, als ins Olympiastadion passen.

»Hi«, sagt Phil und setzt sich auf einen Barhocker.

Die Frau wirft ihm einen Blick zu, sieht, dass da zwei Erdmännchen auf seinen Schultern hocken, und sagt: »Hi.«

»I am Phil.«

»Ich bin Phil«, übersetzt unser Knopf im Ohr.

»Coco.«

»Kokos«, sagt der Ohrstöpsel.

Rufus verdreht die Augen.

Ah, denke ich, Coco ist also die, die mit uns im Bungalow wohnt. Phil nimmt uns von den Schultern und setzt uns auf der Theke ab.

»Das sind Ray und Rufus.«

Coco ist jetzt schon genervt. »Möchten Sie trinken oder reden?«

»Trinken.«

Sie macht etwas mit ihren Augenbrauen, das übersetzt so

viel heißt wie: Muss ich fragen, oder sagst du es mir auch so?

»Haben Sie Single Malt?«

«Welchen?«

«Balvenie, zwölf Jahre alt?«, fragt Phil.

Coco dreht sich um und zeigt uns ihre spektakuläre Rückansicht. Auf der Vorderseite ist ihr weißes Top hochgeschlossen, hinten dafür ausgeschnitten bis, na ja, viel weiter runter geht eigentlich nicht. Als sie uns wieder ihre hochgeschlossene Seite präsentiert, hält sie ein Glas in der Hand, in dem zwei Krallenbreit flüssiges Sonnenlicht schwimmt.

»Danke«, sagt Phil.

Er dreht das Glas eine Weile in der Hand, während sein Blick aufs Meer hinausgeht, weit und immer weiter. Als er endlich den ersten Schluck nimmt, wird sein Gesicht ganz fluffig. Kann natürlich auch das Licht sein – die Sonne neigt sich dem Horizont entgegen –, glaub ich aber nicht. Ich schätze, ich weiß, was in ihm vorgeht. Selbst bei mir löst der Whiskey ein komisches Gefühl aus, dabei rieche ich ihn nur. Fernweh? Jedenfalls scheint der Schluck bei Phil die Erinnerung an eine andere Zeit zu wecken, an ein früheres Leben, etwas, das plötzlich wieder lebendig wird. Was auch immer es ist: Mit dem zweiten Schluck löst er sich darin auf.

Während Phil also in ein früheres Leben abtaucht, sehen Rufus und ich uns um. Die Hausherrin ist nirgends zu entdecken. Im Hintergrund zirpen Zikaden, und von irgendwoher plätschert in Dauerschleife Easy-listening-Jazz auf uns herab, als wären wir im Aufzug stecken geblieben. Die einzigen Menschen, die ich ausmachen kann, gehören zur Lohnempfängergruppe: Coco, die genau wie Phil aufs Meer hinausblickt, zwei Guards unter den Kolonnaden des Haupthauses, außerdem ein Typ, der den saubersten Pool der Welt mit einem Kescher durchpflügt und darauf hofft, dass wenigstens ein Haar oder so hängen bleibt.

»Ich hätte schwören können, dass ich nicht noch mal hierher zurückkehre.«

Das war Phil. Der ist so in Gedanken, dass ich gar nicht weiß, ob er mitgeschnitten hat, was er gerade gesagt hat. Was ich weiß, ist, was er mit »hierher« meint. Logisch nicht diesen Ort, denn hier war er noch nie. Gemeint ist das Schnüfflerleben, der Fall, wir, der Whiskey an der Theke und Coco dahinter, der Geschmack eines Lebens, das man vorbeigeglaubt und plötzlich wieder auf der Zunge hat und sich fragt, ob das noch man selbst ist oder nur eine Erinnerung an ein Selbst, das es nicht mehr gibt.

»Du bist, was du bist«, sage ich.

Statt zu antworten, fängt Phil wieder an, sein Glas zu drehen, auf der Theke diesmal, langsam, um die eigene Achse. Erst in die eine Richtung. Dann in die andere. Als müsste er das Gleichgewicht wiederherstellen. Als er fertig hin und her gedreht hat und Coco kurz in den Vorratsräumen hinter der Bar verschwindet, nimmt er den dritten Schluck und schließt die Augen.

Als er sie wieder öffnet, fragt er: »Weißt du, was Humphrey Bogart über Whiskey gesagt hat?«

Ich weiß nicht mal, wer das sein soll, aber ich schätze, darum geht es gerade nicht, also erwidere ich nur: »Lass hören, Partner.«

»Er hat gesagt, einer der größten Fehler seines Lebens sei gewesen, von Scotch auf Martini umzusteigen.«

Ich nehme an, dass Phil mir das erzählt, weil es irgendwas

mit dem zu tun hat, was ich gesagt habe: dass man ist, was man ist. Aber richtig verstehen tu ich's nicht.

»*Ein* Fehler, den ich ganz sicher nicht machen werde«, erklärt Phil. »Bei allen anderen bin ich mir nicht sicher.«

In dem Abgrund, der sich nach diesen Worten auftut, könnte man locker unseren halben Wald versenken. Whiskey. Krasses Zeug. Ich bin froh, dass ich es nicht trinken muss.

Rufus sitzt auf der Tresenkante, lässt die Hinterbeine baumeln und spielt mit seinem Laserpointer herum.

Ich fürchte schon, dass wir den Rest des Abends und die halbe Nacht hier sitzen, ohne dass etwas passiert, als ein Mann mit schweren Schritten und guter Laune die Stufen zum Pool herunterkommt und direkt auf die Bar zusteuert.

Sobald er Phil erblickt, winkt er ihm wie einem alten Bekannten. »Bonsoir!«

»Guten Abend«, sagt unser Ohrstöpsel.

Das hat immerhin zur Folge, dass Phil aus seinem Abgrund emporsteigt und sich wieder im Hier und Jetzt einfindet. »Bonsoir«, erwidert er.

Als der Mann an der Bar ankommt, schüttelt er Phil die Hand, und zwar so, dass nicht nur Phil, sondern auch der Barhocker wackeln.

»Ich bin Hervé«, stellt er sich vor. »Sehr erfreut. Sie müssen Phil sein.«

Nachdem der Barhocker aufgehört hat zu wackeln und auch Phil sein Gleichgewicht wiedergefunden hat, erklärt mein Partner, dass er leider kein Französisch spricht. Macht Hervé gar nichts, denn er hat einige Zeit in Baden-Baden gearbeitet und spricht Deutsch. Vielmehr etwas Ähnliches. Sein Akzent ist genauso breit und schwer und französisch wie er selbst.

Er sagt, dass er und sein Team für das Essen zuständig sind. Kobe Wagyu Rumpsteak, Kaviar, Wachteleier …

»Eben ist der Wassertank geliefert worden«, er reibt sich die fleischigen Hände. »Zweihundert lebende Hummer. Solange du genug Hummer hast, sind alle glücklich. Und ihr kleinen Scheißer …«, er beugt sich zu Rufus und mir herab und betäubt uns mit einem Atem, der ebenfalls verdächtig nach Single Malt riecht, »ihr seid«, er zupft an Rufus' Klettgurt, »Ray und«, er stupst mir einen Finger in den Bauch, »Rufus.«

Ich gebe zu, ich bin verunsichert. Erstens, weil Hervé uns direkt anspricht, zweitens, weil er nach Single Malt riecht. Als wir Phil kennengelernt haben, hat er uns anfangs nur verstanden, wenn er Whiskey intus hatte. In meiner Erinnerung gehört das immer noch irgendwie zusammen.

Mit einer ausgestreckten Klaue deute ich auf meinen Bruder. »*Das* da ist Rufus. Ich würde mir im Leben nicht so einen bekloppten Gurt umschnallen. Und schon gar nicht in Rosa.«

Hervé stutzt, sieht mich an, lacht auf und ruft: »Das ist ja köst-lisch!«

Kapiert der am Ende wirklich, was ich sage? »Rufus«, raune ich, »ich glaube, der versteht uns.«

Rufus nimmt seinen Laserpointer und funzelt Hervé damit ins Auge. »Hey, Knollennase! Stimmt das, du verstehst uns?«

»Ha-haa!«, freut sich Hervé und schirmt die Augen ab.

Rufus und ich wechseln einen Blick.

Schließlich sage ich: »Hey, Hervé! Du könntest eine Diät vertragen. Und lebende Hummer in kochendes Wasser zu werfen ist voll talentfrei, Alter!«

Er blickt zwischen Rufus und mir hin und her, dann hellt sich sein Gesicht noch mehr auf. »Sen-sa-tio-nell!« Er wendet sich Phil zu. »Was trinken Sie?«

»Balvenie«, sagt Phil und leert sein Glas.

Das scheint eine Gemeinsamkeit zwischen den beiden zu stiften, denn als Nächstes kracht Hervés Hand auf Phils Schulter, und er ruft: »Das ist mein Mann!«

Er lehnt sich auf die Theke, begrüßt Coco und redet kurz auf Französisch mit ihr. Coco zeigt ihm ihre Rückansicht, wirkt plötzlich wie mit Zuckerguss glasiert, stellt ein Glas Balvenie vor Hervé ab und garniert es mit einem Lächeln. Sieh mal einer an, denke ich. Die kann auch nett.

»Hast du gehört? Er hat sie ›meine Gazelle‹ genannt«, flüstert Rufus.

Hervé deutet auf Phils leeres Glas. »Was ist mit Ihnen?«

»Danke«, sagt Phil, »einer reicht.«

»Verstehe.« Wieder kracht Hervés Hand auf Phils Schulter. »Zwei sind zu viel, drei sind zu wenig.«

»So ist es«, bestätigt Phil.

»Für mich kein Problem.« Hervé sieht aus wie Shabby, wenn er aus Bauer Fröhlichs Keller ein Glas Honig stibitzt hat. Er hebt sein Glas. »Ist bereits mein dritter.«

Hervé macht es ganz ähnlich wie Phil, er nimmt einen Schluck, schließt die Augen, spürt ihm nach. Ich fürchte schon, dass Rufus und mir eine lange Nacht mit zwei betrunkenen, mittelalten Männern bevorstehen könnte, als sich aus der Bucht ein Geräusch nähert, das schnell lauter wird, ein Motor, grölend und brüllend und spuckend wie eine U-Bahn voller Hertha-Fans.

Alle schauen zugleich auf die Bucht hinunter – Coco, Hervé, Phil, Rufus und ich, der Pool Boy, die Guards –, um zu verfolgen, wie ein schwarz-gelb gestreiftes Rennboot, das wie ein riesiger Stachel aussieht und zur Hälfte aus Motor besteht, in einem perfekten Halbkreis das Wasser teilt, in die Bucht schießt, abrupt abbremst und sich an Romy Davis' privaten Bootssteg schmiegt, einen Moment lang im Leerlauf knurrt und sich schließlich schlafen legt.

Einer von Romys Angestellten ist zur Stelle, ganz in Weiß, begrüßt den Mann, will ihm den Weekender abnehmen, was der Mann verweigert, und begleitet ihn auf das Anwesen. Kurz darauf kommen sie die Stufen herauf, zeitgleich materialisiert sich Romy Davis auf der anderen Seite des Pools.

Sobald er sie sieht, reißt sich der Mann seinen Lederhut mit den Troddeln vom Kopf, breitet die Arme aus und ruft: »Romy, altes Haus!«

»So nice to see you, Gunther!« Romy lässt sich auf die Wangen küssen, wobei ihr für einen Sekundenbruchteil die Kontrolle über ihr Gesicht entgleitet. »Lass mich dir dein Zimmer zeigen, mein Lieber.«

Gemeinsam wandeln sie zum Haupthaus hinauf und verschwinden durch die Verandatür.

»Das war Günther Rauch, oder?«, fragt Phil.

Hervé schnauft und trinkt sein Glas aus. »Dann gehe ich mal die Steaks vorbereiten.«

18

Bevor Hervé Gelegenheit hat, Günther Rauch seine Steaks zu servieren, hat Günther Rauch Gelegenheit, an der Bar zwei, nein, drei Drinks zu kippen. Und da Coco ihm als Erstes eine Abfuhr erteilt und Phil der Einzige ist, der sich sonst noch an der Bar aufhält, schottert Rauch kurzerhand meinen Partner mit seinen Abenteuergeschichten zu.

Er bevorzugt übrigens Martinis, unser Bohnenkönig, und die Abfuhr handelt er sich ein, weil er Coco beim Ordern seines ersten Martinis »sweet little lady« nennt, woraufhin Coco erwidert: »Nennen Sie mich noch einmal so, und der nächste Drink, den ich Ihnen mixe, wird Ihr letzter sein.«

Da sieht man es mal: Wenn Hervé sie »Gazelle« nennt, wird Coco weich wie Bienenwachs, wenn Günther Rauch sie »sweet little lady« nennt, wird sie hart wie Granit. Was lernen wir daraus? Ein Mann sollte wissen, was er sich erlauben kann. Und was nicht.

Rauch jedenfalls ist bei seinem dritten Martini angelangt, und Phil hat mit ihm sämtliche Krankheiten, Schlangenbisse und Alligatorenangriffe durchgestanden, die einem in Guatemala, Honduras und Kolumbien auflauern, bevor Rauch auffällt, dass sich da zwei Erdmännchen auf der Theke fläzen, die sich gegenseitig Erdnüsse zuschnipsen. Rufus ist übrigens schon ganz lethargisch. Ich weiß nicht, was ihm mehr fehlt: seine Rolle als Patchwork-Daddy oder sein Smartphone.

»Wer sind denn die?«, fragt Rauch.

»Der mit dem Gurt heißt Rufus«, erwidert Phil, »der andere Ray.«

»Ich sage Ihnen«, setzt Rauch an, und es ist klar, dass Phil jetzt das nächste unglaubliche Abenteuer erwartet, »Sie können sich nicht vorstellen, wie durchtrieben diese Biester sind.«

»Ich hab mir schon vieles nicht vorstellen können«, antwortet Phil. »Und dann ist es doch passiert.«

»Auf meiner letzten Brasilien-Expedition«, fährt Rauch unbeirrt fort, »haben diese possierlichen Tierchen uns sämtliche Vorräte geklaut und außerdem die Zelte aufgeschlitzt. Die gehen richtig planvoll vor. Am Ende haben wir mit Schrotflinten Jagd auf sie gemacht.« Er betrachtet mich – voll der Staring-Contest so, wer guckt als Erstes weg. »Dabei sehen sie aus der Nähe betrachtet so harmlos aus«, stellt Rauch fest.

»Was man von dir nicht sagen kann«, fauche ich. »Du siehst nämlich aus der Nähe betrachtet genauso hasenhirnmäßig aus wie aus der Entfernung.«

»Die Aufregung kannst du dir sparen«, sagt Rufus, während er die Erdnüsse zu einem Herz anordnet. »Unser Kaffee-Indiana-Jones hat sich ohnehin gerade als Hochstapler entpuppt. In Brasilien gibt es ziemlich genau so viele Erdmännchen wie Nasenkakadus am Südpol.«

»Hast du gehört?«, rufe ich Rauch zu und fletsche meine Reißzähne. »Außerdem ist, wer Martini statt Whiskey trinkt, voll der Kek, Alter!«

Bei Rauch kommt natürlich von dem, was wir ihm zurufen, nur ein wütendes Krrrzchbzzzfff an. Beeindruckt ihn aber trotzdem.

»Richtig kleine Teufel sind das«, meint er.

»Beruhig dich, Ray«, schaltet Phil sich ein. Dann sagt er zu sich selbst: »Zwei sind zu viel, drei zu wenig.«

Ich denke schon, Phil meint das auf Rufus und mich bezogen, aber dann fällt mir ein, was Hervé vorhin über Whiskey gesagt hat. Zwei sind zu viel, drei zu wenig.

»Die dürfen Sie keine Sekunde aus den Augen lassen«, bekräftigt Rauch.

Phil wendet sich an Coco: »Kann ich noch so einen bekommen?«

»Ist unterwegs«, erwidert Coco und dreht uns einmal mehr ihre Rückansicht zu.

»Mein Credo ist ja«, bemerkt Rauch, ohne dass ihn jemand danach gefragt hätte, »ein Leben ohne Risiko ist wie ein Leben ohne Sex: möglich, aber sinnlos.«

Phil, der die ganze Zeit über versucht hat, keinen weiteren Whiskey zu bestellen, kippt den zweiten in einem Zug, stellt das Glas ab und sagt: »Noch einen, bitte.«

Günther Rauch ist halb durch Brasilien und Phil halb durch seinen dritten Whiskey, als Romy Davis am Pool auftaucht und sich bei ihrem Dschungelhelden einhakt.

»Da bist du ja«, sagt sie. Dann bemerkt sie Rufus und mich. Dann Phil. »Und ich vermute, Sie sind Phil und das da sind Ihre Freunde.«

»Richtig«, bestätigt Phil.

»Well«, sie bedenkt Rufus und mich mit einem Blick, in dem milde Abscheu zum Ausdruck kommt, »ich hoffe, Ihre Freunde sind stubenrein.«

»Sind sie«, beschwichtigt Phil.

»Good.« Sie wendet sich wieder dem Mann zu, der halb

Brasilien im Alleingang mit nichts als einer handgedengelten Machete durchquert hat. »Dann wollen wir dir jetzt mal etwas zu essen besorgen, Gunther.«

Günther Rauch zieht sich seinen Lederhut in die Stirn. »Zuerst müssen wir uns unterhalten.«

Souverän überspielt Romy ihre Überraschung. »Sicher.«

»Unter vier Augen.«

»Selbstverständlich.«

Bevor sie sich abwendet und uns von Günther Schall und Rauch erlöst, sagt sie: »Well, Mister Phil. Ich hoffe, Sie sind sich der Bedeutung der Hochzeit bewusst, die morgen hier stattfinden wird. Vergeigen Sie es nicht.«

Phil ist schon wieder am Whiskeyglas-Drehen: »Keine Sorge.«

Ich sehe Romy und Günther die Treppe zur mittleren Wiese hochsteigen und im Haupthaus verschwinden.

»Partner?«, sage ich.

»Hm?«, macht Phil.

»Wenn Günther Rauch unbedingt noch vor dem Abendessen mit Romy Davis« – ich male mit meinen Krallen Anführungszeichen in die Luft – »›in private‹ sprechen will, dann kann das nur zwei Gründe haben: Entweder die haben was Sexuelles am Laufen, oder …«

»… oder es geht um etwas Geschäftliches«, bringt Rufus den Satz zu Ende, verteilt die Nüsse, die er eben erst zu einem Herz arrangiert hat, auf der Theke, dreht sich auf den Rücken und starrt das Vordach an.

»Und weiter«, nuschelt Phil, damit Coco, die am anderen Ende der Bar beschäftigt ist, nicht mitbekommt, dass er mit seinen Erdmännchen redet.

»Wenn die beiden Sex haben, würde ich das lieber nicht

sehen wollen«, sage ich. »Aber wenn es etwas Geschäftliches ist, wäre es gut, wir wüssten, worum es geht.«

»Bin ganz bei dir.«

»Da du dich unmöglich von hier wegbewegen kannst, ohne Aufmerksamkeit zu erregen«, sage ich, »wäre es das Beste, Rufus und ich würden versuchen …«

Phil starrt in sein Glas. »Worauf wartet ihr noch?«

19

Die gute Nachricht zuerst: Rufus und ich müssen nicht mit ansehen, wie Rauch und Davis Sex haben. Puh.

Wir schleichen uns durch die Rabatten entlang des Hauses, spähen durch alles, was sich uns zum Durchspähen so anbietet, und entdecken den Bohnenkönig und die Börsen-Beyoncé schließlich in einem Eckzimmer, das Davis offenbar als Büro nutzt und das glücklicherweise über eine Terrassentür verfügt, die nur angelehnt ist. Jetzt müssen Rufus und ich nur noch von den Guards unbemerkt über die Veranda flitzen, uns durch den Türspalt zwängen und hinter der Gardine mit der Fußleiste verschmelzen. Kinderspiel.

Klappt auch alles voll geschmeidig, außer dass es zwei Gardinen gibt, eine blickdichte und eine halb durchsichtige, und wenn man zwischen die beiden gerät, so wie ich, dann wickelt man sich automatisch in die eine ein, sobald man versucht, sich von der anderen zu lösen. Ich kämpfe also an zwei Fronten gleichzeitig, sehe Rufus, der mir von der anderen Türseite alarmierende Blicke zuwirft, fange voll panisch an zu strampeln, verliere den Kontakt zum Boden, hänge plötzlich eingewickelt wie eine Roulade in der Luft und kann kaum atmen.

Dummerweise habe ich mich in den halb durchsichtigen Vorhang eingewickelt, was voll suboptimal ist, wie Rufus sagen würde, weil ich zwar durch den Stoff hindurch die SUV-

Profilsohlen von Rauchs Abenteuerboots erkennen kann, aber leider auch gesehen werden kann, sobald jemand auf die Idee kommt, in meine Richtung zu gucken. Ich versuche also, bis auf Weiteres wie eine riesige, äh, Staubflocke auszusehen.

»We need to talk business«, höre ich Rauch sagen und meinen Ohrstöpsel echoen: »Wir müssen übers Geschäft sprechen.«

Er sitzt auf einem Ledersofa, die Beine übereinandergeschlagen, in einer Hand den Lederhut, die Arme über die Lehne gebreitet. Romy Davis steht ihm gegenüber vor dem Schreibtisch, als posierte sie für ein Managermagazin. Ihre Finger umspielen die Tischplatte hinter ihr, das Rückgrat hat sie durchgedrückt. Die gesamte Körperhaltung signalisiert: Ich bin ein offenes Buch, keine Geheimnisse.

»Was kann ich für dich tun?«, zwitschert sie. »Möchtest du mehr Geld investieren? Jetzt gerade wäre der perfekte Zeitpunkt, um …«

»Mir ist zu Ohren gekommen«, unterbricht Rauch, »dass dein Buchhalter einen Autounfall hatte.«

»Ja.« Romy senkt angemessen betroffen den Blick und streicht sich eine traurige Haarsträhne hinters Ohr. »Schrecklich. Er hatte Frau und Kinder. Stell dir das mal vor …«

Rauch versucht, voll wie der Durchblicker rüberzukommen. »Du bist nicht zufällig irgendwie in Schwierigkeiten?«

Romys Lachen ist wie ein helles Glöckchen. »Warum glaubst du denn so was?«

»Ich frag ja nur.« Rauch überschlägt die Beine in die andere Richtung. Mit diesem Sohlenprofil kommst du echt jede Steigung hoch. »Wenn ich also auf die Idee käme, Geld aus deinem Fonds abzuziehen, dann wäre das kein Problem?«

»Doch.« Romy lacht. »Für dich wäre es ein Problem.«

Sie erklärt ihm, was er ohnehin schon weiß: dass es feste Laufzeiten gibt für das Geld, das er in ihrem Fonds investiert hat, und wenn er früher an sein Geld will, kostet ihn das Rendite plus Bonus.

»Gut für mich«, schließt sie, »schlecht für dich.«

»Über wie viel Rendite reden wir denn da?«

»Kommt drauf an, wie viel Geld du abziehen willst.«

»Zweihundert Millionen.«

Romys Nägel krallen sich kurz in die Tischplatte. »Und wie schnell brauchst du es?«

»Montag.«

»Hm.« Sie tut, als müsste sie nachdenken. »Du würdest durch die Abschlagszahlungen vierundzwanzig Millionen verlieren. Und auf deinen Bonus verzichten. Bist du sicher, dass du das willst?«

Während die beiden über zweihundert Millionen was auch immer plaudern, versuche ich, mit meiner Zeigekralle möglichst unauffällig den Vorhang aufzutrennen, was nicht so einfach ist, wenn du gleichzeitig wie eine Staubflocke auszusehen versuchst und dich nicht bewegen kannst.

»Ich schlaf noch mal drüber«, entscheidet Rauch.

»Das solltest du tun«, entgegnet Romy. »Und ich hoffe, du änderst deine Meinung. Ich plane nämlich ein brandneues Investment. Die Chance deines Lebens.«

Es gelingt mir, ein Loch in den Vorhang zu ritzen, das groß genug ist, um sehr langsam mein Vorderbein durchzustrecken und mit einer Kralle nach dem blickdichten Vorhang zu … Nein, zweiter Versuch. Nein, immer noch nicht.

Rufus auf der anderen Türseite haut sich vor Aufregung

eine Kralle aufs Ohr und hält gleichzeitig die Gadgets an seinem Gurt fest, damit sie nicht klimpern.

Hab ihn. Den Vorhang. Blickdicht.

»So-o«, höre ich Romy sagen, »lass uns jetzt erst einmal was Essbares für dich auftreiben.«

In Zeitlupe ziehe ich den Leinenvorhang vor mich, während Romy sich in meine Richtung bewegt und … an mir vorbeigeht, Rauch aus dem Raum geleitet und die Tür schließt.

»Rufus«, presse ich hervor, »ich glaub, ich hab hier ein Problem.«

Aber mein kleiner Bruder steht bereits unter mir, schlitzt mit einer beherzten Bewegung den Stoff auf, und ich klatsche höchst unelegant auf den Boden.

20

Bis Rufus und ich uns aus Davis' Büro befreit haben und lässig zur Poolbar hinunterschlendern, ist Phil in bester Gesellschaft. Und betrunken. Ich sag nur so viel: Zwei sind zu viel, drei zu wenig. Übrigens ist er nicht der Einzige, der betrunken ist. Luc, der Weddingplanner, hält sich an einer leeren Champagnerflasche fest, Hervé, das Küchengenie, hatte sich ja vorhin bereits den dritten Whiskey genehmigt. Und wenn ich bedenke, gegen was für eine alkoholgeschwängerte Wand wir laufen, als Rufus und ich uns der Bar nähern, bin ich ziemlich sicher, dass bei Hervé in der Zwischenzeit noch der eine oder andere dazugekommen ist.

»Hey, Partner!«, rufe ich.

Phil lässt seinen glasigen Blick den Barhocker herabrutschen. »Ah!«

Immerhin scheint er mich noch zu erkennen, denn als Nächstes versucht er, sich runterzubeugen, knallt volle Lotte mit der Stirn gegen die Thekenkante und knurrt: »Ich schätze, morgen früh wird das höllisch wehtun.«

Er steigt vom Hocker, schwankt, findet sein Gleichgewicht, beugt sich herab, nimmt Rufus und mich, setzt uns auf der Theke ab, deutet auf Luc und Hervé und sagt: »Darf ich vorstellen: Das sind … Ach, nee, muss ich ja gar nicht mehr.«

Ich blicke in das betrunkene Lächeln von Luc, das betrunkene Grinsen von Hervé und das betrunkene Schmunzeln von Phil und denke: drei alternde weiße betrunkene Männer vor und eine schwarze Gazelle hinter der Bar. Das ist so Achtziger!

In diesem Moment werde ich unter einer Pyramide aus Erdnüssen begraben, was besonders eine Person lustig findet, nämlich Coco, die ganz aus dem Häuschen und ebenfalls betrunken ist. Allerdings ist es bei ihr … Gin. Eindeutig.

Ich krieche unter dem Haufen hervor, fummele mir eine widerspenstige Nuss aus dem Ohr, werfe sie in Cocos Richtung und sage: »Du bist so cringe.« Ich will schon ein »Alter!« hinterherschicken, überlege es mir aber anders und rufe: »Sweet little lady!« Ein Mann muss schließlich wissen, was er sich erlauben kann und was nicht.

Coco hat auch betrunken noch Hammerreflexe. Ich hab schlecht gezielt, trotzdem fängt sie mit Leichtigkeit die Nuss, schnippt sie in die Höhe und fängt sie mit dem Mund auf.

Sie grinst mich an. »Das kannst du doch bestimmt besser!«

Also bitte, denke ich, greife mir eine Klaue voll Nüsse und stelle mich auf die Hinterbeine. Coco geht derweil in Stellung, verschränkt die Arme hinter dem Rücken, federt leicht in den Beinen.

Ich werfe die erste Nuss. Voll daneben.

Coco blickt ihr nach und ruft: »Ich bin hier, kleines Erdmännchen!«

Die zweite Nuss landet hinter Coco im Regal, die dritte auf dem Boden.

»Komm schon!«

Sie hat recht, denke ich, das kann ich besser. Konzentration, Ray. Ich ziele, werfe, und Coco fängt die Nuss mit dem Mund auf. Dasselbe gilt für die Nüsse Nummer fünf, sechs und … Ich weiß nicht, was hinter sechs kommt, aber danach haben wir es voll raus, und Coco fängt bestimmt hundert oder so, ohne dass eine auf dem Boden landet. Bei der letzten drehe ich Coco den Rücken zu, schleudere sie hinter mich wie einen Brautstrauß, Coco springt, hoch, noch höher und … lässt die Nuss in ihrem Mund verschwinden.

Phil, Luc und Hervé applaudieren, Coco und ich verbeugen uns, und ich bin schockverliebt.

Phil fällt etwas ein. »Luc!«, ruft er, obwohl der direkt neben ihm sitzt. »Ich muss dich noch was fragen.«

Luc streicht sich über den Bart. »Ich höre.«

»Vorhin, da hast du von deinem Sohn gesprochen und dass der früher mit Jeremy befreundet war.«

»Meinem ältesten Sohn. Hab zwei.« Er zählt seine Finger. »Und zwei Töchter.«

»Und die sind alle von dir gezeugt?«

»Hoffe ich mal.«

»Dann bist du also nicht schwwww-«

»Vor allem bin ich nicht schwwwwerhörig!« Er taxiert Phil, so gut es geht. »Ich weiß schon … Du fragst dich, wie jemand, der so offensichtlich schwul ist … wie der drei Kinder hat.« Er rülpst, streckt einen Finger in die Höhe und sagt: »Vier. Sind vier. Und unter uns Gebetsbrüdern: Ich bin seit dreiundzwanzig oder vierundzwanzig Jahren oder so glücklich verheiratet. Mit einer Frau.«

»Hab's kapiert«, sagt Phil. Er deutet auf Lucs Hemd, dessen Knöpfe noch genauso um ihr Leben kämpfen wie am Vormittag. »Aber warum dann die …«

»… Maskerade? Ganz einfach.« Luc will sich zum dritten Mal etwas nachschenken und stellt zum dritten Mal fest, dass die Flasche vor ihm leer ist. Er wendet sich Phil zu. »Ich liebe, was ich tue, deshalb. Könnte mir keinen schöneren Job vorstellen. Wollte nie etwas anderes sein als Eventmanager. Aber wenn du da in der Topliga mitspielen willst, hast du als Hete einfach keine Chance.«

»Isnwitz«, sagt Phil.

»Stell dir vor, du bist …« Luc muss sich zweimal über den Bart streichen, bevor ihm einfällt, wie der Satz weitergeht. »Stell dir vor, du bist Heidi Klum und willst einen von den Kaulitz-Boys heiraten und anschließend mit zweihundert handverlesenen Gästen eine epische Party auf der Christina O feiern. Geiler Auftrag für einen Eventmanager, legendäre Jacht, Mitternachtsfeuerwerk auf dem Wasser, nach oben kein Limit.« Er legt den Kopf schief. »Das wird ein hübsches Geweih, das dir da aus der Stirn wächst. Coco, hast du nicht ein paar Eiswürfel für Phil?«

Coco und ihre Rückansicht. Hammer. Sie reicht Phil ein paar in ein Handtuch gewickelte Eiswürfel, die er sich auf die Stirn klatscht, allerdings an der falschen Stelle.

Luc führt Phils Hand, bis das Handtuch die Beule bedeckt. Dann fährt er fort: »Du bist also Heidi Klum und heiratest Buffalo Bill Kaulitz oder wen auch immer auf dieser Monsterjacht. Und jetzt stell dir vor, Phil, du hast die Wahl zwischen zwei absoluten Top-Eventmanagern, von denen der eine schwul ist und der andere hetero. Welchen nimmst du?«

»Ehrlich gesagt«, erwidert Phil, »möchte ich mir lieber nicht vorstellen, Heidi Klum zu sein und einen von den Kaulitz-Boys …«

»Du nimmst *nicht* den Hetero«, fällt Luc ihm ins Wort. »So sieht's aus.«

»Okay, Leute!« Coco knallt eine Flasche mit einer sehr

klaren Flüssigkeit auf den Tisch. »Die Bar ist geschlossen. Wir können aber drüben noch einen Absacker trinken. Das Zeug hier macht den Kopf wieder frei. Let's go.«

Rufus liest das Etikett: »Auf eine derart großartige Idee kommst du auch nur, wenn du betrunken bist«, mault er. »Eine Flasche Wodka, um sich nüchtern zu trinken. In Momenten wie diesen wünschte ich, Vernunft ließe sich in Tablettenform verabreichen.«

Phil will uns auf die Schulter setzen, aber ganz ehrlich, das ist, wie sich auf offener See an einen Baumstamm zu krallen.

»Runter!«, rufe ich. »Setz mich runter, oder ich kotz dir auf die Schulter!«

Mit äußerster Konzentration gelingt es Phil, Rufus und mich auf dem Boden abzusetzen, ohne uns dabei zu zertreten.

Ich baumle noch an seiner Hand in der Luft und kämpfe mit seinem Atem, als ich etwas Komisches sehe. Komisch, weil ich es nicht sofort zuordnen kann. Eine Reflexion. Ein dunkler Schatten, der etwas Glitzerndes über den Rasen schleppt und in den Büschen hinter dem Pool verschwindet.

Sobald ich festen Boden unter den Füßen habe, sage ich: »Rufus?«

»Was?« Mein Bruder ist echt schwer genervt.

»Kann es sein, dass dir gerade jemand dein Taschenmesser geklaut hat?«

Rufus befummelt hektisch seinen Klettgurt. »Meinst du das golde-? Donner und Doria!«

In dem Moment sehe ich, wie die Reflexion auf der Rückseite der Büsche hervorkommt, einen Moment verharrt und dann in Richtung unseres Bungalows hoppelt. Na warte, denke ich und sprinte los.

21

»Du bist ja ’ne Ratte!«, kreische ich atemlos und leicht hysterisch.

Voll bescheuert. Als wüsste die Ratte nicht selbst, was sie ist. Steh ich ja immer besonders drauf, wenn sich jemand zu mir runterbeugt und sagt: Ui, du bist ja ein Erdmännchen.

Zurück zur Ratte. Ich hab sie eingeholt und gestellt, bevor sie Gelegenheit hatte, sich durch ein Loch in der Holzverkleidung unter den Bungalow zu flüchten. Und leicht hysterisch bin ich, weil … Also, in Berlin hatte ich mal mit der Marzahn-Gang zu tun. Echt krass rechtsnationale Randbezirksratten mit sehr wenig Sinn für Humor und noch weniger Verständnis für Tiere mit Migrationshintergrund. Hab die Nummer nur überlebt, weil ich zufällig eine Schützerkarte von Kong dabeihatte. Lange Geschichte. Jedenfalls ist da immer erst mal ein Schreckmoment, sobald ich einer Ratte begegne, kann ich nichts gegen machen.

»Mon dieu!« Die Ratte zuckt zusammen. »Müssen Sie so laut sein?«

Ich schätze, ich kann den Fuß vom Gas nehmen. Diese Ratte würde in Marzahn keine Viertelstunde durchhalten, ohne unter eine Tram geschubst oder von einem Mietskasernendach geworfen zu werden. Ich überlege, was ich zuerst sagen soll. Natürlich will ich, dass die Ratte mir zeigt, was sie hinter ihrem Rücken versteckt hält, weil ich logisch weiß, dass es Rufus' Messer ist. Stattdessen strecke ich ein Vorderbein aus und sage: »Ist das ernsthaft 'ne Krawatte?«

Ich gebe zu: Die Frage ist fast so bescheuert wie meine Feststellung, dass die Ratte eine Ratte ist, denn, ja, die Ratte trägt eine babyblaue, gemusterte Krawatte um den Hals.

Sie kreuzt schützend ihre Pfötchen vor dem Kunstwerk. »Nicht mit Ihren Dreckskrallen anfassen, bitte. Das ist Jacquard-Seide, sehr empfindlich. Und ich kann mich beim besten Willen nicht daran erinnern, Ihnen das Du angeboten zu haben. Im Übrigen ist das eine Fliege und keine ordinäre Krawatte.«

Großer Gott, denke ich. Eine Ratte, die sich genauso verschwurbelt ausdrückt wie mein Bruder.

In diesem Moment brüllt jemand: »Das ist ja eine Ratte!«

Rufus. Der ist nicht schnell genug hinterhergekommen, weil er mal wieder über seinen Klettgurt gestolpert ist.

»Ich muss schon sagen ...« Die Ratte zwinkert nervös. »Dieses Herumgebrülle ist für wohlerzogene Mitteleuropäer doch sehr gewöhnungsbedürftig. Welcher Gattung gehören Sie überhaupt an, wenn ich fragen darf?«

»Erdmännchen«, sage ich.

Die Ratte streicht nervös mit einer Pfote über die andere. »Afrikaner ...«

»Also eigentlich sind wir Berliner.«

»Na dann wundert mich gar nichts mehr.«

Rufus ist wieder zu Atem gekommen. »Wohnst du etwa unter dem Bungalow? Und falls die Antwortet Ja lautet: Gibt es da noch mehr von euch?«

»Auch Ihnen habe ich nicht das Du angeboten, wenn ich mich recht erinnere«, näselt die Ratte. »Ich möchte Sie dringend bitten, sich diesem Anwesen gemäß zu benehmen.«

Nicht schlecht, denke ich. Gutes Ablenkungsmanöver. Beinahe hätte ich vergessen, weshalb ich der Ratte überhaupt hinterhergelaufen bin.

»Chill«, sage ich. »Schieb einfach das Messer rüber, und wir gehen dir nicht weiter auf die Eier.«

»Vul-gäär!«, stellt die Ratte pikiert fest.

»Mes-säär«, erwidere ich und strecke eine Klaue aus.

»Ich weiß nicht, wovon Sie reden.«

Und ich weiß nicht, warum ich plötzlich Oberwasser habe. Ich schätze, weil die Ratte sich so abfällig über Berlin geäußert hat. Ist nichts für Weicheier, schon klar. Freiwillig sind wir da trotzdem nicht weg.

Ich mache einen Schritt auf sie zu. »Schieb das Messer rüber, oder ich mach dir ein Stirnband aus deiner Fliege.«

Die Ratte weicht zurück. »Contenance, s'il vous plaît!«

Sie richtet sich auf, kreuzt die Vorderpfoten vor der Brust und macht voll auf unschuldig so.

Gibt's nicht, denke ich. Kein Messer. Nichts, da liegt nichts. Ungläubig gehe ich um die Ratte herum, suche den Boden ab.

»Ich muss schon sagen«, flötet die Ratte.

Alter, denke ich. Verarschen kann ich mich alleine. »Wo hast du's?«

»Ich finde Ihr Betragen ist höchst ungebührl-«

»Pfoten auseinander.«

»Ich höre wohl nicht r-«

Ich stelle mich vor die Ratte, die einen Kopf kleiner ist als ich. Gutes Gefühl. Passiert einem Erdmännchen ja nicht so oft, dass es einen Kopf größer ist als sein Gegenüber.

»Pfoten aus-ein-«, ich kitzle die Ratte unter den Achseln, »-ander!«

Die Ratte schlägt nach meinen Krallen, windet sich und ... plumps: Da liegt es, Rufus' goldenes Minitaschenmesser.

Ich nehme es zwischen meine Pfoten und halte es hoch. »Respekt. Wie hast'n das angestellt?«

Der Ratte ist die Angelegenheit hochnotpeinlich. Einerseits. Andererseits ist sie ein klitzekleines bisschen stolz darauf, mich um ein Haar an der Nase herumgeführt zu haben.

»Hier.« Sie demonstriert, wie sie das Fell entlang ihrer Flanke zu einer Tasche falten kann. »Da passt ganz schön was rein.« Sie blickt zwischen Rufus und mir hin und her. »Tut ihr mir jetzt weh?«

Ich lasse meine Halswirbel knacken. Offenbar geht gerade der Großstadtchecker mit mir durch. »Ist nicht unser Style.«

Rufus nimmt sein Taschenmesser und fummelt es wieder an seinen Klettgurt.

»Das ist sicher sehr praktisch«, sagt die Ratte, »diese Montur. So ist man immer auf alles vorbereitet.«

»In unserem Beruf«, erwidert Rufus, »ist es ratsam, auf alles vorbereitet zu sein.«

»Welcher Profession gehen Sie denn nach, wenn ich fragen darf?«

Ich glaube, das ist der Moment, wo ich mir absolut sicher bin, dass Rufus und die Ratte eigentlich primstens miteinander auskommen müssten.

Rufus hat fertig gefummelt und justiert seinen Klettgurt. »Wir sind Agenten«, sagt er und versucht so auszusehen, als wäre es das Normalste von der Welt. Dann schiebt er noch hinterher: »Interpol.«

Die Augen der Ratte fangen an zu glänzen. »Ich bin Jean Jacques«, stellt sie sich vor. »Das mit dem Messer tut mir wirklich leid. Es ist nur ... Ich habe eine ausgeprägte Schwäche für alles Goldene. Ich kann dann einfach nicht … Irgendwie ist das stärker als ich.«

»Halb so wild«, sage ich. »Wenn das Messer noch mal verschwindet, wissen wir ja jetzt, wo wir danach suchen müssen. Ich bin übrigens Ray.«

»Rufus«, sagt Rufus.

»Kommt nicht wieder vor, versprochen!«

Jean Jacques macht original mit seiner Fliege das, was Rufus so gerne mit seinem Gurt macht: ruckelt sie zurecht. Ich halt's nicht aus.

»Darf ich Sie etwas fragen?«

»Selbstverständlich«, sagt Rufus.

»Sie sagten, Sie seien Agenten.«

»In der Tat«, bestätigt mein Bruder.

»Sind Sie dann hier auf einer … Mission?«

22

Ich erwache in einem der Liegestühle auf der Terrasse vor dem Bungalow. An mich gekuschelt liegt Rufus und schnarcht leise. Die Schirmpinien zersieben das Morgenlicht, in der Bucht brechen sich zierliche Wellen, Vögel, die ich im Brandenburger Wald noch nie gehört habe, pfeifen schamhafte Liebesgedichte in den lauen Wind. Insgesamt sehr malerisch. Mal abgesehen von dem Guard mit der Maschinenpistole, der den Weg an der Außenmauer entlangpatrouilliert.

Insgesamt stehen vier Liegestühle auf der Terrasse. Einer ist leer, auf einem liegen, wie gesagt, Rufus und ich, auf den anderen beiden schwitzen Luc und Hervé den Wodka aus, mit dem sie sich letzte Nacht nüchtern trinken wollten. Apropos nüchtern: Als Rufus anfing, vor Jean Jacques mit seinem Grapnel Launcher zu prahlen und ihm die Funktionsweise eines Laserpointers zu erklären, war bei mir der Punkt erreicht, an dem ich es vorzog, mich in unser Zimmer zurückzuziehen, noch eine Weile dem Meeresrauschen zu lauschen und sehr angestrengt nicht an Natalie zu denken. Hat natürlich genauso gut geklappt, wie es bei den anderen geklappt hat, sich mit Wodka nüchtern zu trinken.

Irgendwann stolperte Phil ins Zimmer, fiel ins Bett und verströmte einen Geruch, mit dem man selbst Shabby aus dem *Acapulco* getrieben hätte. Also bin ich raus auf die Terrasse und hab es mir auf der Liege bequem gemacht. Luc und

Hervé schliefen da schon, und Coco, die die anderen mühelos unter den Tisch getrunken hatte, legte ihnen Decken über und trug die Gläser und Flaschen in die Teeküche. Noch immer diese Geschmeidigkeit in den Bewegungen. Und diese Rückansicht!

Als sie die Schalen mit den Pistazien und den Chips abräumen wollte, sagte ich: »Von mir aus kannst du die gerne stehen lassen. Ich krieg sowieso kein Auge zu.«

Das mit dem »Ich krieg sowieso kein Auge zu« hab ich natürlich nur gesagt, weil ich ihr Mitleid wollte. In Wirklichkeit konnte ich die Augen kaum offen halten. Natürlich verstand sie nur »knitzbrzl«, aber manchmal braucht es eben keine Worte, um einander zu verstehen. Jedenfalls stellte Coco, während ihr der Mond über die Schulter blickte, die Schalen zu mir auf die Liege, kraulte mich unter dem Kinn und sagte: »Schlaf gut.«

Um Rufus nicht zu wecken, ziehe ich langsam mein Vorderbein unter ihm raus und lasse mich vorsichtig von der Liege rutschen. Ich will reingehen, um nach unserem Partner zu sehen, als ich schnelle Schritte höre. Etwas Orangefarbenes flimmert durch die Büsche, im nächsten Moment taucht Coco auf, in Jogging-Outfit und mit Silberpfeilen an den Füßen. Und was mache ich? Tue so, als wäre ich ebenfalls eine Runde gejoggt und würde mich jetzt dehnen, um meine Muskeln geschmeidig zu halten. Ist vom Cringefaktor her kaum zu toppen, weiß ich selber, aber, hey, ich bin ein hoffnungslos verliebtes Erdmännchen in der Midlife-Crisis, dessen Weibchen vielleicht einen anderen hat.

»Immerhin einer ist schon mal wach«, begrüßt mich Coco und löst ihre zum Zopf gebundenen Haare.

Anschließend tätschelt sie meinen Kopf, was ich eigentlich nicht leiden kann, aber bei Coco ist das irgendwie was anderes. Um ehrlich zu sein, es geht runter wie Öl. Ich schätze, auch Frauen müssen wissen, was sie sich erlauben können und was nicht.

»Ich geh mal duschen«, sagt sie, »wird ein langer Tag.«

Sie balanciert mit maximaler Eleganz auf die Tür zu, und für einen Augenblick denke ich ernsthaft: Will die, dass ich mit unter die Dusche komme? Und frage mich, wann genau sich letzte Nacht mein Gehirn verabschiedet hat.

»Quiiiiiek«, rufe ich.

Coco dreht sich um. Dabei machen ihre Haare das, was Haare sonst nur in der Shampoo-Werbung machen.

»Heirate mich!«, flüstere ich.

Als sie aus ihrem Zimmer zurückkehrt, sieht sie aus wie frisch aus dem Ei gepellt: gestärkte Bluse, schwarzer Rock, streng dressierte Haarpracht. Bevor sie geht, weckt sie Hervé und Luc, die sich schwer angeschlagen in den Bungalow schleppen. Als sie wieder herauskommen, sehen beide aus, als wären sie in den neuesten TikTok-Filter gefallen: strahlend, faltenfrei, die Augen aufgeblasen, Hemd und Hose mit neuer Spannkraft.

»Attacke!«, ruft Luc, federt an mir vorbei und wirft sich dem Tag in die Arme.

Ich meine, neben seinem sehr teuren Parfum noch die Spur eines anderen Geruchs wahrzunehmen. Den kann ich aber erst zuordnen, als auch Hervé sich an mir vorbeischiebt und dabei die von Luc lose gefederten Platten wieder in den Boden stampft. Die beiden haben Amphetamine gefrühstückt. Und schon sind sämtliche Farben wie neu.

Ich erinnere mich an das, was ich eigentlich vorhatte, und

gehe in unser Zimmer. Da Phil nach wie vor seinen Rausch ausdünstet, schnappe ich mir die Fernbedienung für den Ferrari, der noch an der Ladestation klemmt, löse das Kabel, klettere in den Wagen und steuere ihn erst vorsichtig aus dem Zimmer und dann aus dem Bungalow.

Sobald ich auf der Terrasse bin, drehe ich auf und schieße in Schlangenlinien über die Wiese Richtung Haupthaus. Kann ja nicht schaden, vor unserem großen Auftritt noch ein bisschen an meinen Fahrskills zu feilen. Und wer weiß, vielleicht fällt mir dabei ja ein Hinweis darauf, wer Samtpfötchen sein könnte, in den Schoß?

Im Vergleich zu gestern laufen die Vorbereitungen auf Hochtouren. Auf der oberen Wiese verteilen sich in strenger Ordnung große runde Tische, und wo immer man hinsieht, bleibt der Blick an einem Blumengesteck hängen. So viel Zartrosa, Altrosa, Blassrosa und Dunkelrosa habe ich noch nie auf einem Haufen gesehen. Ich flitze an Luc vorbei, der auf einem Podium steht und via Headset Anweisungen gibt, umkurve sämtliche Tische wie bei einem Slalomrennen und lehne mich jedes Mal voll rein.

Nach und nach treffen die ersten Gäste ein. Und auch Braut und Bräutigam. Ich weiß nicht, ob sie letzte Nacht noch oder erst heute Morgen von ihren Junggesellenabschiedspartys zurückgekehrt sind, jedenfalls gönnt sich das Brautpaar noch eine Auszeit am Pool, bevor der große Ansturm kommt. Ich parke also den Ferrari im Gebüsch und beobachte die beiden aus dem Schatten des Nachbarschirms heraus.

Heather liegt, ein Bein leicht angewinkelt, auf einer Liege, hält ihre Augen geschlossen und lässt sich von der Vormittagssonne streicheln. Jeremy sitzt auf der Nachbarliege, betrachtet seine künftige Gattin und kann sein Glück kaum fassen. Seine Haare sehen aus, als hätte er auf dem Weg zum Pool seine Zunge an eine Autobatterie angeschlossen. Eins von seinen Beinen wippt so nervös auf und ab, dass seine Badesandale auf den Steinfliesen klappert.

»Darling«, sagt Heather, ohne dabei die Augen zu öffnen, »hör damit auf. Bitte.«

»Ich kann nicht.« Jeremy fährt sich mit den Fingern durch die Haare und ruft: »Wir werden heiraten!«

»Ich weiß«, sagt Heather. »Ich hoffe nur, dass Harry Styles es rechtzeitig schafft.«

Jeremy hört sie gar nicht. »Das ist großartig! Das ist so verdammt großartig!«

»Sicher ist es das.« Heather öffnet ein Auge, fährt ihren Arm aus und legt ihrem künftigen Mann eine Hand auf das wippende Knie. »Ich werde nicht weglaufen. Du kannst also damit aufhören.«

23

Um keine Aufmerksamkeit zu erregen, lasse ich meinen Ferrari, wo er ist, schlendere zum Haupthaus hinauf und … werde nachdrücklich daran erinnert, weshalb wir hier sind. Auf ein paar Sofas und einigen Sesseln, die sich lässig um einen Tisch gruppieren, haben sich fast sämtliche Personen versammelt, die Montgomery uns gezeigt hat und die wir im Auge behalten sollen.

Zunächst mal ist da Holly Kim, das Ex-Model, die unglaublich aufrecht auf ihrem Sessel sitzt und die einem so dermaßen bekannt vorkommt, als hätte man sie schon x-mal irgendwo gesehen, auch wenn das gar nicht stimmt. Auf dem Sofa neben ihr haben Saira Gayakwad und ihr Ehemann Rahul Platz genommen, der irgendwie älter aussieht als auf Montgomerys Foto. Als hätte er sich im Verlauf der sechstausendfünfhundert Folgen von *Nishay – Ich bete dich an* in sein inneres Exil verabschiedet.

Auf einem weiteren Sofa erkenne ich die Eltern von Heather, Lord Dingsbums und Lady … Gaga. Nein, natürlich nicht. Lady, Lady, Lady … Phyllis, genau, das war's. Lady Phyllis Cork und ihr Mann Lord … Ashton. Und ohne Scheiß: Wenn ich die nächste Staffel von *The Crown* mit irgendwelchen Lords und Ladys zu besetzen hätte, wären die beiden meine alleralleralllererste Wahl. Seideneinstecktuch, Föhnwelle, Brosche auf dem Revers, königsblauer Anzug, no brown after tea time. Ich könnte schwören, dass ich sogar Lord Ashtons handgerührte Schuhcreme rieche.

Außerdem ist da noch eine, die Montgomery uns gezeigt hat. Wer war die noch mal? Sie ist sehr blond, hat sehr schlanke Finger und trägt eine sehr sandfarbene Kombination aus luftigem Stoff, die aus ihr das Kind eines sanften Wüstenwinds macht. Alles an ihr strebt nach oben. Sogar der Jadeschmuck an ihrem Giraffenhals scheint schwerelos. Deshalb sitzt sie auch nicht wie die anderen auf einem Sofa oder in einem Sessel, sondern hat sich schmetterlingsgleich auf einer gepolsterten Armlehne niedergelassen. Sie lächelt, als würde sie ein kostbares Geheimnis hüten.

Ich überlege noch, wer sie ist, als die Türflügel aufschwingen und Romy Davis erscheint. Auch sie lächelt, allerdings ist Romys Lächeln eher irdischer Natur. Es ist das Lächeln einer Frau, die unangreifbar über ihr eigenes Reich herrscht. An ihrer Seite geht ihr Tantra-Masseur, auch er ganz helles Leinen, Offenheit, blaue Augen, auserwählt. Sie treten auf die Veranda, Romy beschenkt jeden ihrer VIP-Gäste mit einem VIP-Lächeln, und ihr Tantra-Masseur stellt sich hinter die Frau mit dem Giraffenhals und legt ihr eine Hand auf die Schulter.

Jetzt kriegt die also ihre Tantra-Massage, denke ich, aber dann kapiere ich: Die gehören zusammen! Na klar, das sind Anita & Lovis, die Glückscoaches, die seit wer weiß wie vielen Jahren sinnsuchenden Menschen das Glück des Lebens aufschließen, indem sie den Zugang zu ihren Kraftquellen oder so freischaufeln.

Als Lovis Anita die Hand auf die Schulter legt und die sich zu ihm um- und von den anderen abwendet, entwischt ihm für einen Moment sein Glückscoach-Lächeln, und etwas ausgesprochen Frustriertes schlüpft ins Freie. Offenbar gefällt Anita nicht, was sie auf seinem Gesicht sieht, denn als Nächstes wischt sie unauffällig seine Hand von ihrer Schulter und wendet sich, wieder von innerer Zufriedenheit durchwirkt, den anderen zu. Lovis' genervter Blick verschwindet derweil schneller als ein Mauswiesel in seinen Bau. Und schon ist das Glück wieder vollkommen, und die Kraftquellen sprudeln wie der Neptunbrunnen am Alex.

Während ich mich unter die Verandakante ducke und in Hörweite schiebe, überlege ich, was mir der kurze Riss in der Matrix von Anita & Lovis sagen soll. Entweder Anita ist alles andere als begeistert davon, dass Lovis sich bei Romy Davis als Tantra-Masseur betätigt, oder aber Lovis und die Hausherrin hatten ein Vier-Augen-Gespräch, und es ist nicht so gelaufen, wie Anita sich das vorgestellt hat. In jedem Fall sind Anita und Lovis die einzigen beiden, bei denen ich etwas Verdächtiges beobachten konnte. Auch wenn ich keine Ahnung habe, wie uns das auf der Suche nach Samtpfote weiterbringen soll.

Als ich mich nah genug herangeschoben habe, um zu hören, worüber auf der Veranda gesprochen wird, legt sich plötzlich ein Schatten über mich. Und weil ich ein Erdmännchen bin und Reflexe nun einmal Reflexe sind, also etwas, das man nicht wirklich kontrollieren kann, denke ich: Savannenadler!, stoße einen Warnschrei aus und hechte unter einen Fliederbusch.

Der Schatten stammt logisch nicht von einem Savannenadler, weiß ich selber. Die gibt es weder hier noch im Brandenburger Wald. Wie gesagt: ist ein Reflex. In Wahrheit stammt der Schatten von Lord Ashton. Er und Romy Davis haben sich von den anderen entfernt und stehen jetzt an der

Kante der Veranda. Zum Glück halten sie meinen Warnschrei für ein Fiepen der Anlage, die unten auf der großen Wiese für den Auftritt von Ihr-wisst-schon-wem getestet wird.

Ich schiebe mich etwas näher an die beiden heran und höre Lord Ashton in feinstem Oxford-Englisch sagen: »Wie ich höre, garantiert Ihr Fonds Renditen, die zu schön sind, um wahr zu sein.«

So formuliert er es: too good to be true.

»Nun, sie sind wahr«, erwidert Romy und garniert es mit ihrem Gewinnerlächeln. »Und schön sind sie ebenfalls.«

Lord Ashton lässt einige ausgesprochen britische Sekunden verstreichen, bevor er fortfährt. »Nicht, dass Sie glauben, ich spielte mit dem Gedanken, das Geld aus meiner Kanzlei in Ihren Fonds zu investieren …«

Statt zu antworten, nippt Romy an ihrem Minzwasser.

Der Brautvater räuspert sich. »Hypothetisch gesprochen: An welcher Größenordnung müsste ich mich orientieren, wenn ich darüber nachdächte?«

»Kommt darauf an.« Romy lässt gekonnt den Blick über ihr Anwesen schweifen. »An welche Größenordnung hätten Sie denn gedacht? Hypothetisch gesprochen.«

Die Antwort kommt so prompt, dass klar ist, dass Ashton auf jeden Fall schon länger darüber nachdenkt, sein Geld bei der Mutter seines Schwiegersohns zu investieren. »Drei Millionen. Dreieinhalb Maximum. Pfund.«

Romy legt ihm eine Hand auf den Arm. »Ist nicht böse gemeint« – I don't mean to offend you –, »aber ungeradzahlige Beträge sind nicht vorgesehen.«

»Vier«, erwidert Ashton wie aus dem Jagdgewehr geschossen. Abgewiesen zu werden, kommt für ihn nicht infrage. »Und ich würde es vorziehen, wenn das unter uns bliebe.«

»Selbstverständlich bleibt dieses Gespräch vertraulich.« Romy blickt ihm offen ins Gesicht. »Aber vier … Wie wäre es mit vierhundert?«

»Millionen?«

»Milliarden wären selbst für mich etwas hoch gegriffen.«

Ashton fingert an seinem Einstecktuch herum.

»Hundert Millionen sind das Minimum«, erklärt Romy. »Selbstverständlich ließe sich in Ihrem Fall eine Ausnahme machen. Aber unter fünfzig kann ich unmöglich gehen. Ich hoffe auf Ihr Verständnis.«

»Wollen Sie mir sagen«, Lord Ashtons Selbstbewusstsein befindet sich im freien Fall, »dass jeder von denen, die da hinter uns sitzen, wenigstens einhundert Millionen in Ihren Fonds investiert hat?«

Statt zu antworten, verzieht Romy nur mitfühlend die Lippen.

Der gute Lord ringt noch darum, einen neuen Platz in dieser Welt zu finden, als Lady Phyllis hinzukommt und sich bei Romy einhakt.

»Ist es wahr, dear?« Sie senkt ihre Stimme zu einem Flüstern. »Harry Styles wird heute Abend auftreten? Ich werde verrückt, wenn das stimmt. Bitte sagen Sie mir, dass es wahr ist.«

Romys Augenaufschlag ist eigentlich Antwort genug, dennoch fügt sie mit einem Zwinkern hinzu: »Lassen Sie sich überraschen.«

24

Ich zische die Wiese hinunter, brettere mit dem Ferrari durch die Bepflanzung und crashe um ein Haar in die Stiefel des Guards, der unsere Terrasse bewacht und dessen Sonnenbrillengläser mich jetzt anstarren.

»Alles lit, Bratan?«, grüße ich, stelle den Ferrari schön brav parallel zur Kante ab, steige aus und verschwinde so wohlerzogen, wie ich kann, im Bungalow. Alter, bei diesen Typen geht es einem kalt den Rücken runter.

»Rufus?«, rufe ich.

Nein, kein Rufus. In unserem Zimmer ist nur Phil, und ich schwöre, der liegt noch exakt so auf dem Bett, wie er letzte Nacht hineingefallen ist. Die einzige Veränderung, die ich feststellen kann, ist, dass das Horn auf seiner Stirn gewachsen ist. Als müsste es sich gleich durch die Haut bohren.

»Ruf-!«

Bevor ich den Namen meines Bruders ein zweites Mal rufen kann, höre ich ihn. Durchs Fenster. Offenbar ist er hinter dem Bungalow und … Ich flitze aus dem Zimmer, hoffe, dass der Guard mich nicht erschießt, einfach so, aus Langeweile, schlendere über die Terrasse und verschwinde um die Ecke.

Es ist, wie ich vermutet habe: Rufus und Jean Jacques stehen auf dem Weg, der hinter dem Bungalow entlangführt, und mein Bruder zeigt der Ratte, dass er mit seinem Laserpointer nicht nur irgendwo draufzeigen kann, sondern dass der

Pointer auch gleich die Entfernung zum Gegenstand anzeigt, wahlweise in Meter und Zentimeter oder Feet und Inches.

»Das ist ausgesprochen nützlich«, erklärt Rufus, »wenn man beispielsweise das Raumvolumen einer Kammer berechnen will.«

Was ich ja ständig will, denke ich, aber Rufus ist schon wieder nicht mehr zu bremsen.

»Man muss sich lediglich die Länge, die Breite und die Höhe der Kammer anzeigen lassen, die drei Werte miteinander multiplizieren und …«

»Rufus!«

»Ah, Ray! Gut, dass du da bist, das könnte auch dich interessieren. Ich erkläre unserem Freund hier gerade, wie man …«

»Hör auf, dämlich zu quatschen!«

Ich erkläre Rufus in der gebotenen Kürze, was passiert ist: die Verdächtigenversammlung oben auf der Veranda, der schräge Moment zwischen Anita und Lovis und dass die beiden sich gerade zurückgezogen haben und ich zu gerne wüsste, was die jetzt miteinander besprechen, aber dass ich keine Ahnung habe, in welchem Zimmer sie untergebracht sind.

»Dann gedenkst du also, sie zu belauschen«, kombiniert Jean Jacques messerscharf, der offenbar nicht länger ein Problem damit hat, uns zu duzen.

Viel schlimmer allerdings ist dieser französische Akzent, den Jean Jacques so sehr an sich liebt, dass er jedes Wort genüsslich durch die Nase zieht, bevor er es nach draußen entlässt. Ich würde ihm gerne sagen, dass ich mich nicht daran erinnern kann, ihm das Du angeboten zu haben, aber wir haben keine Zeit zu verlieren.

»Und?«

Die Ratte blickt zwischen meinem Bruder und mir hin und her. »Wisst ihr denn, zu welcher Kategorie Anita und Lovis gehören?« Ge-öööören.

»Äh … Kategorie Mensch?«, sage ich.

»Ich meine selbstredend, zu welcher Gästekategorie sie ge-ööören«, erwidert Jean Jacques. »Gäste, die geschäftlich relevant sind, ge-ööören zur ersten Kategorie. Gäste, die …«

»Eins«, sage ich, auch wenn ich nicht genau weiß, was relevant bedeutet. »Kategorie eins.«

»Das bedeutet«, Jean Jacques legt sich ein Pfötchen unters Kinn, »dass sie in einem der Zimmer des Haupthauses untergebracht sind. Wenn ich bitten dürfte, mir zu folgen.«

Er führt uns ein Stück den Weg hinauf, schlägt sich in die Büsche und zeigt uns ein versteckt gelegenes Ablaufgitter im Boden. Von dort gelangen wir in eine Röhre, durch die bei Regen das Wasser abfließt und die uns unterirdisch bis zum Haupthaus bringt.

Jean Jacques rückt seine Fliege zurecht. »Von hier an wird es ein wenig anspruchsvoll.«

Er zwängt sich durch eine Öffnung, Rufus und ich ihm nach, und dann klemmen wir zu dritt in einer Regenablaufrinne. Der einzige Weg: nach oben.

»Wir Ratten sind ja exzellente Kletterer«, erklärt Jean Jacques. »Wie sich das bei euch verhält, kann ich natürlich nicht sagen. Kommt ihr da hoch?«

Ich schon, denke ich. Was Rufus angeht, bin ich mir nicht sicher.

SSSSSssssckk. Rufus hat seine Enterhakenpistole abgefeuert, und der Haken hat sich irgendwo sehr weit oben festgebohrt.

»Wie hoch müssen wir?«, fragt er.

»Bis unter das Dach«, erwidert Jean Jacques.

Rufus hakt die Pistole an seinem Klettgurt ein, sagt: »Dann bis gleich«, und entschwebt mit einem angeberischen Sirren die Röhre hinauf.

Jean Jacques sieht aus, als würde er gleich einen Fanclub gründen. »Wahrlich beeindruckend.«

Mein Bruder erwartet uns unter dem Dach und kein bisschen außer Puste. Was man von mir nicht sagen kann. Zwei Krallen hab ich mir beim Aufstieg abgebrochen, und einmal bin ich nur deshalb nicht abgestürzt, weil ich mir den Schwanz eingeklemmt habe. Doch die Mühen haben sich gelohnt. Jean Jacques zeigt uns, dass zwischen den Dachziegeln und der Dämmung ein Spalt klafft und wir easy das gesamte Dach ablaufen können. Und überall da, wo die Entlüftungsgitter für die Bäder angebracht sind, lässt sich ganz einfach der Schlauch abziehen, und wir können hören, was im Zimmer unter uns gesprochen wird.

Schon beim zweiten Entlüftungsgitter haben wir Glück. Eigentlich müssten wir den Schlauch nicht einmal abziehen, denn Anitas Stimme dringt im wahrsten Sinne des Wortes durch die Decke.

»Was soll denn das bitte heißen – dass im Moment nicht der optimale Zeitpunkt ist?«

Da sich das Entlüftungsgitter im Bad befindet, können wir das Traumpaar nicht sehen, sondern nur hören.

Lovis versucht zu klingen wie sein eigener Therapeut, als er antwortet: »Ich nehme an, Romy wollte mir zu verstehen geben, dass es besser wäre, zu einem späteren Zeitpunkt …«

Anita lässt ihn gar nicht erst ausreden. »›Romy wollte mir zu verstehen geben …‹ Mein Gott, Lovis, du bist so erbärmlich! Immer versuchst du, es allen recht zu machen. Jeder soll dich mögen. Niemand darf von dir enttäuscht sein. Wie kann ein erwachsener Mann nur ein derart mickriges Selbstbewusstsein haben?«

»Die Frage ließe sich auch anders formulieren«, erwidert Lovis, während er seine Stimme angestrengt auf dem Therapeuten-Level hält. »Dann würde sie lauten: Wie groß muss der Machthunger einer Frau sein, wenn sie einen Partner braucht, den sie beherrschen kann?«

»Du glaubst allen Ernstes, *ich* bin hier das Problem?«

»Du missinterpretierst absichtlich, was ich gesagt habe. Das passiert dir übrigens häufiger, und ich glaube, es fällt dir nicht einmal mehr auf. Was ich sagen wollte, war, dass wir einen Konflikt haben, den wir gemeinsam lösen …«

»Dieser *Konflikt*, wie du ihn nennst, *wäre* längst gelöst, wenn du dich an unsere Abmachung gehalten und von Romy verlangt hättest, uns unser Geld auszuzahlen.«

Das will Lovis nicht auf sich sitzen lassen. »Weshalb bin eigentlich *ich* derjenige, dem diese Aufgabe zufällt?«

»Weil es deine Scheißidee war, unser gesamtes Vermögen in Romys Fonds zu versenken!«

»Du tust es schon wieder: Sobald es darum geht, einen Schuldigen zu finden, kürzt du dich selbst aus der Gleichung. An dir ließe sich sehr gut demonstrieren, wie selektive Wahrnehmung funktioniert. Wenn ich dich daran erinnern darf: Wir haben gemeinsam entschieden, unser Geld in Romys Fonds zu investieren.«

»›Wenn ich dich erinnern darf!‹« Dann fliegt die Badezimmertür auf, und unter uns erscheint Anita. Sie blickt in den Spiegel und ruft: »Selektive Wahrnehmung am Arsch!«

Lovis, der ihr nachgegangen ist, bleibt in der Tür stehen.

Einen Moment sieht er Anita dabei zu, wie sie ihre Augenwinkel mit einer speziellen Creme betupft, dann fragt er: »Warum hast du es überhaupt so eilig mit der Auszahlung?«

Bei Anita ist die Luft raus. Mit beiden Händen stützt sie sich auf dem Waschbecken ab. Als sie Lovis antwortet, sieht sie nicht ihn direkt, sondern sein Spiegelbild an. »Du willst es einfach nicht kapieren, oder?« Ihre Stimme klingt aufgekratzt und müde zugleich. »Ich habe es so eilig mit dem Geld, weil ich mir die Pulsadern aufschlitze, wenn ich dich noch einen Tag länger ertragen muss.«

»Wenn das so ist …«

»Ja, das ist so.«

»Wenn das so ist«, unternimmt Lovis einen zweiten Versuch, »dann wäre es vielleicht besser, *du* würdest mit ihr reden.«

»Wieso nur überrascht mich das nicht?«

»Was?«

Anita seufzt den Spiegel an, dann schraubt sie den Deckel eines weiteren Döschens ab und beginnt, ihre Mundwinkel zu betupfen. »Du biegst und windest dich so lange, bis *ich* die unangenehme Konfrontation übernehme. Dein Rückgrat ist weicher als ein Hefeteig.«

Sie greift sich eine Sprühflasche, schließt die Augen und nebelt ihr Gesicht mit etwas ein. Anschließend riecht das gesamte Bad nach einer Mischung aus Minze und Zedernholz.

»Egal«, beschließt sie. »Ich mach's, ich rede mit ihr. Und *wie* ich mit der rede. Hilf mir mal mit dem Reißverschluss.«

Lovis tritt ins Bad, stellt sich hinter Anita und zieht den Reißverschluss ihrer Wüstensandkombination hoch. Dabei sieht er über ihre Schulter hinweg sich selbst und sie im Spiegel an.

Gleich fängt er an zu flennen, denke ich. Und dann denke ich noch, dass er als Nächstes garantiert etwas voll Versöhnliches sagt.

»Du wirst alt.«

Anita erwidert seinen Blick. »Ich hätte nie gedacht, dass ich dich mal so sehr hassen könnte.«

»Mach dir nichts draus«, Lovis schaltet sein Glückscoach-Lächeln ein, »ist nur projizierter Selbsthass.«

»Schwätzer.«

»Giftspritze.«

Im nächsten Moment erscheint auch auf Anitas Gesicht ein strahlendes, selbstvergessenes Lächeln. Das vollkommene Glücksversprechen.

»Sollen wir?«, fragt sie.

»Die wollen alle an ihr Geld«, überlege ich, während wir Jean Jacques zurück zum Ablaufrohr folgen.

»Offensichtlich«, sagt Rufus. »Und entweder *will* Romy es nicht herausrücken, oder …«

»… oder sie *kann* nicht«, sage ich. »Die Frage ist: Was hat das mit Samtpfote zu tun?«

Bevor wir ins Ablaufrohr steigen, sagt Rufus: »Ziehen wir einstweilen Hoffnung aus der Tatsache, dass sich auch die schwerste Tür mit einem kleinen Schlüssel öffnen lässt.«

25

Jean Jacques deutet eine Verbeugung an und reicht uns eine Pfote. Ich weiß nicht, wie er es geschafft hat, aber selbst nach unserem Ausflug ins Haupthaus sieht seine Seidenfliege aus wie frisch aus der Verpackung geschält.

»Es war mir ein Plaisir, euch geholfen haben zu können.«

Wir stehen hinter dem Bungalow und verabschieden uns, auch wenn ich annehme, dass wir die Ratte so schnell nicht wieder loswerden, jetzt, wo wir beim Du sind.

Ich will mich gerade abwenden, als Jean Jacques sagt: »Da wäre noch une petite chose …«

Der ist wirklich wie Rufus, denke ich. Wartet, bis du nachfragst, damit er dich anschließend volllabern kann.

»Was denn?«, frage ich.

»Für meine Freunde bin ich« – Kunstpause – »JJ.«

Ist nicht dein Ernst, Alter. JJ, der Côte-d'Azur-Seidenfliegen-Rappöör? Ich versuche, ernst zu bleiben.

»Nachdem wir gemeinsam dieses exquisite Abenteuer erleben durften«, fährt JJ fort, »möchte ich auch euch offerieren, mich künftig JJ zu nennen.«

Mon dieu, Jean Jacques! Ist es wahr? Ab heute darf ich dich JJ nennen? Mein Gott.

Rufus streckt ebenfalls eine Klaue aus. »Mit dem größten Vergnügen, JJ.«

Ich halt's nicht aus.

»Echt jetzt?«, sage ich zu Rufus, als wir am Guard vorbei in den Bungalow flitschen. »›Mit dem größten Vergnügen‹?«

»Ich weiß wirklich nicht, worüber du dich so echauffierst«, erwidert Rufus, und ich werde den Verdacht nicht los, dass er, seit wir Bekanntschaft mit JJ gemacht haben, sein feines Näschen noch ein wenig höher trägt als sonst. »Das war alles andere als eine selbstverständliche Geste von JJ. Es wäre unhöflich gewesen, sie nicht anzunehmen. Außerdem schließe ich nicht aus, dass er uns auf der Suche nach Samtpfote noch von Nutzen sein kann. So jemanden verprellt man nicht.«

Ich würde meinem arroganten Bruder jetzt gerne mit meiner Zeigekralle ein weiteres Ohrloch stechen oder auch zwei oder drei. Aber dann erinnere ich mich daran, was Kong nach unserem letzten Abenteuer gesagt hat: Genies hatten es noch nie leicht. Vermutlich sollte ich mich für Rufus freuen. Seine Egowerte waren echt im Keller, nachdem Grete ihn abserviert hat. Jetzt jemanden gefunden zu haben, der ihn bewundert …

Ich werde aus meinen Gedanken gerissen, weil uns in unserem Zimmer eine kleine Sensation erwartet: Das Bett ist leer. Die Frage, die sich daran anschließt, wird beantwortet, als sich die Badezimmertür öffnet und Phil erscheint, frisch geduscht und mit einem Alarmknopf auf der Stirn, aber sonst in gutem Allgemeinzustand. Nach einem Blick in seine Augen ahne ich, dass auch bei ihm Amphetamine im Spiel sind. Da jedoch mein Bedarf an Diskussionen für heute gedeckt ist, erspare ich uns eine Bemerkung.

»Hab mich schon gefragt, wo ihr seid. In«, Phil wirft einen

Blick auf die Uhr, »zwei Stunden ist euer großer Auftritt. Außerdem sollten wir auf der Suche nach Samtpfote aktiv werden.«

»Wir?«, frage ich. »Rufus und ich sind bereits den ganzen Vormittag aktiv.«

Wir erklären ihm, was wir herausgefunden haben: dass offenbar nicht nur Günther Rauch sein Geld aus dem Fonds abziehen will, sondern zumindest auch Anita und Lovis, die übrigens hinter verschlossenen Türen weniger glücklich und erfüllt wirken als davor.

»Das Ding ist«, sage ich, »wir haben immer noch keine Ahnung, was das alles mit Samtpfote zu tun hat. Von denen, die Montgomery uns gezeigt hat, ist es garantiert keiner. Rauch macht zwar auf dicke Hose, aber den Drogenbaron kaufe ich nicht mal ihm ab. Von den anderen gar nicht zu reden.«

»Wir sollten nicht vorschnell urteilen«, wendet Rufus ein. »Im Übrigen sind von den Personen, die Montgomery uns präsentiert hat, noch gar nicht alle eingetroffen.«

»Dann«, Phil zieht die Anzugtasche aus dem Kleiderschrank, »sollten wir die Zeit bis zur Trauung nutzen, um uns unter die Anwesenden zu mischen.«

Rufus hatte unrecht. Ich erwähne das, weil es leider sehr selten vorkommt, praktisch nie. Aber diesmal schon. Inzwischen sind nämlich auch die eingetroffen, die von Montgomerys Liste noch gefehlt haben: Genèvieve und Philippe Haut les cœurs sowie Brooke und Louis Burns. Die einen machen in teurem Wein, die anderen in billigen Hot Dogs.

Überhaupt scheinen inzwischen die meisten Hochzeitsgäste eingetroffen zu sein. Zwar tröpfeln von oben immer noch welche nach, aber zumindest auf den frisch gefärbten Wiesen um das Haupthaus herum herrscht reges Treiben. Man steht in fluffigen Grüppchen beisammen, legt nonchalant den Kopf in den Nacken beim Lachen und trinkt derweil Romys Champagnerkeller leer. Sogar die Guards mit ihren Maschinenpistolen gehen in dem Gewusel beinahe unter. Besonders groß ist die Freude, wenn Rufus und ich in unserem Ferrari zwischen den Gruppen entlangkurven und freundlich aus dem Wagen winken.

»Wie ist die Verbindung?«, flüstert Phil.

Ach ja: Wir haben unsere Ohrstecker drin, die wir ja glücklicherweise behalten durften. Phil hat sich auf einer der Veranden an das Grüppchen der neu Eingetroffenen herangearbeitet und steht jetzt mit Günther Rauch, den Weinfuzzis und dem Hot-Dog-Unternehmerpaar zusammen.

»Verbindung steht«, sage ich, während Rufus sich selbst, mir und der jüngeren Hochzeitspossy einen Adrenalinkick verpasst, indem er mit unserem Gefährt an der Poolkante entlangschreddert. Dabei hält er unauffällig die Fernbedienung im Schoß, während ich scheinbar panisch die Vorderbeine in die Luft werfe. Da ich am Steuer sitze, sieht es so aus, als hätte ich die Kontrolle über den Wagen verloren. Entsprechend groß ist die Begeisterung. Und natürlich werfen sich die Ersten bereits auf den Boden, um Selfies mit uns zu machen.

Erfolg.

Kann süchtig machen.

Ein Wort noch zu Phil: Der sieht in Montgomerys Anzug einfach nur lit aus. Was nicht zu erwarten war. In dem Anzug, den sie ihm für die *Golden Silverstar* besorgt hatte, sah er aus wie ein pyrotechnischer Spezialeffekt. Bei dem neuen aber stimmt einfach alles: Farbe (Schiefer), Schnitt (eng, aber leger), der matte Glanz. Sollte Montgomery ihn jemals darin zu sehen bekommen, wird sie Phil erst tackeln wie ein Footballspieler und ihn anschließend unter sich begraben. Ich kann's ihr nicht verübeln. Von dem Druckknopf auf seiner Stirn abgesehen ist Phil echt ein Hingucker. Also, auch die Beule ist ein Hingucker, aber anders eben.

Die Verbindung zu Phil ist so gut, dass Rufus und ich hören können, wie sich die anderen miteinander unterhalten. Am lautesten sind Louis Burns, der sich als Mister Dog vorstellt und das offenbar lustig findet, und Günther Rauch.

Der Bohnenkönig erklärt den Anwesenden gerade, dass für ihn die Jagd nach der perfekten Bohne erst an dem Tag enden wird, an dem sie ihn mit den Füßen voran aus dem Dschungel tragen. »Der Tag, an dem ich aufhöre, der perfekten Kaffeebohne nachzujagen, an dem Tag werde ich sterben.«

Interessiert die anderen natürlich brennend, weshalb Rauch gar nicht aufhören kann, sich darüber zu verbreiten, wo er und sein treues Pferd mit Namen Jean d'Arc schon überall gewesen sind. Im gesamten Kaffeedreieck Kolumbiens gibt es keinen Hang, den er nicht beritten, kein Fleckchen Erde, das er nicht berochen, befummelt und geschmeckt hätte. Je länger ich das mit anhören muss, umso erleichterter bin ich, Phils Gesicht dabei nicht sehen zu müssen.

»Partner?«, sage ich, während Rufus und ich für das nächste Foto posieren.

Zurück kommt nur ein »Hm.«

»Irgendwelche Hinweise auf Samtpfote?«

Phil wendet sich kurz ab. »Wenn einer von denen ein Drogenbaron ist«, flüstert er, »dann bin ich Stabhochspringer.«

Im Hintergrund wird Günther Rauch von Mister Dog unterbrochen. »So etwas würde ich nie tun«, sagt Burns und führt aus, dass er überhaupt nicht weiß, wozu er sich mit einem Pferd durch den Dschungel schlagen soll, wenn es Straßen gibt, die breit genug sind, um mit einem Anderson darauf zu fahren. Sein »Anderson« ist, wie sich herausstellt, ein als Wohnmobil getarntes Hotel, in dem Bruce Willis früher immer am Set gewohnt hat, für das er aber jetzt leider keine Verwendung mehr hat. Sie haben es ihm abgekauft, für anderthalb Millionen. Armer Bruce.

Rufus und ich sind inzwischen auf der unteren Wiese unterwegs, vielmehr auf der Tanzfläche, die vor der Bühne für den Auftritt von Ihr-wisst-schon-wem aufgebaut worden ist und die ungefähr die Größe eines Basketballfeldes hat. Rufus und ich haben also jede Menge Spaß, während Rauch und Burns nicht müde werden, Phil an ihren geschäftlichen Erfolgen teilhaben zu lassen. Inzwischen wissen wir, dass an der gesamten Westküste der USA praktisch niemand mehr aus dem Haus gehen kann, ohne einen Hot Dog von MR. DOG in den Mund geschoben zu bekommen. Das wiederum bringt den Kaffeebohnenkönig auf eine Geschäftsidee: Warum nicht ein Joint Venture hochziehen? Mister Dog könnte doch in seinen zweihundertfünfzig Hot-Dog-Mobilen Rauchs Kaffee verticken, auf Kommission.

»Mein Kaffee ist der beste der Welt!«, ruft Rauch.

Mister Dog überlegt einen Moment, dann erwidert er: »Nichts für ungut, aber Ihr weltbester Kaffee würde unser Konzept ruinieren. Unsere Hot Dogs sind absoluter Dreck. Wissen Sie, ich selbst würde nie auch nur einen davon essen, aber zur Hölle damit, die Leute lieben sie.« Er erklärt Rauch, dass sie es mit guten Hot Dogs versucht haben, anfangs, gutes Fleisch, gute Brötchen, gutes Ketchup. Aber die Kunden haben es abgelehnt. »Sie wollen Mist in sich reinstopfen, und ich gebe ihnen, was sie wollen. Ihr Kaffee wäre da keine Hilfe.«

Während Rufus und ich munter gegen unsichtbare Gegner um die Wette fahren, als ginge es um unser Leben, höre ich eine weitere Stimme, und ich ahne, dass die Philippe Haut les cœurs gehört, der bereits Schlagseite hat und wissen will, wann Harry Styles endlich kommt.

»Ich habe einen 82er Merlot für ihn mitgebracht«, verkündet der Weinbaron. »Aber wenn es zu lange dauert, dann trinke ich ihn selbst.«

Eine Frauenstimme kreischt: »Harry Styles kommt?«

Eine andere, die Holly Kim gehören könnte, sagt: »Harry Styles wird bestimmt nicht vor dem Abendessen hier sein.«

»Wie spät ist es jetzt?«, will der Weinbaron wissen.

»Gleich vierzehn Uhr.«

»Oh, ich fürchte«, sagt Philippe enttäuscht, »dass Harry dann wohl nichts mehr von seinem Merlot abbekommen wird.«

Phil wendet sich von der Gruppe ab. »Rufus, Ray, wir treffen uns am Bungalow. Ich bekomme hier gerade Kopfschmerzen in den wildesten Farben.«

»Roger!«, flötet Rufus und schießt mit unserem Ferrari über die Kante der Tanzfläche.

Einen Moment lang schweben wir auf das Meer zu, die Sonne spiegelt sich in der Motorhaube, und ich quelle praktisch über vor Dankbarkeit. Weil ich das erleben darf. Alles. Vielleicht, denke ich, sind die schwerelosen Momente im Leben die schönsten. Und warum? Weil wir wissen, wie schnell sie vorbeigehen. In unserem Fall sehr schnell, denn im nächsten Augenblick schlägt der Ferrari unsanft mit der Nase voran auf der Wiese auf und gibt ein ausgesprochen ungesundes Geräusch von sich.

Als Rufus ihn zum Stehen bringt und wir uns umdrehen, liegt der Frontspoiler auf der Wiese.

»Sollten wir einsammeln«, sage ich.

»Besser is.« Rufus lässt die Reifen durchdrehen. »Ich liebe Heckantrieb!«

26

Keine gute Idee, Rufus!«

Ich kralle mich am Lenkrad fest, als könnte ich auf diese Weise irgendetwas kontrollieren. Ist aber nicht. Denn Rufus hat die Fernbedienung und ist außerdem voll auf Adrenalin. Ein Zustand, mit dem er noch nie gut klargekommen ist. Er peitscht den Wagen durch die Büsche und hält auf die Kante unserer Terrasse zu. Wäre weiter kein Problem, außer dass er genau auf den Punkt zusteuert, an dem der breitbeinige Guard mit dem Rücken zu uns über den Bungalow wacht.

»Wo kein Wagnis, da kein Gewinn!«, tönt er. »Wo kein Spiel, da kein Leben!«

»Marco Reus?«, rate ich.

»Martin Luther!«, antwortet Rufus.

»Immer noch keine gute I-«

Wir knallen gegen die Terrassenkante, der Ferrari hebt ab, wir schießen durch die gespreizten Beine des Guards und dengeln nur deshalb nicht volle Lotte von hinten gegen seine Eier, weil wir im letzten Moment die Köpfe einziehen.

Als Rufus den Wagen zum Stehen bringt und wir uns umwenden – voll in Zeitlupe so, als wüssten wir schon, dass da nichts Gutes bei rauskommen kann –, da legt sich ein Schatten auf uns, und ich blicke in die Mündung einer Sig Sauer MPX Copperhead.

»Ich war's nicht«, stottere ich. »Schwöre, Bratan. Das sieht nur so aus, weil ich am Steuer sitze. Hier«, ich reiße das Steuer herum, »die Reifen bewegen sich null, Alter!«

»Gibt's ein Problem, Officer?«, fragt Rufus seelenruhig.

Wie bereits erwähnt: Mit spontaner Adrenalinausschüttung ist mein Bruder noch nie gut klargekommen. Der Guard sagt irgendwas auf Spanisch oder Portugiesisch oder Suaheli. Jedenfalls ist auch die KI in unseren Ohrsteckern überfordert. »Entschuldigung, das habe ich nicht verstanden.«

Anschließend gönnt der Guard sich zwei oder drei großzügige Sekunden, um zu entscheiden, ob er Hot Dogs aus uns macht oder nicht, und drückt den Abz-

Nein, doch nicht. Er nimmt seine Position wieder ein und wendet uns den Rücken zu.

Ich versuche, auszuatmen. Dann ein. Dann aus.

Anschließend strecke ich eine Klaue aus. »Fernbedienung.«

Rufus will widersprechen, aber da habe ich ihm das Gerät bereits aus den Klauen gerissen. Ich weiß nicht, seit wann ich der Vernünftige von uns beiden bin. Schätze, ich werde alt.

»Du fährst keinen Meter mehr«, entscheide ich.

Rufus will schon wieder etwas entgegnen, wird aber erneut ausgebremst, von Phil diesmal.

»Planänderung«, höre ich die Stimme unseres Partners im Ohr.

»Gibt's was Neues?«, frage ich.

Derweil bemerke ich, wie sich Rufus' Klaue an die Fernbedienung heranpirscht, und fahre meine Zeigekralle aus. Die Message ist klar: nur, wenn du scharf auf ein weiteres Ohrloch bist.

»Ihr habt mir doch erzählt, dass Anita und Lovis einen Streit hatten«, sagt Phil.

»Korrekt«, bestätigt Rufus, dessen Klaue sich wieder auf dem Rückzug befindet.

»Und dass Anita gesagt hat, *sie* würde mit Romy Davis reden und die Rückzahlung ihrer Einlage verlangen.«

»Ebenfalls korrekt.«

»Ich bin Anita gerade durch das Erdgeschoss des Haupthauses gefolgt. Offenbar war sie auf der Suche nach Romy. Vor Davis' Büro wurde sie dann von einem Typen abgefangen, bei dem absolut gar nichts zusammenpasst: teurer Anzug, weißes Hemd, aber die Tattoos wachsen ihm wie Tentakel aus dem Kragen und den Ärmeln. Ein Gesicht, als wäre er in seinem letzten Leben eine Abrissbirne gewesen. Als er gelächelt hat, dachte ich, gleich fällt Anita der Kopf ab. Er hat sie in ein Nebenzimmer geführt. Das war vor ungefähr drei Minuten, fühlt sich aber deutlich länger an. Dabei hab ich ihn von hinten gesehen. Müsste mich sehr irren, wenn er keine Pistole im Hosenbund stecken hätte. Seitdem ist keiner rein und keiner raus.«

»Die Tattoos«, sagt Rufus, »waren das welche, die die Zugehörigkeit zu einem Drogenclan nahelegen?«

»Ich hab mein halbes Leben als Privatschnüffler verbracht und arbeite seit zwei Jahren als Kummerkasten in einer Sicherheitsfirma. Ich weiß so viel über Clantattoos wie du über …« Phil muss nachdenken. Gibt nicht viel, worüber mein Bruder nichts weiß. »… Single Malt Whiskey«, sagt er schließlich.

»Über Single Malt Whiskey weiß ich einiges«, erwidert Rufus. »Ist dir zum Beispiel bekannt, dass die Form der Destillierblase entscheidenden Einfluss auf den Geschmack hat? Das liegt daran, dass die chemischen Verbindungen, die dem Whiskey seinen Geschmack verleihen, im oberen Teil der Brennblase kondens-«

»Rufus«, unterbricht ihn Phil.

»Was?«

»Du hast schon verstanden, was ich dir sagen wollte, oder?«

»Jedenfalls kondensieren sie und fallen wieder nach unten«, bringt Rufus seine Ausführung zu Ende.

»Ruhe!«, zischt Phil.

Eine Zeit lang hören wir kaum etwas. Erst scheint Phil sich in irgendeine Ecke zu drücken, dann verraten Schritte, dass er sich in Bewegung setzt. Kurz darauf sagt uns die Geräuschkulisse, dass er wieder im Freien ist.

»Ray? Rufus?«

»Auf Sendung«, sage ich.

»Als Anita gerade aus dem Zimmer kam, da sah sie aus, als hätte ihr der Tod persönlich die Wangen gestreichelt. Jetzt ist sie dabei, ihren Gatten einzusammeln. Ihr habt die beiden doch in ihrem Zimmer belauscht, richtig?«

»Und?«, frage ich.

»Ich schätze, das war nur der erste Akt.«

Bis Rufus und ich zurück am Haupthaus sind und uns die Ablaufrinne hoch und über das Dach des Anbaus gearbeitet haben, hat unser Glückscoach-Duo bereits den Glückshafen verlassen und ist auf hoher See unterwegs. Wetterprognose: Orkan im Anmarsch.

»Pack deine Sachen!« Anita ist ganz atemlos. »Wir reisen ab, sofort!«

»Vielleicht wäre es zielführend«, erwidert Lovis, »wir

würden zunächst gemeinsam reflektieren, was genau eigentlich …«

»Ich bleibe hier keine! Minute! Länger!!«

»Möchtest du mir nicht erst einmal erzählen, was genau sich zugetragen hat?«

Anita, die bereits ihren Koffer zu packen scheint, hält inne: »Was ›genau sich zugetragen hat‹?« Stimmlich bewegt sie sich inzwischen im roten Drehzahlbereich. »Hörst du mir nicht zu? Er hat mir gedroht, und zwar unmissverständlich!«

Je lauter Anita wird, umso ruhiger wird Lovis. Was sie natürlich nur noch mehr in Rage bringt. Denn sie weiß, dass Lovis das mit Absicht macht, ruhig bleiben, um zu erreichen, dass sie sich noch mehr aufregt. Und das macht sie nicht nur wütend auf ihn, sondern außerdem auf sich selbst.

»Aber hat er das wirklich?«, fragt Mister Lass-mich-dir-helfen-die-Pforten-deiner-Kraftquelle-zu-öffnen. »Wenn ich das richtig verstanden habe, hat er dir doch lediglich nahegelegt, Romy vorerst nicht um die Auszahlung unserer Einlage zu bitten.«

»Hat er nicht!«

»Sondern?«

»Er hat mich wissen lassen, dass ich Romy *nicht* bitten werde, uns das Geld auszuzahlen: You will *not* ask her! Das hat er gesagt. Gebeten hat der um gar nichts.«

»Hast du ihn gefragt, warum nicht? Oder was geschieht, falls du es dennoch tust?«

»Nein. Hab ich nicht. Und hättest du auch nicht!«

»Ich meine … Es ist *unser* Geld«, stellt Lovis fest. »Es steht uns zu.«

Fehler.

Wieder fliegt die Badezimmertür auf, wieder blickt Anita in den Spiegel, während sie ihren Mann anschreit.

»Jetzt fällt dir das ein? JETZT? Daran hättest du denken können, als *du* mit Romy gesprochen hast. Stattdessen hast du es vorgezogen, dich von ihr einseifen zu lassen. Was hat sie eigentlich in ihrem Besprechungszimmer mit dir gemacht, um dich so geschmeidig zu kriegen? Dir einen geblasen? Musste sie wahrscheinlich gar nicht. Um dich weichzukriegen, reicht ein treudoofer Augenaufschlag.«

Während Anita ihre Tuben und Töpfchen in ihr Beautycase stopft, ruft sie: »Und pack verdammt noch mal deine … Weißt du was? Ist mir egal. Mach, was du willst. Aber komm nicht auf die Idee, mich anzurufen, weil du mal wieder nicht weißt, wie man ein Taxi bestellt oder den Koffer zukriegt.«

27

Phil steht vor dem Badezimmerspiegel und tupft eine braune Pampe auf seine Stirn, um die Beule zu überschminken. »Hat Luc mir gegeben«, erklärt er. »Bei der Zeremonie soll alles perfekt aussehen. Auf den Fotos darf keine Hautunreinheit zu erkennen sein. Und erst recht keine Beule. Stell dir vor, angeblich haben die meisten Gäste sogar ihre Make-up-Artists mitgebracht. Irre, wofür diese Leute ihr Geld aus dem Fenster werfen.«

»Wenn es hier von Make-up-Artists nur so wimmelt, dann solltest du dir bei einem von denen professionelle Hilfe holen«, rate ich.

»Warum?« Phil betrachtet sich im Spiegel. »Sieht doch gut aus, oder?«

Rufus begutachtet das Fläschchen. »Magic Foundation Deep Dark Shadow«, liest er vor. »Ist möglichweise ein bisschen zu kräftig für Leute, die von Natur aus den Hauttyp weiß getünchte Raufasertapete haben.«

»Luc benutzt dieselbe Foundation«, verteidigt sich Phil und mustert sein Gesicht. »Außerdem ist die Beule tatsächlich verschwunden.«

»Dafür siehst du jetzt aus wie der kleine Bruder von Rahul Gayakwad«, entgegne ich.

Phil wirft das Schminkschwämmchen auf die Ablage. »Lassen wir das. Was habt ihr herausgefunden?«

Wir erzählen ihm von unserem Besuch bei Anita und Lovis.

»Heißt das, unser Traumpaar ist abgereist?«, fragt er.

»Nein. Sie hat ihn zwar als rückgratlosen Vollversager beschimpft und ihm gesagt, dass er sie anwidert, aber am Ende hat er sie trotzdem überreden können, wenigstens so lange zu bleiben, bis das Konzert von Harry Styles begonnen hat«, antworte ich.

»Alles andere wäre seiner Meinung nach ein Affront. Er glaubt, Romy würde ihnen das so übel nehmen, dass sie noch bis zum Jüngsten Tag auf ihr Geld warten müssten«, ergänzt Rufus.

»Anita zapft also für die Dauer der Hochzeit ihre inneren Kraftquellen an, um gute Miene zum bösen Spiel zu machen?«, fragt Phil.

»Genau. Wenn es aber darum geht, Lovis loszuwerden, dann sprudeln Anitas Kraftquellen wie Bolle«, antworte ich.

»Immerhin wissen wir jetzt, dass unser Lifecoach-Traumpaar nichts mit Samtpfote zu tun hat«, resümiert Phil. »Und wir haben einen Hauptverdächtigen. Die Abrissbirne im Maßanzug.«

»Klug von ihm, als Bodyguard zur Hochzeit zu kommen«, überlege ich.

»Sehr klug«, stimmt Phil zu. »Er darf ganz offiziell eine Waffe tragen, hat direkten Kontakt zu seiner Privatarmee und kann sich überall auf dem Gelände frei bewegen.«

»Und er hat dafür gesorgt, dass niemand Kontakt zur Außenwelt aufnehmen kann«, füge ich hinzu.

»Apropos«, sagt Rufus. »Wenn ich ein Handy hätte …«

»Das ist der wahre Grund, warum bei Romy Davis die Nerven blank liegen«, sagt Phil. »Die ist nicht nervös, weil ihr Sohn heiratet, sondern weil Samtpfote die ganze Hochzeitsgesellschaft als Geisel genommen hat.«

»Also braucht auch unser Drogenbaron Geld, das Romy ihm nicht geben kann?«, frage ich.

»Ich wüsste zu gern, wie es auf Romys Bankkonto aussieht«, antwortet Phil. »Sie war zwar nicht begeistert davon, dass Rauch mal eben zweihundert Millionen braucht, hat aber so getan, als könnte sie die Summe hinblättern.«

»Also, ich glaube, sie hat geblufft«, sage ich.

»Oder sie hat zwar Geld, aber nicht genug, um gleich mehrere Investoren auszuzahlen«, erwidert Phil.

»Wie gesagt, wenn ich ein Handy hätte …«, hakt Rufus nach, wird aber erneut von Phil unterbrochen.

»Die wichtigere Frage ist, wie wir herausfinden, ob Abrissbirne und Samtpfote ein und dieselbe Person sind.«

»Also, wenn ich ein Handy hätte und ein paar mobile Daten …«

Diesmal bin ich es, der Rufus in die Parade fährt. »Die Bodyguards sprechen untereinander Spanisch und sind misstrauischer als Jens Spanner, wenn es um seine Nüsse geht. Eine falsche Frage an der falschen Stelle, und wir sind erledigt.«

»Wie gesagt, wenn ich ein Handy hätte …«

»Hast du aber nicht«, sage ich. »Außerdem wäre die Sache dann ein Kinderspiel. Wir könnten Montgomery anrufen und sie fragen, warum sie Abrissbirne nicht auf dem Schirm hat.«

»Ganz so einfach wäre es dann doch nicht«, erwidert Rufus.

»Da hat er recht«, stimmt Phil zu. »Offiziell sind wir gar nicht hier. Außerdem hat Montgomery gesagt, dass ihre

Leute das Anwesen nicht betreten dürfen. Mal abgesehen davon, dass es für die Polizei schlecht ausgehen könnte, sich mit Samtpfotes Privatarmee anzulegen. Der hat hier genug Leute aufmarschieren lassen, um sich den Weg bis nach Gibraltar freizuschießen.«

»Und es gibt noch ein Problem«, sagt Rufus. »Wenn wir ein Handy hätten ...«

»Wir haben leider kein Handy, Rufus«, sage ich in mildem Tonfall. »So schwer es für dich ist, gewöhn dich bitte an den Gedanken.«

»Konjunktiv, Ray. Wenn wir eines hätten und es benutzen würden, dann wüssten Samtpfotes Leute, dass hier jemand auf dem Gelände ist, der nicht nach ihren Regeln spielt. Die haben Militärtechnik aufgefahren.« Mit leiser Häme fügt er hinzu: »Das ist dir doch bestimmt auch aufgefallen, als sie uns im Zelt am Eingang gefilzt haben, oder?«

»Klar ist mir das aufgefallen«, erwidere ich prompt.

Rufus stutzt. »Ach, wirklich?«

»Natürlich nicht«, sage ich.

»Wenn wir was über Abrissbirne in Erfahrung bringen könnten, würde ich dieses Risiko eingehen«, sagt Phil. »Heute Abend will ich sowieso hier verschwunden sein.«

»Es bleibt also dabei«, stellt Rufus fest. »Wir brauchen ein Handy. Ein Königreich für ein Handy!«

»Darf ich euch behilflich sein?«, höre ich jemanden fragen.

Rufus und ich drehen synchron die Köpfe.

An der geöffneten Terrassentür steht JJ und ruckelt sich die Seidenfliege zurecht.

»Weißt du etwa, wo wir eins finden können?«, fragt Rufus.

»Ich hab selbst eins«, antwortet die Ratte.

Auch Phil bemerkt nun, dass wir Besuch haben. »Ein Kumpel von euch?«

»Darf ich vorstellen, Jean Jacques, die Ratte des Hauses. JJ, das ist Phil, unser Partner.«

Jean Jacques deutet eine Verbeugung an.

Phil kneift die Augen zusammen. »Trägt die 'ne Fliege?«

»Ja. Dieser Monsieur gehört zu den seltenen Exemplaren der Gattung Ratte, die man kultiviert nennen darf«, erklärt Rufus.

»Merci, mon ami«, erwidert JJ und verbeugt sich gleich noch einmal.

»Dürfen wir dein Handy mal sehen?«, fragt Rufus.

»Mais oui«, erwidert JJ. »Es ist Teil meiner Privatsammlung, eigentlich nicht öffentlich zugänglich, aber guten Freunden zeige ich sie gerne. Wenn ihr mir bitte folgen würdet.«

»Okay, Phil, wir sind dann mal kurz im Rattenloch«, sage ich.

»Aber macht nicht zu lange«, erwidert mein Partner und begutachtet zufrieden den Deep-Dark-Shadow-Ton seines Gesichts. »Wir können es uns nicht erlauben, zu spät zur Hochzeit zu kommen.«

28

Habe ich da eben »Rattenloch« gesagt? Ich nehme alles zurück.

Jean Jacques' Wohnung ist nicht nur riesig, sondern auch ein Prachtbau. Dagegen wirkt unsere Bleibe im brandenburgischen Wald echt popelig. JJs Domizil – das Wort hab ich von Rufus gelernt – liegt unter dem Haupthaus, und mein Bruder meint, mit etwas Wandschmuck und puristischer Einrichtung könnte er damit manch menschlicher Behausung das Wasser reichen. Dabei wird Ratten eigentlich immer unterstellt, dass sie ihr ganzes Leben im Dreck verbringen. Ist wohl auch nur so ein Vorurteil. Schließlich kommt es für unseren kultivierten Freund unter keinen Umständen infrage, dass er sich auch nur die Fliege schmutzig macht.

Der Teil des Kellers, in dem er sich häuslich eingerichtet hat, ist nicht nur trocken und warm, sondern auch picobello sauber. Neben dem Bett steht ein Malerpinsel, mit dem JJ die Bude in Schuss hält. Apropos Bett. Es ist ebenfalls blitzblank und sieht aus, als wäre es aus purem Gold. Stimmt aber nicht, sagt Rufus, die Farbe ist nur aufgesprüht. Das Bett von JJ ist nämlich ein Sneaker. Ein goldener Sneaker. Laut Rufus ein sündhaft teures Modell von Louis Vuitton. Logisch. Bestimmt darf niemand mit normalen Schuhen Romys Haus betreten.

»Hammermäßige Bude«, sage ich anerkennend.

JJ lächelt vornehm. »Noblesse oblige.«

Mein Knopf im Ohr wiederholt: »Noblesse oblige.« Montgomerys künstlicher Übersetzer hat offenbar gerade keine Lust, seinen Job zu machen.

Rufus sieht mein fragendes Gesicht. »Diesen Ausdruck gibt es ebenso im Deutschen«, erklärt er. »Und da bedeutet er: Adel verpflichtet.«

Toll, dass mein kleiner Bruder so was weiß. Bedenklich hingegen, dass er jetzt schon damit anfängt, Computerprogramme zu verbessern.

»Ich würde sagen, wir beginnen mit der Besichtigung im Ostflügel«, schlägt JJ vor. »Dort befindet sich mein Esszimmer. Praktischerweise liegt es direkt neben dem Vorratskeller von Madame Romy. Ich habe einen Tunnel zum Käseregal gegraben, um die Arbeitswege kurz zu halten.«

»Wir sind der Hochzeit wegen leider ein bisschen in Eile«, wiegelt Rufus ab. »Vielleicht können wir die Besichtigung auf ein andermal verschieben und uns erst mal nur deine Privatsammlung ansehen?«

»Pas de problème«, erwidert JJ und läuft zur anderen Seite des Schlafzimmers. »Dann bitte hier entlang.«

Durch einen geräumigen Gang, der so hoch ist, dass ich mich sogar auf die Hinterbeine stellen könnte, ohne an die Decke zu stoßen, gelangen wir in ein Gewölbe. Eine Seite war früher mal zum Keller hin offen. Jetzt ist sie mit dicken Brettern verrammelt. Durch die Ritzen kann man Regale voller Wein und Champagner erkennen. Was auch immer heute passiert, die Hochzeitsgäste brauchen sich keine Sorgen darüber zu machen, dass ihnen die Drinks ausgehen.

»Bevor ich diese Räumlichkeit zu meiner Privatgalerie umgebaut habe, war sie ein Kartoffelkeller«, erklärt Jean

Jacques. »Ich finde es spannend, alte Räume mit neuem Leben zu füllen und dadurch ganz neue Nutzungsmöglichkeiten zu entdecken.«

Rufus nickt anerkennend und wirft mir einen Blick zu, der sagt: Hör gut zu, Ray! Wir Banausen graben nur Löcher in den deutschen Wald. Aber diese feine Ratte hier haucht alten Räumen neues Leben ein!

»So, dann wollen wir mal ein bisschen Licht machen«, sagt Jean Jacques. Er zieht an einem Seil, das von der Decke baumelt, und über uns öffnet sich eine Lüftungsklappe.

Das einfallende Sonnenlicht knallt mir volle Suppe ins Gesicht. Zugleich strahlt es mit dem um die Wette, was Jean Jacques seine Privatsammlung nennt. Ich hatte keine Ahnung, was ich mir darunter vorzustellen habe. Jetzt, wo ich es mit eigenen Augen sehe, kommt mir das Wort »Piratenschatz« in den Sinn. Die funkelnden Dinge, die hier auf diversen Tortenständern unter Glasglocken lagern, sehen nämlich genau so aus, als hätte ein von Glitzerzeug besessener Freibeuter sie wahllos zusammengeklaut.

Triumphierend breitet JJ seine Vorderläufe aus. »Et voilà! Meine gesammelten Kostbarkeiten.« Er zeigt uns ein Piratengrinsen.

»Wo hast du denn nur die vielen Tortenständer aufgetrieben?«, fragt Rufus.

Mein Bruder wieder. Irgendwann werde ich einen Film über ihn drehen: Rufus und wie er die Welt sah. Oder so ähnlich. Wobei ich den Titel schon ziemlich gut finde.

»Oh, das war nicht schwer«, antwortet JJ. »Torten und Käseglocken kommen in Frankreich beinahe jeden Tag auf den Tisch. Und bei Festlichkeiten sowieso. In diesem Haus werden viele Feste gefeiert. Ein bisschen Besteck, ein Tortenständer oder ein paar Schmuckstücke können da schnell mal verschwinden. Das fällt keinem auf. Reiche Leute merken meist nicht einmal, dass ihnen etwas fehlt, weil sie sowieso viel zu viel Zeug besitzen.«

Rufus beugt sich über eine Glasglocke und pfeift anerkennend. »Cartier, Piaget, Jaeger-leCoultre, Patek Philippe. Und die Rolex Daytona scheint besonders beliebt zu sein.«

JJs Schultern zucken kurz. »Mir nicht wichtig, was auf den Uhren draufsteht, Hauptsache, es ist Gold.« Er zeigt auf eine andere Glasglocke. »Das hier mag ich besonders gern. War gar nicht so leicht, es zu bekommen. Ich musste dafür nachts mehrmals auf einen Baum klettern.«

Rufus und ich begutachten die Stücke, während JJ schon zur nächsten Glocke unterwegs ist.

»Sieht aus wie Weihnachtsschmuck«, raune ich Rufus zu.

»Das ist auch Weihnachtsschmuck«, bestätigt mein Bruder. »Und der Beweis dafür, dass nicht alles Gold ist, was glänzt.«

JJ steht bereits vor der nächsten Glocke. »Meine Goldmünzensammlung«, verkündet er. »Und hier weiter hinten …«, er deutet vage in den Raum, »… sind noch Goldketten, goldenes Besteck, eine goldene Schallplatte und vermischte Goldgegenstände.«

Die Goldmünzen entpuppen sich als Schokotaler. Die Goldketten, meint Rufus, sind größtenteils echt, obwohl JJ auch ein paar Hundehalsketten stibitzt hat, die vermutlich nur vergoldet sind – wobei man bei den Reichen ja nie wissen kann.

»Ist das Handy, von dem du gesprochen hast, eigentlich bei den vermischten Goldgegenständen?«, fragt Rufus.

»Ich glaube schon«, antwortete JJ und beginnt, den Kram

auf einem Tortenständer zu durchwühlen. Dann hat er gefunden, wonach er sucht. »Et voilà!« Er reckt einen Gegenstand in die Höhe, der im Sonnenlicht golden funkelt.

»Ist das wirklich ein Handy?«, frage ich Rufus. »Sieht aus wie ein Goldbarren.«

»Das ist auch so beabsichtigt«, erwidert mein Bruder. »Eine Firma aus Dublin bietet diesen Service an. Die vergolden dir dein Smartphone, und wenn du willst, kannst du es auch noch gravieren lassen. Sieht dann tatsächlich aus wie ein Goldbarren. Lionel Messi hat fünfunddreißig iPhones vergolden lassen, als Argentinien Weltmeister wurde. Jeder Mannschaftskollege hat eins bekommen, mit eingraviertem Namen, versteht sich.«

Rufus betrachtet das goldene Smartphone in seinen Pfoten. »Schau mal, hier ist auch was eingraviert.« Er hält es mir hin.

Macht er absichtlich.

»Oh«, sagt er mit gespieltem Bedauern. »Hab ich ganz vergessen. Du kannst ja nicht lesen.«

»Ich übrigens auch nicht«, gibt Rufus' kultivierter Kumpel zu. »Was steht denn da?«

»Für Lily-Cheyenne zum 5. Geburtstag von Onkel Ben«, liest Rufus vor.

»Ist ihr beim Spielen aus der Tasche gefallen«, erklärt JJ. Es ist ihm offenbar peinlich, dass er Vorschulkinder beklaut.

»Glück für uns«, sagt Rufus. »Darf ich es mir mal ausleihen?«

»Unter keinen Umständen«, antwortet JJ prompt.

»Können wir denn hier vorübergehend unser Headquarter aufschlagen?«

JJ denkt nach. »Gehöre ich dann zu eurem Team?«

Rufus wirft mir einen fragenden Blick zu.

»Von mir aus«, sage ich achselzuckend.

Rufus nickt der Ratte zu. »Willkommen im Team.«

»Fan! Tas! Tique!«, freut sich Jean Jacques.

»Fantastique ist vor allem, dass es sich um ein iPhone 8 handelt«, sagt Rufus. »Damit kann ich doch einigermaßen arbeiten. Lily-Cheyenne ist nicht zufällig beim Spielen auch noch ein Ladekabel aus der Tasche gefallen?«

Bedauernd schüttelt JJ den Kopf.

»Macht nichts«, sagt Rufus. »Irgendwo werden wir schon ein USB-C-Kabel auftreiben.«

»Wenn du mir sagt, wie es aussieht, dann würde ich mir diese Mission durchaus zutrauen«, erklärt unser frisch gebackener Hilfsagent.

Phil meldet sich. »Könnt ihr mich hören?«

»Klar und deutlich«, antwortet Rufus.

»Luc hat mir gerade gesagt, dass wir in einer halben Stunde bereit sein sollen. Showtime.«

29

Die Trauung findet im Garten statt. Man folgt einfach dem Weg aus frischen schneeweißen Blütenblättern. Links und rechts davon sitzen die Hochzeitsgäste auf hellen Stühlen, deren weiße Sitzkissen mit den Blütenblättern um die Wette strahlen. Dieses makellose Weiß tut echt ein bisschen in den Augen weh. Am Ende des Blütenweges steht ein Blumenkranz, so groß, dass Kong hindurchspringen könnte, ohne den Kopf einzuziehen. Eine blumengeschmückte Tafel steht daneben, bemalt mit geschwungenen Buchstaben.

»Heather und Jeremy«, liest Rufus vor. »Wie albern. Als ob jemand die Namen des Brautpaares vergessen könnte.«

Die wartenden Hochzeitsgäste haben frontalen Meerblick. Man trifft sich dort, wo der Garten sanft zum Meer hin abfällt. Romy Davis hat nichts dem Zufall überlassen. Selbst der Himmel verkneift es sich, heute aus der Reihe zu tanzen. Die Sonne strahlt warm, aber nicht zu warm. Eine leichte Brise umschmeichelt die Festgesellschaft, wobei das Lüftchen vom Meer angenehm erfrischend ist, aber nicht so stark, dass es die Arbeit der Haarstylisten durcheinanderbringt. Alles perfekt also, fehlt nur noch das Brautpaar.

Wir stehen etwas abseits und warten ebenso wie die Standesbeamtin, der Typ mit den Hochzeitstauben und ein paar Musiker auf unseren Einsatz.

Die Braut lässt sich Zeit. Das hat der hektisch wirkende

Luc gerade verkündet. Selbst unser abgebrühter Weddingplanner zeigt Nerven.

In der Zwischenzeit kann Rufus uns erzählen, was er über Abrissbirne herausgefunden hat. Geht ganz fix. Die Kurzfassung lautet: nichts.

War aber auch nicht anders zu erwarten, meint Rufus. Wenn niemand weiß, wie Samtpfote aussieht, dann gibt es auch keine Bilder von ihm im Internet. Oder aber es gibt zwar welche, nur weiß man nicht, dass es sich dabei um Samtpfote handelt.

»Und hier beißt sich nicht nur die Katze in den Schwanz«, sagt Rufus. »Ich hoffe, ihr wisst diesen Wortwitz zu schätzen.«

»Ich schon«, sagt Phil. »Aber wie kriegen wir jetzt die Katze aus dem Sack?«

Mein Bruder pfeift anerkennend. »Oh, là, là! Ein Mann mit Esprit! So etwas mag man hier in Fronkreisch.«

»Und?«, hakt Phil nach.

»Ich brauche irgendetwas, um die Suche einzugrenzen«, sagt Rufus. »Tätowierte Kriminelle gibt es wie Sand am Meer.«

»Hattest du bei Romys Investmentfonds mehr Glück?«

»Allerdings.« Rufus strafft sich und zupft seinen Brautschleier zurecht. »NE-Invest hat nach Meinung einiger Analysten gewisse Liquiditätsprobleme ...«

»Keine Ahnung, was das ist«, werfe ich ein, »klingt aber ungesund.«

»Soll heißen, sie hat nicht genug Geld, um ihren Verpflichtungen nachzukommen«, übersetzt Rufus. »Böse Zungen behaupten sogar, dass sie eine Kriminelle ist, die das Geld ihrer Investoren größtenteils für sich selbst verbraucht. Nennt sich Ponzi-System und funktioniert so, dass man ständig neues Geld braucht, um allen weiszumachen, dass der Fonds Gewinne abwirft. Wenn allerdings zu viele Leute auf einmal ihr Geld sehen wollen, dann bricht alles zusammen. Womöglich hat der verunfallte Buchprüfer den Schwindel aufdecken wollen. Dann wäre auch klar, warum er zum Schweigen gebracht werden musste.«

»Kein Wunder jedenfalls, dass Romys Investoren nervös sind«, sage ich. »Und ebenso logisch, dass Samtpfote nicht nur Romy, sondern auch die anderen Investoren bedroht. Er will sichergehen, dass zumindest er sein Geld bekommt.«

»Denk dran, Ray, es könnte sich auch immer noch um eine Sie handeln«, gibt Rufus zu bedenken. »Wir sollten uns nicht zu sehr darauf versteifen, dass dieser Bodyguard Samtpfote ist. Noch haben wir dafür nämlich nicht den geringsten Anhaltspunkt.«

Phil will etwas erwidern, aber Luc kommt ihm dazwischen. »Geht gleich los«, verkündet der Weddingplanner. »Ihr könnt den Ferrari schon mal warmlaufen lassen.«

Muss man uns nicht zweimal sagen. Wir springen in unseren Schlitten, und ich prüfe die Fernsteuerung, indem ich eine Runde über den Rasen drehe. Dann parken wir mit leise schnurrendem Motor neben dem Taubenverschlag.

»Toi, toi, toi für euren Auftritt«, sagt eine der Tauben.

»Danke«, erwidert Rufus. »Euch auch viel Glück.«

Die Taube nickt und gurrt. »Können wir gebrauchen«, sagt sie und fügt in gedämpfter Lautstärke hinzu: »Wir haben beschlossen, heute abzuhauen. Ist unsere letzte Vorstellung.«

»Cool. Wohin soll's denn gehen?«, frage ich.

»Keine Ahnung. Spanien vielleicht. Hauptsache, weit weg.«

»Ihr seid Brieftauben«, sagt Rufus. »Ihr könnt nicht einfach so abhauen.«

»Können wir doch«, widerspricht die Taube. »Wir wollen frei sein.«

»Schön und gut«, erwidert mein Bruder. »Aber Fakt ist, dass ihr nicht abhauen *könnt*. Brieftauben *können* nicht einfach abhauen. Ihr müsst in den Taubenschlag zurückkehren. Immer. Liegt in euren Genen und ist quasi ein Naturgesetz.«

Die Taube zuckt nervös.

»Abhauen ist nicht«, fasst Rufus zusammen. »Keine Chance.«

Die Taube sieht meinen Bruder an und zuckt weiter. »Wir hauen heute ab«, sagt sie trotzig.

»Ganz bestimmt nicht«, erwidert mein Bruder.

»Oh doch«, sagt die Taube.

»Glaub ich nicht«, erwidert Rufus.

»Glaub, was du willst«, sagt die Taube und dreht sich beleidigt weg.

Mein Bruder hebt seine nicht vorhandenen Schultern. »Tja, ein jeder lernt nur, was er lernen kann.«

»Glaubst du, Tauben sind die Flamingos der Lüfte?«, frage ich.

Rufus stutzt. »Sind nicht Flamingos die Flamingos der Lüfte?«

Ich komme nicht dazu, etwas zu erwidern, denn nun beginnen die Musiker zu spielen.

»Ah, der Hochzeitsmarsch«, sagt mein Bruder. »Es geht los.«

Tatsächlich. Die Braut erscheint. Begleitet von bewundernden Blicken und entzückten Seufzern, wird sie von ihrem Vater wie in Zeitlupe über den Blütenweg geleitet. Wirkte Lord Ashton eben, als er seine lumpigen Millionen in Romys Fonds investieren wollte, noch wie ein geprügelter

Hund, so scheint diese Schmach jetzt vergessen. Er strahlt voller Glück und sieht aus, als könnte seine stolzgeschwellte Brust jeden Moment platzen.

Auch Heather trägt ihr Lächeln mit hoch erhobenem Kopf durch die Reihen. Sie genießt es, im Mittelpunkt zu stehen. Scheint überhaupt der Ort zu sein, an dem sie sich am liebsten aufhält – im Mittelpunkt.

Während sich die Blicke auf die Braut richten, stellen sich Jeremy und die Standesbeamtin unauffällig vor dem Blumenkranz auf, wo sie die Ankunft der Braut erwarten. Mit feuchten Augen sieht der Bräutigam seiner Zukünftigen entgegen.

»Gleich flennt er«, prophezeie ich.

Rufus nickt. »Ja, unser Bräutigam scheint sehr viel näher am Wasser gebaut zu sein als seine Braut. Aber warum auch nicht? Ein sensibler Mann und eine starke Frau können ein perfektes Team abgeben.«

Ich ahne, dass er von Grete und sich spricht, und verkneife mir einen Kommentar.

Dann endet der Hochzeitsmarsch, Lord Ashton übergibt seinem künftigen Schwiegersohn die Braut, und die Standesbeamtin beginnt, über Liebe, Glück, Zukunft und so weiter zu reden. Das dauert eine Weile. Während sie die Ehe des Brautpaares in leuchtenden Farben malt, gehen mit Jeremy die Nerven durch. Zuerst muss er ab und an vernehmlich schluchzen, dann weint er wie ein Kind, was Heather beendet, indem sie ihm beruhigend eine Hand auf die Schulter legt. Bei seinen nächsten Attacken ist sie jedoch machtlos. Jeremys Schultern zucken mehr und mehr, und schließlich wird er von einem Weinkrampf geschüttelt.

Hilfesuchend schaut Heather zu Romy, die mit versteinerter Miene in der ersten Reihe sitzt und auch keinen Rat weiß. Selbst als die Braut ihrem Zukünftigen ein »jetzt reiß dich doch mal zusammen!« zuzischt, ist die Wirkung nur von kurzer Dauer. Jeremy beherrscht sich für einige Sekunden, dann vergießt er aufs Neue dicke Tränen der Rührung. Und zwar verdammt viele.

»Was für eine Heulsuse!«, flüstert Rufus mir zu.

»Hattest du nicht gerade noch Sympathie für sensible Männer neben starken Frauen?«, raune ich zurück.

»Klar«, sagt Rufus. »Aber das bedeutet ja nicht, dass er auf sämtlichen Hochzeitsfotos als Häufchen Elend zu sehen sein muss. Heather ist jedenfalls überhaupt nicht begeistert.«

»Okay«, sage ich. »Zeit, dass wir was unternehmen. Muntern wir Jeremy ein bisschen auf. Und die Hochzeitsgesellschaft gleich mit.«

Phil, der über seinen Knopf im Ohr alles mitbekommt, mischt sich ein. »Jungs, was auch immer ihr vorhabt, haltet euch an den Plan. Euer Einsatz ist erst dran, wenn ...«

Weiter kommt er nicht, denn da habe ich bereits den Geschwindigkeitsregler der Fernbedienung voll durchgezogen, und unser Bolide saust knapp an der letzten Stuhlreihe vorbei und schießt über den frisch gestrichenen Rasen.

»Hoppla«, sagt Rufus und hält seinen Schleier fest, während ich den Ferrari in einem weiten Bogen um die Hochzeitsgesellschaft herum driften lasse, bis ich den abschüssigen Teil des Geländes erreiche, wo es uns beinahe ins Meer katapultiert. Zum Glück kann ich den Wagen wieder in die Spur bringen. Ich schaffe es, ihn zurück aufs obere Grün zu manövrieren und brettere nun mit Höchstgeschwindigkeit an der anderen Seite der Hochzeitsgesellschaft vorbei.

Wie zu erwarten, hat unsere Aktion nicht nur einen deutlich größeren Unterhaltungswert als die langweilige Rede der Standesbeamtin, wir sorgen auch dafür, dass sich die Aufmerksamkeit nicht länger auf Jeremy richtet. Er nutzt die Zeit, um sich zu sammeln und seine Tränen zu trocknen.

Wie in der Probe geübt, bringe ich den Wagen im Mittelgang zum Stehen. Ich steige aus, richte meinen Zylinder, gehe um den Wagen herum, öffne Rufus' Tür und verbeuge mich. Galant halte ich ihm einen Vorderlauf hin, und mein Bruder hakt sich bei mir ein.

»Die Ringe«, flüstert er mir zu, als ich ihn direkt zum Altar führen will.

»Ich weiß«, flüstere ich zurück. »Gehört alles zu meinem Plan.«

Als wir vor Heather und Jeremy stehen, sehen die beiden uns verwundert an. Bestens, auch das gehört nämlich zu meinem Plan.

Ich spiele ebenfalls erstaunt und tue so, als wäre mir erst jetzt siedend heiß eingefallen, dass ich Jeremy die Ringe mitbringen soll. Hektisch und verzweifelt durchsuche ich meinen Anzug.

Jeremy muss als Erster lachen, Heather stimmt ein, und dann lacht die ganze Hochzeitsgesellschaft. Selbst die eben noch versteinerte Romy muss grinsen.

Hilfesuchend strecke ich Rufus meine Vorderläufe entgegen. Der schlägt mit gespielter Verzweiflung die Klauen über dem Kopf zusammen und reckt sie dann ratlos gen Himmel.

Wieder lachen alle. Sieht so aus, als hätte sich gerade ein gewaltiger Brocken Anspannung in Wohlgefallen aufgelöst.

Bestens. Zeit für den Showdown.

Ich kratze mich am Kopf, dann spiele ich, dass ich einen

Gedankenblitz habe, indem ich naseweis die rechte Vorderkralle in den Himmel recke.

Ich flitze zurück zum Ferrari, pflücke das Samtkissen mit den Ringen von der Rückbank und trage es feierlich zum Bräutigam, wo ich die Klunker mit einer tiefen Verbeugung überreiche.

Szenenapplaus.

»Ihr habt gerade den Weddingplanner in Schnappatmung versetzt«, meldet sich Phil über Funk. »Und mich ebenfalls.«

»Sorry, aber die Planänderung war echt nötig. Die Stimmung war schon kurz vor dem Gefrierpunkt.«

»Hätte auch ins Auge gehen können«, sagt Phil.

»Ist es aber nicht«, gebe ich zurück.

»Ich weiß«, antwortet mein Partner. »Luc meint, das war gute Arbeit.«

»Danke.«

»Gute Arbeit von mir«, fügt Phil hinzu. »Offiziell bin *ich* für die Planänderungen zuständig.«

»Verstehe.«

»Jedenfalls sollt ihr jetzt vorne bleiben und euch neben das Brautpaar stellen, wenn die beiden sich das Jawort geben. Luc meint, das gibt Bilder für die Ewigkeit.«

»Und wer macht Bilder, wenn alle ihre Handys abgeben mussten?«, frage ich.

»Die offiziellen Hochzeitsfotografen«, antwortet Phil.

»Aber wehe, wenn ich in diesem Aufzug bei Instagram auftauche«, mischt Rufus sich ein.

»Bedank dich bei deinem Bruder«, erwidert Phil.

»Ach, ist eigentlich auch egal«, sagt Rufus. »So schlimm wird's schon nicht werden. Ein paar Hochzeitsfotos lösen bestimmt nicht gleich einen Internet-Hype aus.«

30

Wenn Harry Styles irgendwann auftaucht, ist er der absolute Star dieses Events. Logisch. Solange der gute Harry aber auf sich warten lässt – man munkelt sogar, dass er sich verspäten könnte –, füllen Rufus und ich diese Rolle ganz gut aus.

Nach unserer Show sind wir nämlich so heiß wie der Achthundert-Grad-Grill, auf dem gerade butterzarte Kobe-Steaks darauf warten, von den erlesenen Gästen für medium befunden zu werden. Natürlich sind auch Lammfilets und Perlhuhnbrüstchen im Angebot sowie Austern, Hummer, Meeresfrüchte, Kaviar, Lachs und so weiter und so fort. Ich würde mal sagen, es gibt wenig Essbares auf dieser Welt, das nicht auf dem Buffet zu finden wäre. Und falls doch etwas fehlen würde, dann könnte einer der Kellner es bestimmt kurzfristig besorgen. Phil meint, er habe nicht mal im Traum daran gedacht, dass Grillabende eine solche Dimension annehmen können.

Jedenfalls sind Rufus und mir nach unserer Einlage die Herzen nur so zugeflogen. Selbst die Hochzeitstauben mussten zugeben, dass sie eine so coole Show noch nie gesehen haben. Nachdem sie für das Brautpaar gleich mehrmals bühnenreif in den Himmel geflattert sind, sitzen sie jetzt wieder brav in ihrem Verschlag. Wie von Rufus prophezeit, hat das mit der Flucht nicht geklappt. War klar. Rufus irrt sich praktisch nie.

Manchmal verkalkuliert er sich aber doch ein bisschen. Zum Beispiel kann mein kleiner Bruder es voll vergessen, dass er *nicht* im Brautkleid auf Instagram volle Suppe viral geht.

Luc hat Phil eben erklärt, wie die Sache mit den Fotos läuft. Es gibt mehrere hauseigene Fotografen, die professionelle Aufnahmen von der Hochzeit machen. Sobald die Gäste ihr Einverständnis gegeben haben, werden die ausgewählten Fotos veröffentlicht. Auch hier wird also nichts dem Zufall überlassen. Alle Gäste sollen sicher sein, dass die Welt nur perfekte Schnappschüsse von diesem Event zu Gesicht bekommt. Deshalb wird jede und jeder gefragt, welche Bilder sie oder er von sich freigeben möchte. Das gilt allerdings nicht für Menschen und Tiere, die auf dieser Hochzeit arbeiten, denn die geben ihre Bildrechte automatisch ab, sozusagen beim Einchecken.

Wir kennen das System bereits aus dem Berliner Zoo. Für die Milliarden von Selfies, die Schüler aus aller Welt vor unserem Gehege gemacht haben, sind wir nicht ein einziges Mal mit einer Extraportion Futter oder einem Dankeschön bedacht worden. Im Gegenteil, wenn es schlecht lief, wurden wir nach dem Posieren von den Kindern noch mit alten Pausenbroten beworfen.

Zugegeben, die Versorgungslage hier ist überhaupt nicht mit der im Berliner Zoo zu vergleichen. Gibt keinen Fototermin, bei dem wir nicht mit Hummer und Garnelen gefüttert werden. Und weil wir ständig fotografiert werden, essen wir auch ständig. Damit alle Gäste, die ein Foto mit uns machen möchten, auch garantiert eins bekommen, weicht uns eine hauseigene Fotografin nicht mehr von der Seite.

Gerade posieren wir mit ein paar Luxus-Kids, die ihre

Gucci-Sandalen hergeben würden, wenn sie dafür die iPhones, die sie am Eingang abgeben mussten, nur für fünf Minuten wiederbekämen. Sie sind überzeugt davon, dass sie mit uns ihre Profile sofort zum Glühen bringen könnten. Dass die offiziellen Bilder erst in einer Woche verfügbar sein sollen, finden sie eine ebensolche Zumutung wie Schule, Arbeiten oder Busfahren.

Während wir mit den Kids posieren, höre ich nebenbei über Funk, dass Phil Smalltalk betreibt. Luc hat ihn dazu verdonnert. Zum einen soll er für Phil & Friends weitere Jobs an Land ziehen, zum anderen Fragen der Gäste beantworten.

Schon mehrmals hat Phil die völlig frei erfundene Geschichte unseres Kennenlernens zum Besten gegeben. Demgemäß sollen Rufus und ich ihm in Namibia zugelaufen und ab da nicht mehr von seiner Seite gewichen sein. So saßen wir irgendwann alle zusammen im Flieger nach Berlin, wo alle Passagiere uns knuddeln, herzen und später dann auch Selfies mit uns machen wollten. Phil & Friends war geboren.

Die Story ist schon deshalb Quatsch, weil Rufus und ich waschechte Berliner sind. Immerhin lässt Phil die Geschichte mittlerweile in einem Land spielen, wo es tatsächlich Erdmännchen gibt. Bei unserem letzten Fall hat er behauptet, dass wir uns zum ersten Mal in Ghana begegnet sind. Aber da gibt es so viele Erdmännchen wie Eisbären. Ist aber keinem aufgefallen. Außer Rufus. War klar. Wenn es einen Fehler gibt, dann findet Rufus ihn.

Ich sehe, dass Rahul Gayakwad sich zu Phil gesellt.

»Haben Sie eigentlich Verwandte in Bangalore?«, höre ich den Bollywood-Produzenten fragen. »Ich habe eben überlegt, ob wir uns beim Geburtstag von Rajesh Kapoor begegnet sind.«

»Nein, sind wir nicht«, antwortet Phil und holt Luft, um zu erklären, dass er überhaupt keine indischen Wurzeln hat, aber Rahul kommt ihm zuvor.

»Dann sind Sie aber bestimmt ein Verwandter von Sanjay Mukherjee. Ich habe kürzlich seinen Cousin Maheshwaran kennengelernt, und er ist ihnen wie aus dem Gesicht geschnitten.«

»Nein, auch das nicht …«, sagt Phil.

»Stopp! Verraten Sie es mir nicht!«, unterbricht ihn Rahul. »Ein letzter Versuch. Jetzt weiß ich nämlich, woher ich Sie kenne. Sie haben schon einmal bei uns vorgesprochen, richtig? Und zwar für die Rolle des gelähmten Liebhabers der alkoholkranken Mutter der eifersüchtigen Zwillingsbrüder. Der Kerl, der später mit einem Kissen erstickt wird. Ich komme jetzt gerade leider nicht auf seinen Namen. Ravi, oder so … richtig?« Rahul schaut Phil erwartungsvoll an.

»Entweder du sagst ihm jetzt, dass du dich nur angemalt hast, oder du fragst ihn, ob er einen Film mit Phil & Friends drehen will«, schlage ich vor. »Rufus und ich würden gern mal blumenbekränzt durch einen Bollywoodstreifen tanzen.«

»Ja, warum auch nicht?«, stimmt mein Bruder zu. »Sari würde mir bestimmt auch nicht schlecht stehen.«

Immer noch wartet Rahul Gayakwad auf Phils Reaktion.

Bevor der das Missverständnis aufklären kann, erscheint Rahuls Frau Saira. »Da bist du ja. Ich habe gerade mit den Brauteltern geplaudert, und sie würden dich gern kennenlernen.« Ohne seine Reaktion abzuwarten, packt sie ihn beim Arm und zieht ihn mit sich. Dabei nickt sie Phil freundlich zu und bedenkt ihn mit einem höflichen »Namasté«.

Louis Burns, der Hot-Dog-Multimillionär, hat die Szene

mitbekommen. »Ich hoffe, Mister Gayakwad hat Ihnen keinen Vertrag aufgeschwatzt. Seien Sie auf der Hut. Im Handumdrehen sind Sie sonst Teil einer indischen Großfamilie und drehen einen Film nach dem anderen.« Er hält ihm die Hand hin. »Louis Burns, besser bekannt als Mister Dog.«

»Freut mich«, sagt Phil und ergreift die Hand.

»Sollten Sie und Ihre Erdmännchen wirklich Interesse daran haben, eine ordentliche Stange Geld zu verdienen, dann rufen Sie bitte nicht in Delhi an, sondern in San Diego.« Burns zieht eine Visitenkarte aus der Tasche und gibt sie Phil. »Ich möchte mit meinem Hot-Dog-Imperium schon bald an der Ostküste expandieren und könnte mir Sie und Ihre Erdmännchen als Teil unserer geplanten Werbekampagne vorstellen.«

»Ach, Sie wollen auch expandieren?«, fragt Phil.

Rufus und ich heben zeitgleich die Köpfe. Hat mein Partner sich da gerade verquatscht?

Burns scheint ebenso irritiert zu sein wie wir. »Wieso denn … auch? Wer will denn noch expandieren?«

Ich glaube zu bemerken, dass Phil unter seiner Schminke kurz blass wird. Zum Glück findet er die Fassung rasch wieder. »Ich dachte, alle hier expandieren ständig«, sagt er. »Heißt der Fonds von Romy Davis nicht deshalb ›Never enough‹, weil man nie genug Geld haben kann? Und bedeutet das nicht auch, dass man nie aufhören will, noch mehr Geld zu verdienen, als man schon besitzt?«

Burns stutzt kurz, dann lacht er laut und klopft Phil auf die Schulter. »Sie gefallen mir«, sagt er. »Ich glaube, wir beide wären ein gutes Team. Und was Ihre dezente Andeutung betrifft, dass man nie genug Geld hat, da kann ich Sie beruhigen. Ich bin sicher, Sie werden mit meinem Angebot mehr als zufrieden sein.« Er beugt sich vor und fügt in verschwörerischem Tonfall hinzu: »Ich zahle sowieso sehr viel besser als dieser knauserige indische Fernsehheini.«

Ein Tusch beendet das Gespräch. Dann lassen die Musiker einen Triumphmarsch erklingen, und vier livrierte Kellner tragen eine fünfstöckige Hochzeitstorte über den Rasen. Sie ist so rosa wie Rufus' Klettgurt und hat vermutlich mehr Kalorien, als sich Dollarscheine in Romys Fonds befinden. Trillionen, oder so. Auf der Spitze des rosafarbenen Berges steht ein Brautpaar. Womöglich handelt es sich um eine originalgetreue Nachbildung von Heather und Jeremy, aber das kann ich aus der Entfernung nicht erkennen. Die Namen der beiden stehen jedenfalls in goldenem Zuckerguss auf dem Tortenrand. Lesen kann ich sie zwar nicht, aber ich erkenne die gleiche geschwungene Schrift wie auf der Tafel neben dem Blumenkranz.

Die Torte bekommt einen Ehrenplatz in der Mitte des Gartens, wo Heather und Jeremy sie gemeinsam anschneiden. Das heißt, zunächst tun sie nur so, damit die Fotografen in Ruhe Bilder machen können. Sieht schon ein bisschen seltsam aus, wie die Brautleute da posieren. Als hätte man sie am glücklichsten Tag ihres Lebens schockgefroren. Aber dann sind die Fotografen zufrieden, der seltsame Moment ist vorbei, und die Hochzeitstorte wird endlich angeschnitten.

»Ich weiß ja nicht, wie es dir geht«, sage ich zu Rufus. »Aber nach all dem herzhaften Zeug könnte ich jetzt was Süßes vertragen.«

»Bin dabei«, frohlockt mein Bruder.

31

Ich glaube, Phil braucht ebenfalls eine Kaffeepause. Einmal tief durchatmen bei einem Flat White und einem Stück Hochzeitstorte. Rufus und mir kann er dann auch gleich was von dem Zuckerzeug besorgen.

Wir suchen uns einen freien Stehtisch, um ungestört reden zu können. Phil hebt uns empor, und wenig später stehen wir neben zwei Kuchenstücken, so hoch, dass sie uns bis zur Brust reichen. Ich fürchte, dass ich beim Essen langsam mal professioneller werden und mich zusammenreißen muss, denn wenn ich das auch noch alles verdrücke, dann ist der Tag gelaufen. Wie schaffen es Leute wie Holly Kim eigentlich, gertenschlank zu bleiben, obwohl sie dauernd auf Partys wie diese eingeladen werden? Wie aufs Stichwort kommt das Supermodel mit einem Champagnerglas, in dem sich nur ein winziges Schlückchen befindet, an unseren Tisch. Sie sieht aus wie von oben bis unten mit Glitzer bestreut.

»Herzlichen Glückwunsch zu Ihrem Auftritt, Mister Müller«, sagt sie. »Und vielen Dank. Sie haben uns alle davor bewahrt, an Langeweile zu sterben.«

»Gern geschehen«, erwidert Phil.

»Die beiden sind aber auch wirklich zu süß«, sagt sie und kommt uns so nahe, dass ich ihren Atem riechen kann. Champagner und irgendein Parfum. Mehr scheint sie nicht zu sich zu nehmen. Kein Torten-, kein Garnelen- und kein

Austerngeruch. Sie ernährt sich ausschließlich von Champagner und irgendeinem Luxusduft. Und ich wette, sie trainiert sich die zwei, drei Kalorien noch vor Sonnenuntergang mit Yoga und Pilates wieder ab. Damit wäre dann auch geklärt, warum sie so schlank ist wie das Vorderbein einer Gazelle.

»Ich beneide Sie um diese pfiffigen Kerlchen«, sagt sie zu Phil. »Wenn Sie es klug anstellen, dann werden Sie mit Ihrem Programm noch in zehn Jahren im Geschäft sein. Ganz im Gegensatz zu unsereins. Wir Supermodels sind ja wie Rosen, die zwar sehr intensiv, aber dafür nur kurz blühen. Für viele von uns ist nach einem Sommer schon alles vorbei.«

»In Ihrem Fall muss die Blütezeit erfolgreich gewesen sein«, erwidert Phil. »Immerhin sind Sie heute unter den Gästen, während wir nur zum Arbeiten hier sind.«

Ihre perfekten Lippen biegen sich zu einem Lächeln, das exakt so dezent ausfällt, dass es keine Mundfalten verursacht.

»Ich arbeite auch, zumindest ein bisschen«, sagt sie und legt eine Visitenkarte auf den Tisch. »Falls Sie die Marke Phil & Friends auf eine neue Ebene heben möchten, melden Sie sich doch bei mir. Oder besuchen Sie mich in Singapur. Eine faszinierende Stadt. Ich zeige sie Ihnen gern.«

Da ist plötzlich ein Glitzern in ihren Augen, das nichts mit dem Glitzerzeug zu tun hat, das sie in den Haaren und auf der Haut trägt.

Phil bemerkt es ebenfalls. »Danke für das Angebot«, sagt er und nimmt die Visitenkarte an sich. »Ich kann ja mal auf einen Flug sparen.«

Sie muss lachen, so sehr, dass vorübergehend doch zwei Mundfältchen auf ihrem perfekt zurechtgemachten Gesicht erscheinen. »Ich schicke Ihnen gern ein Ticket. Oder bleiben

Sie doch einfach noch ein paar Tage in der Gegend. Es gibt hübsche Hotels an der Côte d'Azur. Wir hätten viel Zeit, um uns kennenzulernen. Und ich könnte all Ihre Fragen beantworten.«

Rufus und ich sind nur scheinbar darin vertieft, unseren Kuchen zu mampfen. Viel spannender ist es, Phil in den Fängen eines Supermodels zu sehen.

»Oder gibt es eine Mrs Müller, die zu Hause auf Sie wartet?«, fügt Holly Kim diplomatisch hinzu.

»Nein, die gibt es nicht«, antwortet Phil.

Mein Bruder und ich halten abrupt inne.

»Hat er da gerade Nein gesagt?«, flüstere ich.

Rufus hebt seine nicht vorhandenen Schultern.

»Aber ich bin eher nicht so der Typ für Luxushotels«, erklärt Phil. »Wissen Sie, ich tingle mit zwei Erdmännchen von einem Event zum nächsten. Das ist mein Leben.« Er schiebt sich ein Stück Torte in den Mund. »Außerdem will ich keinen Ärger.«

Sie stutzt. »Ärger? Mit wem?«

Phil deutet mit einer Kopfbewegung zum höhergelegenen Teil des Gartens, wo Abrissbirne mit zwei seiner Leute so strategisch klug Stellung bezogen hat, dass er die gesamte Hochzeitsgesellschaft überblicken kann.

»Der Typ in der Mitte mit den Tattoos und dem teuren Anzug beobachtet Sie schon eine Weile. Bestimmt wäre er sehr eifersüchtig, wenn ich Ihre Einladung annähme.«

»Ist mir auch schon aufgefallen«, sagt Holly. »Ich kann Ihnen aber versichern, das hat andere Gründe. Ich stehe zwar hin und wieder auf Bad Boys, aber dieser Kerl ist mir dann doch ein bisschen zu böse. Ich möchte lieber nicht wissen, was für ein Charakter sich unter diesem Anzug verbirgt.«

Rufus, der gerade ein Stück Kuchen abgebissen hat, hält inne, weshalb ihm das Kuchenstück wieder aus dem Maul fällt.

»Alles in Ordnung?«, frage ich.

Er sieht mich entgeistert an. »Das ist es!«, flüstert er.

»Denken Sie wenigstens über mein Angebot nach«, sagt Holly zu Phil. »Das Leben ist kurz, aber noch kürzer ist die Zeit, in der wir es mit Vergnügen leben können.« Sie zeigt ihm noch einmal ihr perfektes Lächeln und verschwindet ebenso elegant, wie sie aufgetaucht ist.

Phil sieht ihr hinterher, als müsste er kurz überlegen, was er von ihrem Angebot halten soll. Dann wendet er sich wieder seiner Torte zu.

»Habt ihr das gehört?«, fragt Rufus. »Sie hat gesagt, dass sie lieber nicht wissen möchte, was für ein Charakter sich unter seinem Anzug verbirgt.«

»Das war eine Metapher«, sagt Phil.

»Ich weiß«, erwidert Rufus. »Trotzdem würde ich gern tatsächlich wissen, was sich unter seinem Anzug verbirgt. Versteht ihr, was ich meine?«

Wie üblich, lässt Rufus den Satz in der Luft hängen, bis einer von uns nachfragt. Phil und ich haben keine Lust, ihm den Gefallen zu tun. Wir schweigen und ziehen beide die Schultern hoch.

Rufus seufzt. Es ist sein Ist-nicht-leicht-mit-euch-Seufzen.

»Wenn wir wüssten, welche Tattoos er unter seinem Hemd trägt, dann hätten wir womöglich mehr Anhaltspunkte, um ihn zu tracken. Wie schon erwähnt, sind Tattoos bei lateinamerikanischen Kriminellen nicht bloß Körperschmuck, sie enthalten auch Informationen. Etwa über die Clanzugehörigkeit und damit über die Gegend, aus der man stammt. Außerdem werden manchmal Gefängnisaufenthalte oder die Anzahl der verübten Straftaten in Form von Tattoos verewigt. All das könnte uns die Chance geben, ein Profil für Abrissbirne zu erstellen.«

»Fragt sich nur noch, wie wir ihn dazu bringen, sein Hemd auszuziehen«, sagt Phil und nimmt einen großen Schluck Flat White. »Ideen?«

32

Rufus' Plan ist simpel. Phil soll mit einem bunten Cocktail an unserer Zielperson vorbeigehen, dabei stolpern und dem Securitymann das Zeug übers Hemd gießen. Vermutlich wird unser Partner dafür auf der Stelle erschossen, aber wenigstens können wir anschließend Abrissbirnes Tattoos begutachten, wenn der sein Hemd wechselt.

»Gibt es auch einen Plan, bei dem ich größere Chancen habe, am Leben zu bleiben?«, fragt Phil.

»Wie wäre es, wenn Rufus und ich es übernehmen, ihm das Hemd zu versauen?«, frage ich.

»Hey! Stopp mal! Dann werden *wir* erschossen«, erwidert mein Bruder. »Außerdem, wie willst du das anstellen?«

»Wir brauchen eine Ablenkung«, überlegt Phil.

»Wir stiften Chaos«, schlage ich vor.

»Gute Idee«, lobt Rufus. »Und wie genau?«

»Wir brettern mit dem Ferrari durch die Menge und bauen versehentlich einen Unfall am Buffet. Während sich alle um uns kümmern, kann Phil den zweiten Teil des Plans ausführen und Abrissbirne das Hemd ruinieren.«

»Meine Idee war eigentlich, dass wir von uns ablenken, und nicht, dass wir sämtliche Blicke auf uns ziehen«, sagt Phil. »Was du da vorschlägst, könnte damit enden, dass wir alle drei erschossen werden.«

»Wir brauchen einen Verbündeten«, sagt Rufus. »Jemand,

der nicht mit uns in Verbindung gebracht wird. Und ich weiß auch schon, wen.«

Und ich weiß es auch. »Unseren neuen Hilfsagenten.«

»Exakt«, erwidert mein genialer Bruder.

»Worauf wartet ihr noch?«, fragt Phil.

Als wir JJ von unserem Plan berichten, ist die Ratte gar nicht begeistert. »Das ist ein schöner Schlamassel, in den ihr mich da hineinziehen wollt. Discrétion ist mein Leben. Ich werde nur deshalb hier geduldet, weil ich diskret bin. Wenn ich Madame Romy diese Hochzeit ruiniere, dann wird morgen der Kammerjäger kommen, und dann heißt es au revoir, mon ami.«

»Da ist was dran«, sagt Rufus. »So wie ich Romy Davis einschätze, nimmt sie es persönlich, wenn eine Ratte ihr die Show stiehlt.«

»Und wenn wir es so aussehen lassen, als käme JJ gar nicht von hier?«, überlege ich.

»Sondern?«, fragt Rufus.

»Er könnte mit einem der Gäste gekommen sein. Hat sich in Günther Rauchs Rennzigarre versteckt, beispielsweise. Wer weiß schon, was der von seinen Reisen so alles einschleppt?«

»Gute Idee«, sagt Rufus zu JJ. »Was hältst du davon? Wir lotsen dich zum Bootssteg und lassen die Show da beginnen.«

»Bedauerlicherweise sehe ich nicht wie eine eingeschleppte Ratte aus«, gibt unser Hilfsagent zu bedenken.

»Dann müssen wir das eben ändern«, sagt Rufus.

»Und wie?«, fragt JJ.

»Zuerst nimmst du mal die Fliege ab«, sagt mein Bruder.

»Und dann reiben wir dir Deep Dark Shadow Foundation ins Fell, bis du wie eine räudige Dschungelratte aussiehst.«

»Oh, là, là!«, frohlockt Jean Jacques. »Ich bin also inkognito.«

»So ist es«, bestätigt Rufus. »Dein erster Undercover-Job.«

Die Hochzeitsrede von Romy Davis kommt uns wie gerufen. Zum einen sind alle Augen auf die Hausherrin gerichtet, weshalb wir keine Probleme damit haben, JJ unauffällig zum Boot von Günther Rauch zu bringen. Zum anderen redet Romy Davis so lange, dass wir Zeit genug haben, uns unters Volk zu mischen, bevor wir beginnen, panisch zu fiepen und Phil am Hosenbein zu ziehen. Dann bedeuten wir unserem Partner mit großen Gesten, dass sich am Steg beängstigende Dinge abspielen.

Inzwischen sind die umstehenden Gäste auf uns aufmerksam geworden. Auch sie blicken nun zum Steg, wo unser Hilfsagent gerade über Rauchs Boot hüpft und an Land springt.

Ich muss sagen, mit Deep Dark Shadow im Fell und ohne seine Fliege macht Jean Jacques ganz schön was her. So verdreckt und räudig wie gerade, könnte er glatt als Berliner Kanalratte durchgehen.

Unser Hilfsagent stellt sich auf die Hinterbeine, fiept laut und zeigt der Festgesellschaft seine Zähne.

Die Gäste sind erstaunt, aber auch ein wenig entsetzt. Das Wort »Ratte« macht in mehreren Sprachen die Runde. Als JJ mit zwei großen Sprüngen auf den Rasen hüpft, geht ein Raunen durch die Menge, gefolgt von einem spitzen Schrei. Könnte Anita gewesen sein. Oder auch Lovis.

Romy hat ihre Rede unterbrochen und muss entsetzt mit

ansehen, wie JJ sich mit großen Sprüngen der Hochzeitsgesellschaft nähert. Leichte Panik macht sich breit. Man mag es kaum glauben, aber diese Leute hier, die überall auf der Welt Milliarden scheffeln und im Geschäftsleben reihenweise Konkurrenten und Probleme aus dem Weg räumen, haben gerade Angst vor einer kleinen Ratte.

Selbst unser Bohnenkönig, der ja angeblich schon Bisse sämtlicher tödlichen Tiere, die es auf dieser Welt so gibt, überlebt hat, zeigt Nerven. Panisch weicht Rauch zurück und stößt dabei versehentlich mit Philippe Haut les cœurs zusammen, der nun in die verbliebenen zwei Etagen der Hochzeitstorte stolpert und dabei schwungvoll seinen Rotwein verschüttet.

Philippes Frau Geneviève kriegt das meiste ab, der Rest landet im Buffet und auf dem Boden. Nur um Haaresbreite verfehlt das Glas die herbeieilenden Securitys. Allerdings rutscht unsere Zielperson in der Weinlache aus und landet neben dem französischen Landadeligen in einer bunten Pampe aus rosa Hochzeitstorte und grünem Rasenanstrich. Bestens, denn jetzt muss er nicht nur das Hemd wechseln.

Als Phil sieht, was passiert ist, nimmt er einen großen Schluck von dem bunten Cocktail, den er sich von Coco für seinen Teil des Plans hat mixen lassen, und macht kehrt.

»Mission completed«, flüstert Rufus, hebt die Vorderläufe und kreuzt sie zweimal über dem Kopf. Das Zeichen für JJ, sich sofort aus dem Staub zu machen.

Wie abgesprochen, nimmt unser französischer Freund die Beine in die Hand und läuft am Strand entlang in Richtung Steilklippe. Man kann sie vom Bootssteg aus sehen. Sie ist umgeben von Pinienwäldern und weit genug weg, um die Anwesenden glauben zu machen, dass man diese Ratte nie wieder zu Gesicht bekommen wird. Ist ja auch so, denn das kultivierte Exemplar, das in Romys Keller lebt, hat mit dieser räudigen Kreatur nun wirklich nichts gemein.

Die Sicherheitsleute helfen den Haut les cœurs auf die Beine, was im Falle von Philippe gar nicht so einfach ist. Er wankt, was nicht nur am Sturz, sondern auch an ein, zwei Flaschen Bordeaux liegen könnte. Womöglich hätte er es im Laufe des späteren Nachmittags auch ganz ohne fremde Hilfe geschafft, in die Torte zu fallen.

Während ein Bataillon von Bediensteten sich darum kümmert, das Malheur schnellstmöglich zu beseitigen, betreibt auch die Gastgeberin Schadensbegrenzung. Romy Davis überspielt den Vorfall, indem sie ihr Glas erhebt und das Brautpaar hochleben lässt. Dann gibt sie den Musikern ein Zeichen, und als die Gäste zu gechillter Musik ihre Gespräche fortsetzen, sieht es fast so aus, als wäre nichts passiert.

Ich schaue mich nach Abrissbirne um, der seinen Leuten gerade zu verstehen gibt, dass er sich kurz umziehen muss. Er verschwindet in Richtung des Gästebungalows.

»Es geht los«, sage ich.

33

Zu meiner großen Überraschung befindet sich in der Nähe des Gästebungalows noch ein weiteres Gebäude. Da, wo der Bungalow an die Außenmauer des Anwesens grenzt, ist jedenfalls nicht umsonst ein Guard postiert. Er bewacht einen kaum erkennbaren Trampelpfad, der sich entlang der Außenmauer in Richtung Meer schlängelt. Auf halber Strecke zum Strand endet dieser Weg vor einem grauen Betonbau. Rufus vermutet, dass es sich um ein Wirtschaftsgebäude handelt. Hier bewahren der Poolreiniger seine Chemikalien und der Gärtner die grüne Rasenfarbe auf. Außerdem gibt es vermutlich Duschen und einen Aufenthaltsraum für die Bediensteten – also für all jene, die nicht so hippe Jobs haben, dass sie im Bungalow wohnen dürfen.

Geschützt vor neugierigen Blicken, haben die Sicherheitsleute hier ihr Hauptquartier aufgeschlagen. Zwei von ihnen bewachen den Eingang, wobei von Bewachen keine Rede sein kann, denn die Männer haben es sich auf Campingstühlen bequem gemacht und spielen Karten. Als sie ihren Boss kommen sehen, springen sie auf und nehmen Haltung an.

Abrissbirne ist not amused. Er sagt etwas auf Spanisch, das überhaupt nicht freundlich klingt, verpasst dem Holzschemel, auf dem die Karten liegen, einen Tritt und verschwindet im Gebäude. Die Wachen stehen stramm wie Zypressen und riskieren nicht einmal mehr, zu blinzeln.

Rufus und ich huschen im Schutz der Büsche auf die Rückseite des Gebäudes.

»Hilf mir mal mit dem Kleid«, sagt mein Bruder und dreht mir seinen Rücken zu. Ich öffne den Reißverschluss, Rufus lässt den Stoff zu Boden sinken. Zum Vorschein kommt sein rosa Klettgurt.

»Du hast das Ding die ganze Zeit unterm Kleid getragen?«

»Sieht so aus«, sagt Rufus und kontrolliert liebevoll seine Gadgets.

»Macht dich das etwa an?«

»Was mich sexuell stimuliert oder auch nicht stimuliert, ist hierbei völlig irrelevant«, antwortet mein Bruder. »Wichtig ist einzig, dass es eine sehr weitsichtige Entscheidung war. Jetzt sind wir nämlich im Nullkommanichts auf dem Dach.«

Und schon hat er – SSSSsssssckk – seine Enterhakenpistole abgefeuert. Der Haken bohrt sich in den Dachrand.

»Halt dich an mir fest«, sagt Rufus.

»Das Ding trägt uns beide?«, frage ich erstaunt.

»Dreieinhalb Kilo«, antwortet Rufus. »Macht bei einem Durchschnittsgewicht von circa siebenhundertfünfzig Gramm für ein ausgewachsenes Erdmännchen … na?«

»Ja oder nein?«, frage ich. »Ich bin gerade nicht in der Stimmung, schwierige Rechenaufgaben zu lösen.«

»Zur Not könnten wir auch noch Rocky Huckepack nehmen. Und Roxane.«

»Und warum hast du mich heute Morgen die Regenrinne raufkraxeln lassen?«

»Hauptsächlich, weil ich unsere neueste Errungenschaft

zunächst allein ausprobieren wollte«, sagt Rufus. »Außerdem waren wir ja nicht in Eile. Apropos Eile, willst du deinen Anzug nicht mal ausziehen?«

»Nicht nötig«, sage ich. »Der ist aus irgendeinem Hightech-Elastikzeug. Sitzt wie eine zweite Haut. Außerdem sehe ich damit aus wie der Agent Ihrer Majestät.«

»Dann gut festhalten, Mister Bond«, sagt Rufus.

Gemeinsam surren wir aufs Dach. Macht Laune.

Es gibt drei Dachluken. Unter der ersten befindet sich der Lagerraum. Waffen, Munition und Ausrüstung, außerdem Feldbetten. Eine Menge Feldbetten. Auf jeden Fall mehr als sechs.

Unter der zweiten Dachluke verbirgt sich eine Teeküche. Niemand da.

Das Plätschern von Wasser verrät uns, dass sich unter der dritten Luke etwas tut.

Wir blicken in einen bis zur Decke gefliesten Raum, in dem sich drei offene Duschen befinden. Abrissbirne steht mit dem Rücken zu uns. Er hat gerade seinen muskulösen Körper eingeseift, um den Cocktail aus Hochzeitstorte und Rasenfarbe loszuwerden. Jetzt spült er nach und zeigt uns dabei seine Tattoos.

»Perfekt«, freut sich Rufus.

Zwischen den Schulterblättern des Bodyguards wird ein gruseliges Bild freigewaschen. Es zeigt eine Frau, die ihrem Schleier nach zu urteilen eine Nonne sein könnte. Ihr Gesicht ist allerdings ein Totenschädel und ihr Körper ein Gerippe. Zwischen den Rippenknochen ist ein offenes, blutendes Herz zu sehen, eingewickelt in Stacheldraht.

»Der Typ hat eine echt schräge Fantasie«, stelle ich fest.

»Dagegen ist ja dein … wie heißt das noch mal, wenn man auf ganz bestimmte Sachen abfährt?«

»Fetisch?«, antwortet Rufus.

»Genau. Dagegen ist ja dein Klettgurt-Fetisch richtig harmlos.«

»Danke«, erwidert Rufus ungerührt. »Es bedeutet mir sehr viel, von einem Erdmännchen beurteilt zu werden, das nicht mal bis sieben zählen kann. Und was dieses Tattoo betrifft, es handelt sich um Santa Muerte, was übersetzt so viel heißt wie der heilige Tod. Sie ist eine heidnische Gottheit, die in Mittel- und Lateinamerika verehrt wird und vermutlich auf die Azteken zurückgeht. Unter Kriminellen gilt sie als Schutzheilige. Ein Bild von ihr soll vor den Kugeln der Feinde schützen.«

»Und was heißt das Wort darunter?«, frage ich. »Ist irgendwas mit A, stimmt's?«

Rufus sieht mich an.

»Kein Wort über mein Potenzial«, sage ich.

Er seufzt. »Das Wort heißt Angelito.«

»Glaubst du, das ist sein Name?«, frage ich.

»Zumindest sein Nom de Guerre.«

»Name des Krieges«, übersetzt mein Knopf im Ohr.

Rufus hat es ebenfalls gehört. »Kampfname oder besser noch Deckname wäre in diesem Fall wohl die glücklichere Übersetzung«, kommentiert er.

Während Angelito sich die Glatze mit Duschgel poliert, dreht er sich zu uns.

»Seitenwechsel«, sage ich.

Wir warten, bis auch seine Brust seifenfrei ist. Es kommt wieder eine Heilige zum Vorschein. Diesmal eine, die man auch als solche erkennt. Eine betende Frau mit langem

Schleier, die unter einem Sternenhimmel kniet. Darunter hat Angelito sich das Bild von einem Stück Stacheldraht tätowieren lassen, nebst zwei Wörtern, die ich nicht lesen kann.

»Sagt dir das irgendwas?«, frage ich Rufus.

Mein Bruder nickt. »Das ist die Jungfrau von Guadalupe, die Patronin Mexikos.«

»Der Heimat von Samtpfote«, füge ich hinzu.

»Kommt noch besser«, sagt Rufus. »Der Stacheldraht symbolisiert einen Gefängnisaufenthalt. Die Menge der Stacheln steht für die Dauer der Haftstrafe.«

Ich zähle drei Stacheln. »Also drei ... was? Jahre?«

»Genau«, sagt Rufus. »Und zwar drei Jahre im Topo Chico, denn das ist unter dem Tattoo zu lesen. Ist ein Gefängnis in Monterrey. Womöglich hat Angelito in Monterrey gelebt, vielleicht ist er dort sogar geboren.«

»Schön, dann haben wir doch alles, oder? Lass uns abzischen.«

»Nicht so voreilig«, befindet Rufus. »Wir sollten uns noch anschauen, wie viel Sternlein stehen.«

»Wo jetzt?«

»Über der Jungfrau von Guadalupe«, antwortet Rufus.

Ich zähle und stelle fest, es sind mehr als sechs.

»Und?«, fragt Rufus mit leiser Häme.

»Ich würde sagen, es sind so zwischen sieben und zweihundert«, improvisiere ich.

»Es sind elf, Ray.«

»Dann war ich ja nah dran. Und warum wollen wir das wissen?«

»Weil die Sterne in vielen Kartellen für die Anzahl der Morde stehen, die ihr Träger verübt hat.«

»Ups. Du glaubst, der gute Angelito hat elf Menschen auf dem Gewissen?«

»Und das wären dann nur die, die er eigenhändig umgelegt hat. Wenn er wirklich Samtpfote ist, dann trägt er noch für Dutzende weiterer Morde die Verantwortung«, erklärt Rufus. »Aber das kann ich dir erst sagen, wenn ich die Puzzlestücke zusammengesetzt habe. Und dazu brauche ich JJs Handy.«

»Phil, bitte kommen«, sage ich.

»Was gibt's?«, meldet sich unser Partner.

»Wir sind hier gleich fertig. Wie läuft's auf der Party?«

»Alles ruhig. Die Haut les cœurs haben sich umgezogen. Geneviève unterhält sich gerade mit Romy, Philippe ist zu Weißwein übergegangen, weil ihm der Rote angeblich zu Kopf steigt.«

»Der Weißwein nicht?«, frage ich.

»Doch, der auch«, antwortet Phil. »Aber angeblich steigt der langsamer.«

»Okay, wenn du mich nicht brauchst, dann würde ich mit Rufus ins Hauptqua-«

»Sekunde mal«, unterbricht Phil. »Da passiert gerade was. Romy und Geneviève ziehen sich zurück. Ich glaube, die wollen zum Haupthaus.«

»Bestimmt zu einer Besprechung in Romys Büro«, sage ich.

»Gut möglich«, bestätigt Phil. »Ich glaube zwar, dass wir bereits wissen, was die beiden zu besprechen haben, aber wenn du sowieso gerade nichts vorhast, Ray …«

»Bin schon auf dem Weg.«

»Okay«, sagt Rufus. »Derweil kümmere ich mich darum, mehr über Angelito in Erfahrung zu bringen.«

»Wer ist Angelito?«, fragt Phil.

»Erklären wir dir später«, antwortet mein Bruder. »Vielleicht kann ich dir dann auch seinen richtigen Namen sagen.«

»Okay. Dann sehen wir uns im Bungalow zur Lagebesprechung«, entscheidet Phil. »Trifft sich gut. Ich muss sowieso meine Foundation auffrischen.«

34

Phil tut es wirklich: seine Foundation auffrischen. Als ich durch die Terrassentür schlüpfe, steht er im Bad, den Hemdkragen mit Papiertüchern verkleidet, die wie ein großes Lätzchen aussehen, und tupft sich Deep Dark Shadow ins Gesicht.

»Du brauchst dringend professionelle Hilfe«, sage ich.

Prüfend mustert er seine künstliche Sommerfrische im Spiegel. »Wieso? Wirkt doch ganz natürlich, etwa nicht?«

»So natürlich wie Romys Rasen«, gebe ich zurück. »Apropos: Gibt es irgendwelche Neuigkeiten vom Gartenfest?«

»Du zuerst«, sagt Phil. »Ich muss mich auf mein Make-up konzentrieren.«

»Okay. Überraschung! Auch die Haut les cœurs hätten gern ihr Geld zurück. Es ist, wie Montgomery gesagt hat. Die Traubenernte war letztes Jahr schon mies, aber dieses Jahr fällt sie geradezu katastrophal aus.«

»Der arme Philippe«, sagt Phil. »Dann ist er ja gleich doppelt gestraft. Die Zeiten sind schlecht, und er hat nicht mal genug Wein, um sie sich schönzutrinken.«

»Ich glaube, Geneviève findet das nicht so witzig wie du.«

Phil zuckt mit den Schultern. »Wie alle hier sind auch die Haut les cœurs Multimillionäre, die bei Romy investiert haben, weil sie den Hals nicht vollkriegen können. Mein Mitleid hält sich da in Grenzen.«

»Jedenfalls wirkte sie ziemlich verzweifelt. Romy hat versichert, dass die Haut les cœurs ihr Geld bekommen. Abzüglich der paar Millionen an Spesen, Abschlägen und so weiter, die sie auch Günther Rauch gegenüber erwähnt hat. Im Grunde hat sie Geneviève die gleiche Geschichte aufgetischt.«

»Apropos Rauch«, sagt Phil. »Weißt du zufällig, ob es Mähnenratten gibt?«

»Keinen Schimmer.«

»Die Mähnenratte«, hören wir Rufus sagen, der gerade reinkommt, »auch bekannt unter ihrem wissenschaftlichen Namen Lopiomys imhausi, gehört zur Familie der Langschwanzmäuse. Mähnenratten werden nicht besonders groß und wiegen nur etwa so viel wie unsereins. Im Grunde sehen sie also harmlos aus, aber das täuscht. Sie sind die womöglich gefährlichsten Ratten, die es gibt.« Rufus verstummt und zupft an seinem Klettgurt herum, als wäre die Geschichte damit vorbei. In Wahrheit will er nur ein Warum hören.

Phil tut ihm den Gefallen. »Sag schon Rufus. Warum sind sie so gefährlich?«

»Gut, dass du fragst«, freut sich mein Bruder. »Die Mähnenratte kaut die Rinde einer hochgiftigen Pflanze und reibt sich das Rückenfell mit der eingespeichelten Masse ein. Das konzentrierte Giftgemisch könnte sogar einen Elefanten töten, weshalb Raubtiere gewöhnlich einen großen Bogen um Lopiomys imhausi machen.«

»Dann verstehe ich, warum Günther Rauch allen erzählen wollte, dass er nur deshalb die Flucht ergriffen hat, weil er dachte, die Ratte wäre eine Mähnenratte. Angeblich hat er in Venezuela mal erlebt, wie ein Jaguar eine Mähnenratte fressen wollte, was damit endete, dass die Ratte überlebte, der Jaguar aber nicht.«

»Diese Geschichte ist genauso frei erfunden wie der Erdmännchenüberfall in Brasilien«, sagt Rufus. »Mähnenratten gibt es nur in Ostafrika, Jaguare nur in Mittel- und Südamerika, schwerpunktmäßig im Regenwald des Amazonasbeckens. Jedenfalls leben diese Tiere auf verschiedenen Kontinenten, weshalb sie sich in freier Wildbahn gar nicht über den Weg laufen *können.*«

»Und unser Dschungelkönig weiß das nicht?«, fragt Phil. »Ist schon seltsam, oder? Ich meine, kann es sein, dass er sich dümmer stellt, als er ist? Angeblich kennt er Südamerika wie seine Westentasche, aber er hat keinen blassen Schimmer, dass es dort weder Erdmännchen noch Mähnenratten gibt?«

»Worauf willst du hinaus?«, frage ich.

»Könnte Rauch nicht absichtlich ein angeberisches Weichei spielen, um davon abzulenken, dass er in Wahrheit Samtpfote ist? Kaffeebohnenimporteur wäre eine perfekte Tarnung, um Drogen zu schmuggeln. Er bereist immer wieder die Länder, in denen das Zeug produziert wird. Und seine Leute vor Ort bräuchten nur einen Teil der regulären Lieferungen durch Schmuggelware zu ersetzen. Unauffälliger geht es kaum.«

»Die Sache hat nur einen kleinen Haken«, gibt Rufus zu bedenken. »Er hat Romy Davis freundlich um sein Geld gebeten. Wäre er Samtpfote, hätte er das nicht tun müssen. Unser großer Unbekannter ist kein Bittsteller wie die anderen Investoren. Er hat Romy schon vor der Hochzeit darüber informiert, dass er sein Geld sehen will. Deshalb ist seine Privatarmee hier. Um sicherzugehen, dass Mrs Davis den Zahltag auch einhält.«

»Unser großer Unbekannter«, wiederhole ich. »Hast du

nicht gesagt, es könnte sich ebenso gut um einen Frau handeln?«

»Hey! Du hast aufgepasst«, lobt Rufus. »Sehr gut. Allerdings denke ich inzwischen, dass Samtpfote ein Mann ist. Nein, ich bin sogar davon überzeugt.«

»Etwa … Angelito?«, frage ich.

Phil wirft genervt sein Schwämmchen auf die Ablage. »Kann mir vielleicht jetzt endlich mal jemand sagen, wer dieser Angelito ist?«

»Geht gleich los«, sagt Rufus und strafft sich. »Bevor ich es vergesse: schöne Grüße von JJ. Er lässt fragen, ob er nach seinem gelungenen Einsatz nun offiziell den Titel ›Agent‹ tragen darf. Als Hilfsagent fühlt er sich irgendwie nicht so richtig …«

»Rufus?«, mahnt Phil.

»Schon gut. Ich hab es ohnehin bereits entschieden. Bitte sprecht ihn künftig als ›Sonderagent‹ an. Kommen wir aber nun zum Ergebnis meiner Recherche. Angelito, auch bekannt als Abrissbirne, heißt mit bürgerlichem Namen Hector Cabanas, Hector Morales oder Emilio Vargas. So genau weiß man das nicht. Er wurde in Tijuana geboren. Oder in Hermosillo. Oder in La Paz. Er hat für mehrere Kartelle gearbeitet, und zwar bevorzugt als Killer. Angelito mordet aber nicht nur für Geld, sondern auch, um sich gezielt fremde Identitäten zuzulegen. Er lässt Leute verschwinden, um seine wahre Identität mit echten Pässen zu verschleiern. Deshalb kennt nicht einmal die Polizei seinen richtigen Namen. Seine Zeit im Topo Chico hat er als José Hernandez abgesessen. Am Tag seiner Entlassung ist der Pass von Hernandez neben einer Leiche gefunden worden, die bis zur Unkenntlichkeit verbrannt war. Ich habe das Puzzle auf die Schnelle zwar nicht komplett zusammensetzen können, aber ich glaube inzwischen, man würde Angelito Dutzender Verbrechen anklagen, wenn er der Polizei den angeblichen Täter nicht immer auf einem Silbertablett servieren würde. Meist sind die Leichen verbrannt, aber praktischerweise wird ein gut lesbarer Pass in Reichweite gefunden, mit dem man den Fall zu den Akten legen kann.«

»Sehe ich das richtig?« Phil runzelt die Stirn. »Er verübt einen Mord und begeht dann noch einen, um den ersten zu vertuschen?«

Rufus nickt. »Sehr brutal, aber logistisch betrachtet sehr effizient.«

»Und so kaltblütig und gerissen, dass es durchaus die Handschrift eines Drogenbarons sein könnte«, ergänzt Phil.

»Okay«, sage ich, »dann wäre es doch so oder so gut, Angelito aus dem Verkehr zu ziehen. Aber sind wir auch sicher, dass es sich bei ihm um Samtpfote handelt?«

»Eine Sache wäre da noch«, sagt Rufus und strafft sich. »Es gibt ein Foto des kleinen Angelito. Sagt zumindest die Gesichtserkennungssoftware, die man kostenlos im Netz kriegen kann, die aber arg zu wünschen übrig lässt. Das Bild wurde im Rahmen einer Reportage über Straßenkinder in Mexiko geschossen. Übrigens wird unser Mann in diesem Artikel Angel genannt, was womöglich sein richtiger Vorname ist, aber das nur nebenbei. Jedenfalls soll er sich damals mit Diebstählen und Jobs als Drogenkurier über Wasser gehalten haben. Weil er flink und vorsichtig war, konnte die Polizei ihn nie schnappen. Das brachte ihm bei den anderen Straßenkids einen besonderen Spitznamen ein: el gatito tranquilo. Das leise Kätzchen.«

Phil pfeift anerkennend. »Und aus dem leisen kleinen

Kätzchen ist zwar inzwischen ein großer, gefährlicher Straßenkater geworden, aber auf Samtpfoten geht er immer noch. Jetzt müssen wir ihn nur noch tracken, und dann nichts wie weg.«

»Hätte ich nicht besser zusammenfassen können«, sagt Rufus.

»Okay. Warten wir bis heute Nacht«, schlage ich vor. »Ich verpasse ihm den Sender, wenn er schläft. Er wird denken, dass ihn eine Mücke gestochen hat. Falls er es überhaupt mitbekommt.«

»Sehr gute Idee«, stimmt Rufus mir zu. »Dann haben wir jetzt noch Zeit. Für die Party und natürlich für …«

»… Harry Styles!«, vollende ich den Satz.

»Du nimmst mir die Worte aus dem Maul«, schnalzt Rufus.

Phil zupft die Papiertücher aus seinem Kragen. »Ihr glaubt nicht ernsthaft, dass Harry Styles kommt, oder?«

»Wieso nicht?«, fragen mein Bruder und ich nicht nur gleichzeitig, sondern auch im gleichen empörten Tonfall.

»Ganz einfach. Weil Samtpfote dieses Spektakel nicht gebrauchen kann«, antwortet Phil. »Ein Superstar wie Harry Styles bringt nicht nur Techniker und Musiker mit, sondern auch Bodyguards, die sich mit Sicherheit nicht einfach am Eingang entwaffnen lassen. Ich wette, die Anreise von Harry Styles verzögert sich nur deshalb immer weiter, weil Samtpfote seine Finger im Spiel hat. Harry wird erst kommen, wenn unser Mann bezahlt worden ist. Deshalb denke ich, dass Romy Davis' Zahltag genau heute ist. Sobald er sein Geld hat, wird Samtpfote verschwinden, und Styles kann kommen. Das heißt aber auch, wir müssen unseren Auftrag erledigen, bevor das Kätzchen uns durch die Lappen geht.«

35

Wirklich schade, dass meine Idee, Samtpfote unkompliziert im Schlaf zu tracken, nicht funktioniert. Aber Phil hat recht. Wäre zu blöd, wenn wir ihn zwar enttarnen, aber nicht tracken würden, weil er uns vorher durch die Lappen geht. Also wird die Sache etwas komplizierter. Aber wenn es einfach wäre, dann könnte es ja jeder.

Unser neuer Plan sieht vor, dass Rufus und ich dem Drogenbaron den Tracker injizieren, während Phil ihn ablenkt. Das Problem ist eigentlich nur, dass Samtpfote etwas merken und uns alle auf der Stelle umbringen könnte. Rufus meint, jemand, der Leute ermordet, um zu vertuschen, dass er andere Leute ermordet hat, besitzt vermutlich eine sehr niedrige Hemmschwelle, wenn es darum geht, Leute zu ermorden. Wir dürfen uns also nicht den geringsten Fehler erlauben. Dürfen wir zwar auch sonst nicht, aber diesmal hängt eben unser Leben direkt davon ab.

Ehrlich gesagt, wenn ich darüber nachdenke, dass ich einem Typen, der Leute killt, wie Kinder Drops lutschen, einen Kugelschreiber in den Hals stechen soll, dann geht mir der Arsch ganz schön auf Grundeis.

Kaum habe ich das Wort »Kugelschreiber« gedacht, fällt Phil etwas ein: »Wie soll Ray den Kugelschreiber benutzen? Ihr wart doch dabei, als Montgomery das Ding scharfgestellt hat. Der reagiert nur auf meinen Fingerabdruck.«

»Stimmt, dass müssen wir noch ändern. Gib mal her.« Rufus schnappt sich den Kugelschreiber, fummelt am Gehäuse herum und findet, wonach er sucht. »Hab ich es mir doch gedacht, dass die so etwas nicht entwickeln, ohne dass es eine Resetfunktion gibt.« Er schiebt seine Krallenspitze unter die Klammer und wartet, bis ein leises Piepen ertönt. »Alles klar. Jetzt kann ihn wieder jeder benutzen, der weiß, wie das Ding funktioniert. Und sag Montgomery, dass diese Art von Fingerprint-Technologie echt Neunziger ist.«

»Mach ich«, erwidert Phil achselzuckend.

»Obwohl, lass das mal lieber«, wiegelt Rufus ab. »Ich möchte ja die Kollegen nicht beleidigen.«

Mein Bruder nun wieder. Befördert französische Landratten zu Agenten und nennt die Leute bei Interpol *Kollegen*. Sollte Montgomery mal keine Lust mehr auf ihren Job haben, ich wette, Rufus würde ihn mit Kusshand nehmen.

»Am besten, wir behalten das gute Stück einfach.« Er schiebt den Kugelschreiber neben die Enterhakenpistole in seinen Klettgurt. »Kann losgehen.«

Wir stehen unter einer der Schirmpinien, in unmittelbarer Nähe des Hochzeitsfestes. Während wir unsere Mission geplant haben, sind die Reden geschwungen und ist das Buffet leergeräumt worden. Jetzt ist der Pool eröffnet, was besonders die kleinen Kinder freut, die sich begeistert darin austoben, während Nannys mit Adleraugen darüber wachen, dass sich keines der Schätzchen auch nur einen winzigen Kratzer holt.

Die älteren Kinder ziehen das Meer vor, allerdings nicht zum Planschen, sondern zum Sonnenbaden. Auf exakt parallel ausgerichteten Liegen langweilen sie sich in der ersten

Reihe. Der Strand, das Meer und die Sonne sind offenbar nur interessant, wenn man sie so in Szene setzen kann, dass Hunderttausende Follower neidisch werden.

Die übrigen Gäste haben sich im Garten verteilt. Man plaudert, trinkt und sieht dabei entzückend aus. Und wartet auf ... na wen wohl?

Phil gibt Rufus und mir Deckung, indem er sich vor uns aufbaut, während wir – SSSSSssssssckk – mit Rufus' neuem Gadget den Ast einer Schirmpinie entern und uns in die Baumkrone ziehen lassen.

»Der Adler ist gelandet«, meldet Rufus über Funk.

»Dann werde ich dem Adler mal das Kätzchen holen«, antwortet Phil und schlendert in Richtung Haupthaus, wo Angelito wieder mit zwei seiner Männer Position bezogen hat.

Während unser Partner den Drogenbaron in ein Gespräch verwickelt und ihn dabei unter unsere Pinie lockt, befestigt Rufus die Enterhakenpistole in einer Astgabel, indem er das Ding festklemmt. Er will mich an dem dünnen Drahtseil, das einen gewöhnlich nach oben zieht, lautlos nach unten schweben lassen. Hat er mal in einem Film gesehen, wo ein Agent es genauso gemacht hat. Der Kerl durfte den Boden nicht berühren, weil überall Drucksensoren waren. Geht mir bei meiner Mission ähnlich. Die sensiblen Stellen, die ich nicht berühren darf, sind die Glatze, der Nacken und die Schultern von Angelito. Wenn ich da die Drucksensoren auslöse, dann heißt es auch: Auf Wiedersehen, du schöne Welt.

»Wie hieß der Film eigentlich?«, frage ich.

»Mission impossible«, antwortet Rufus.

»Unmögliche Mission«, übersetzt mein Knopf im Ohr.

»Unmögliche Mission? Dein Plan basiert auf einem Film, der ›Unmögliche Mission‹ heißt?«

»Wenn du mich fragst, ein viel zu reißerischer Titel«, entgegnet Rufus lapidar. »So unmöglich war die Mission nämlich gar nicht. Was wir hier vorhaben, ist viel gefährlicher.«

»Beruhigend«, sage ich.

»Sitzt dein Brustgeschirr?«, fragt er.

Für meine unmögliche Mission hätte Rufus mir zwar auch seinen Klettgurt leihen können, aber so weit geht die Bruderliebe dann doch nicht. Ich trage ein Hundebrustgeschirr aus weißem Leder. Es stammt aus JJs Sammlung. Er hat es dem Pekinesen einer berühmten Opernsängerin geklaut, weil es mit Strasssteinen und einer rosa Schleife besetzt ist.

»Wuff«, sage ich.

Rufus befestigt das Drahtseil hinten am Geschirr und gibt mir Montgomerys Kugelschreiber. »Bestens. Dann wollen wir mal schauen, ob es funktioniert.«

Wie ein Fallschirmspringer strecke ich alle viere von mir und lasse mich vorsichtig nach vorn kippen. Das Seil spannt sich, beinahe lautlos, und dann schwebe ich mühelos über dem angemalten Rasen. Ich kann mich easy in der Waagerechten halten, dafür sorgt das Brustgeschirr. Allerdings habe ich Mühe, nicht ins Rotieren zu geraten. Eine winzige Bewegung reicht aus, und ich drehe mich um diesen Punkt, um den man sich eben dreht, wenn man an einer Schnur hängt.

Rufus erkennt das Problem. »Sekunde.« Er lässt mich ein Stück nach oben surren, gleich danach geht es wieder abwärts. »Jetzt besser?«

Tatsächlich sorgt das abrupte Auf und Ab dafür, dass ich mich langsamer im Kreis drehe. Dennoch dauert es eine Weile, bis ich ganz zum Stillstand komme.

»Je weniger du dich bewegst, desto weniger gerätst du ins Rotieren«, erklärt Rufus.

»Du hast leicht reden. Ich kann kaum atmen, ohne mich zu drehen.« Prompt fange ich wieder an zu rotieren. »Vielleicht lasse ich das mit dem Atmen lieber.«

»Das mit dem Sprechen am besten auch«, ergänzt mein Bruder. »Halt dich möglichst ruhig und lass mich machen.«

»You have one minute«, hören wir Angelito über Phils Knopf im Ohr sagen, und gleich danach gibt es die Übersetzung.

Eine Minute also. Immerhin, denke ich.

Er folgt Phil durch den Garten zu unserer Pinie, wo er verkündet: »Ihre Zeit läuft.«

Während Rufus mich zügig nach unten surren lässt, erzählt Phil, dass er einen dringenden Anruf tätigen müsse. Seine arme Mutter, krank und bettlägerig, habe heute Geburtstag, und wenn er ihr schon nicht persönlich gratulieren könne, dann doch wenigstens per Telefon. Ob man eine Ausnahme machen und Phil sein Handy für diesen einen Anruf zurückgeben könne.

Während ich Sorge habe, dass ich gleich auf Samtpfotes Glatze klatsche, weil Rufus mich erst im allerletzten Moment abbremst, muss Angelito nicht lange überlegen. »Gibt keine Ausnahmen«, verkündet er.

Damit haben wir gerechnet. Plan B sieht vor, dass Phil unsere Zielperson nun hemmungslos anbettelt, um Zeit zu gewinnen. Und das tut unser Partner. Er jammert wortreich, während ich versuche, meine Rotation in den Griff zu kriegen und einen günstigen Moment zu erwischen, um Samtpfote zu tracken. Das muss in Abstimmung mit Phil erfolgen, denn der soll Angelito ablenken, damit der Drogenboss nicht spürt, dass ich ihm einen Sender verpasse.

Und dann ist dieser Moment gekommen. Durch eine winzige Gewichtsverlagerung kann ich meine Rotation stoppen und stehe plötzlich einen Atemzug lang in der Luft wie ein Falke im Aufwind.

»Action!«, sage ich und stoße die Kugelschreiberspitze genau dort in Angelitos Hals, wo ihm die Tattoos aus dem Kragen wachsen.

Gleichzeitig fasst Phil den irritierten Securitymann bei den Schultern. »Bitte! Helfen Sie mir!«, beschwört er ihn.

»Stop that«, sagt Angelito ungehalten. »Nicht anfassen.«

Die Kugelschreiberspitze hat er nicht gespürt.

Rufus hat bereits den Abzug der Enterhakenpistole gezogen, weshalb ich schon wieder auf dem Weg nach oben bin.

Leider ging das ein bisschen schnell.

»Phil! Fuck!«, zische ich. »Kugel-!«

Was ich mit meinem Gestammel sagen will, ist, dass ich den Kugelschreiber vergessen habe. Er steckt noch. In Angelitos Hals. Doch der hat auch das noch nicht bemerkt. Zum Glück. Ob Samtpfote grundsätzlich keinen Schmerz empfindet oder von Phil gerade perfekt abgelenkt wird, sei mal dahingestellt. Feststeht, dass er irgendwann herausfinden wird, dass ihm ein Kugelschreiber aus dem Hals wächst.

Zum Glück begreift mein Partner, dass ich ihn gerade mit einem halb getrackten Serienkiller allein gelassen habe.

Phil sieht den Kugelschreiber in Angelitos Hals, und da er immer noch dessen Schultern umfasst, rüttelt er nun heftig und mit gespielter Verzweiflung daran. »Bitte! Sie müssen mir einfach helfen! Bitte!«

Der Kugelschreiber fällt ins Gras, fast zeitgleich lässt Phil

Angelitos Schultern los, denn der hat ihm blitzschnell einen Schlag auf die kurzen Rippen versetzt.

»Nicht anfassen, habe ich gesagt«, kommentiert Angelito ungerührt. »Und keine Ausnahme beim Handy.«

Er lässt den zusammengekrümmten Phil stehen und geht zurück zu seinen Männern, als ob nichts passiert wäre.

Mein Partner lehnt sich Atem schöpfend gegen den Stamm unserer Pinie und hält sich die schmerzenden Rippen.

»Alles okay?«, frage ich besorgt.

Er grinst, als er zu uns hochschaut. »Alles bestens. Samtpfote ist jetzt bei Montgomery auf dem Radar. Das ist die Hauptsache.« Dann klaubt er schnell den Kugelschreiber aus dem Rasen.

36

Das Unmögliche ist immer nur so lange unmöglich, bis es jemand möglich macht«, philosophiert Rufus zufrieden, als wir uns wenig später unauffällig unters Volk mischen. Die Erleichterung, dass wir unsere Mission nicht nur erfüllt, sondern auch überlebt haben, ist ihm deutlich anzumerken. »Jetzt genießen wir die Party und die Vorfreude auf den Höhepunkt des Abends.«

»Oder wir machen uns schnell vom Acker«, erwidert Phil. »Montgomery hat gesagt, wir sollen Samtpfote tracken, und dann ab durch die Mitte.«

»Auf gar keinen Fall!«, rufe ich empört. »Außerdem hat sie uns nicht verboten, noch zu bleiben, wenn wir das möchten.«

»Da hat er recht«, pflichtet Rufus mir bei.

Phil schaut uns mitleidig an. »Ihr glaubt immer noch, dass Harry Styles tatsächlich auftaucht?«

»Es ist mehr als das«, antworte ich. »Tief in meinem Inneren spüre ich die Gewissheit, dass ich heute Abend meine Hüften zu den Songs von Harry Styles kreisen lassen werde.«

»Bruder, das hast du wirklich schön gesagt«, lobt Rufus.

»Ich weiß nicht«, sagt Phil. »Ich hab ein komisches Gefühl bei der Sache. Ich glaube, wir sollten nicht länger hier bleiben als unbedingt nötig. Der Job ist erledigt. Lasst uns abhauen.«

»Das kannst du nicht machen, Phil! Dieses Konzert ist eine Chance, die man nur einmal im Leben bekommt.«

»Ich bin sicher, Montgomery spendiert euch Karten für ein anderes Konzert.«

»Das ist nicht dasselbe«, widerspricht Rufus. »Hier sind wir erste Reihe, Mitte. Harry hautnah.«

»Wenn er denn kommt«, entgegnet Phil.

»Wenn wir nicht warten, werden wir es nie erfahren«, sage ich.

Während Phil überlegt, ob er sich breitschlagen lassen soll, bekommen wir unerwartet Hilfe von Luc.

»Da seid ihr ja«, ruft der Weddingplanner. »Ich habe euch schon überall gesucht. Die wollen jetzt die offiziellen Hochzeitsfotos machen, und das Brautpaar möchte die lustigen Ringträger dabeihaben.«

»Sind heute nicht schon einige Millionen Fotos von den beiden geschossen worden?«, wundert sich Phil.

»Von der Party«, erklärt Luc. »Das ist das Material für die Presse, Social Media und so weiter. Heather und Jeremy hätten gern noch ganz private Erinnerungen an den schönsten Tag ihres Lebens.«

»Verstehe«, sagt Phil. »Muss ich da dabei sein?«

»Na ja, du müsstest deinen Superstars schon irgendwie klarmachen, was sie tun sollen«, antwortet Luc.

»Superstars«, wiederholt Rufus. Es klingt, als würde er sich mit dem Wort von oben bis unten einschamponieren.

»Okay«, sagt Phil achselzuckend. »Die halbe Stunde macht den Braten auch nicht fett.«

»Rechne mal eher mit zwei bis drei«, erwidert Luc.

»Zwei bis drei was?«

»Stunden.«

»Zwei bis drei Stunden?« Phil ist entsetzt. »Was soll denn so lang fotografiert werden?«

»Lass dich überraschen«, antwortet der Weddingplanner.

Wir wissen ja bereits, dass im Hause Davis nicht gekleckert, sondern geklotzt wird. Das gilt natürlich auch für die Hochzeitsfotos. Das Team, das Heather und Jeremy witzig und originell, aber vor allem ganz ungezwungen und privat in Szene setzen soll, besteht aus zwei Make-up-Artists, einem Kostümbildner, einer Szenenbildnerin, zwei Beleuchtern, einem Techniker, drei Fotografen und einem Creative Producer, der auf einem iPad herumwischt und das junge Glück ganz natürlich in Szene setzt.

Die Session beginnt mit einem Klassiker. Das Brautpaar soll sich küssen. Rufus, der sein Brautkleid inzwischen wieder trägt, und ich werden auf einer griechischen Säule zwischen Heather und Jeremy platziert, wo wir ebenfalls die Nasen gegeneinanderdrücken müssen, und zwar auf exakt dieselbe Weise, wie es Heather und Jeremy tun. Rufus steht auf der Seite der Braut. Sein Kleid wird genau so drapiert wie das von Heather. Ich muss die gleiche Pose wie Jeremy einnehmen. Dann drücken wir paarweise die geschürzten Lippen aufeinander.

»Du bist ein miserabler Küsser«, sage ich.

»Wollte ich dir auch gerade sagen«, erwidert mein Bruder.

Kulissenwechsel, gleiches Motiv. Wieder werden wir exakt wie das Brautpaar aufgestellt, diesmal küssen wir uns links und rechts von einer Pinie.

Danach wiederholen wir das Ganze dies- und jenseits einer mit Blumen bewachsenen Balustrade und sitzen dann zu viert auf einer riesigen Hollywoodschaukel. Und wieder heißt es: »Küsschen!«

Schließlich geht es runter zum Strand, wo Jeremy seine Braut auf Händen trägt und ich meinen Bruder auf Pfoten. Mit hochgekrempelten Hosenbeinen und bepackt mit Frau und Bruder, waten Jeremy und ich ein Stück ins Wasser, wo wir uns paarweise erneut küssen.

Die letzten Motive der romantischen Reihe entstehen auf dem hölzernen Landesteg und auf einer der Luxusjachten, die dort herumdümpeln.

Und dann ist die Küsserei zum Glück endlich vorbei.

»Was tut man nicht alles, um Kriminellen das Handwerk zu legen«, fasst Rufus diesen Teil des Shootings zusammen.

»Mega, mega, megaschön«, findet der Creative Producer.

Rufus sagt, das sei sein Mantra – was immer das ist.

»Dann machen wir jetzt eine klitzekleine Pause, und danach geht es weiter mit …« Der Kreative wischt auf seinem iPad herum. »Mit der Motivserie Comic Relief. Das wird mega, mega, megaschön. Umbau und Maske!«

Als die Wörter »Comic Relief« fallen, übersetzt das mein Knopf im Ohr mit »komische Erleichterung«.

Genervt schüttelt Rufus den Kopf. »Das ist wieder nur die wörtliche Übersetzung. Man muss wissen, dass es ein Stilmittel ist. Es bezeichnet die Kunst, ernste Themen durch witzige Ideen aufzulockern.«

»Wir brauchen das Abschleppseil!«, ruft der Kreative.

»Das Abschleppseil ist eine witzige Idee?«, rate ich.

»Ich fürchte, ja«, antwortet Rufus.

Die Szenenbildnerin schlingt Jeremy ein dickes Seil um Hüfte und Schultern, wo es locker festgebunden wird. Dann tut Heather so, als würde sie ihren Bräutigam an diesem Seil hinter sich herziehen.

»Und? Witz begriffen?«, fragt Rufus.

»Sie schleppt ihn ab«, sage ich. »Ist aber nicht witzig.«

»Ganz deiner Meinung«, erwidert mein Bruder. »Und Phil sieht das offenbar genauso.«

Unser Partner, der am Rand des Geschehens steht und sowieso schon genervt ist, vergräbt in leiser Verzweiflung sein Gesicht in den Händen.

Immerhin kommt dem Kreativen der Gedanke, dass Rufus und ich Heather helfen könnten, Jeremy abzuschleppen. Das sieht zwar immer noch nicht witzig aus. Aber womöglich mega, mega, megaschön.

Danach sollen wir so tun, als würden wir einen Bollerwagen ziehen, auf dem das frischgebackene Brautpaar sitzt und sich verliebt anschaut. Der Kreative findet das nicht nur »mega, mega, megaschön«, sondern auch einen »mega Gag«. Weiße Märchenkutsche mit sechs Schimmeln, meint er, könne ja nun wirklich jeder.

Apropos Luxuskarossen. Jetzt kommt sogar noch unser ferngesteuerter Ferrari zum Einsatz. Zuerst weiß ich nicht, was wir damit anstellen sollen, aber dann fährt die Szenenbildnerin einen echten Ferrari vor, der unserem gleicht wie ein Ei dem anderen, nur dass er ein bisschen größer ist.

Noch bevor ich mich über den Aufwand wundern kann, der hier betrieben wird, um ein paar völlig ungezwungene private Fotos zu schießen, rollt der Techniker einen Riesenpropeller heran, den Rufus als Windmaschine identifiziert.

Wenig später bringt das Gerät die Schleier von Heather und Rufus anmutig zum Flattern, während Jeremy und ich so tun, als würden wir unsere Ferraris in die Flitterwochen lenken.

Es folgen noch mehr solcher komischer Ideen. Mehr, als ich zählen kann. Origineller werden sie zwar nicht, aber der Mann mit dem iPad findet sie trotzdem – wir ahnen es – mega, mega, megaschön.

Endlich erscheint Romy Davis und unterbricht das Shooting, um mit Jeremy zu reden. Sie ist sichtlich nervös, was sich auf ihren Sohn zu übertragen scheint, der nun seinerseits Heather holt, damit die sich an dem Gespräch beteiligt. Heather hört sich an, was Romy zu sagen hat, wird ebenfalls blass und nickt schließlich, um dann mit dem iPad-Mann zu reden.

Inzwischen hakt Romy sich bei Jeremy unter, und beide flanieren gemächlich in Richtung Landebrücke.

»Was ist denn jetzt los?«, frage ich.

»Werden wir gleich wissen«, antwortet Phil über Funk.

Wir sehen, dass Romy ihren Sohn zu einem der Boote bringt, die am Landesteg festgemacht sind. Jeremy schickt sich an, einzusteigen, aber ein schwerbewaffneter Securitymann stellt sich ihm in den Weg. Romy will etwas sagen, doch schon ist Angelito zur Stelle, begleitet von seinen beiden Schatten.

Die Männer nehmen Jeremy in die Mitte, während Romy beschwörend auf Angelito einredet. Der hört sich an, was die Hausherrin zu sagen hat, schüttelt dann den Kopf und erwidert etwas, das Romys Schultern herabsacken lässt. Mit einem Kopfnicken bedeutet er seinen Männern, dass sie Jeremy mitnehmen sollen. Er selbst bietet Romy galant seinen Arm.

Während der Drogenboss die Hausherrin in den Garten

zurückgeleitet, wo die leichenblasse Romy sich bemüht, tapfer zu lächeln, wird Jeremy von Angelitos Leuten abgeführt. Für die Gäste sieht es so aus, als würde er den Männern freiwillig folgen. Die verzweifelten Blicke, die Romy und Jeremy sich zuwerfen, sprechen allerdings eine völlig andere Sprache.

»Ich glaube, da ist gerade der Bräutigam entführt worden«, sagt Phil. »Sieht so aus, als würden wir doch noch eine Weile bleiben.«

37

Diesmal ist es Rufus, der die Koffer packen will, während Phil es für unsere Pflicht hält, Jeremy zu helfen. »Ich werde nicht zulassen, dass die Braut zur Witwe wird, bevor die Torte gegessen ist«, verkündet unser Partner.

»Die Torte ist längst gegessen«, erwidert Rufus.

»Du weißt, was ich meine.«

»Klar. Das Problem ist nur, dass wir den Erfolg der ganzen Mission gefährden, wenn wir Samtpfote auch nur den kleinsten Hinweis darauf liefern, dass ihm jemand auf den Fersen ist. Außerdem wird er uns umlegen, wenn er uns erwischt. Logisch betrachtet haben wir nur zwei Möglichkeiten. Entweder wir hauen ab, bevor es unappetitlich wird, oder wir tun rein gar nichts. Zumindest nichts, das uns verdächtig macht. In beiden Fällen können wir Jeremy nicht helfen. Aber für uns wäre es sicherer, zu verschwinden.«

»Du willst also wirklich das Risiko eingehen, dass unser Drogenbaron den Bräutigam umlegt?«, frage ich.

»Das wird er nicht«, erwidert Rufus. »Dann wäre sein Druckmittel weg. Er will Romy nur in Panik versetzen. Sie soll denken, dass ihr Sohn über die Klinge springt, wenn sie das Ultimatum verstreichen lässt …«

»Welches Ultimatum?«, unterbricht Phil. »Habe ich was nicht mitbekommen?«

»Ich bin sicher, dass Samtpfote ihr ein Ultimatum gestellt hat«, erklärt Rufus.

»Klingt einleuchtend«, meint Phil, »allerdings …«

»Nichts zu danken«, gibt mein Bruder zurück.

»War noch nicht fertig«, sagt Phil. »Ich glaube nämlich, dass wir nicht nur zwei Möglichkeiten haben.«

In der Gewissheit, dass er garantiert nichts übersehen hat, verschränkt Rufus siegessicher die Vorderläufe vor der mickrigen Brust. »Da bin ich aber mal gespannt.«

»Wir könnten Jeremy befreien und es so aussehen lassen, als wäre er selbst getürmt«, erklärt Phil. »Wäre ich Samtpfote, würde ich versuchen, mein Faustpfand zurückzubekommen. Womöglich hätte ich sogar eine solche Wut auf meine Geisel, dass ich das Risiko eingehen würde, Romys Anwesen zu verlassen, um Jeremy wieder einzufangen. Diese Variante könnte also auch dazu führen, dass wir Montgomery das Samtpfötchen direkt in die Arme treiben.«

Rufus' Vorderläufe sinken herab.

»Ich glaube, er hat dich«, sage ich.

»Zugegeben, auch das ist eine Möglichkeit«, bringt Rufus zerknirscht hervor.

»Bestens«, sagt Phil. »Dann müssen wir jetzt nur noch herausfinden, wo sie Jeremy hingebracht haben.«

»Ich glaube, das wissen wir bereits«, sage ich.

»In ihr Headquarter«, ergänzt Rufus. »Gut versteckt, gut bewacht und strategisch sehr gut gelegen.«

»Okay. Und wie kommen wir unbemerkt dahin?«, fragt Phil.

»Am besten schlagen wir uns in die Büsche«, antworte ich.

Kurze Zeit später haben wir uns durch den Wildwuchs entlang der Außenmauer an das Wirtschaftsgebäude herangepirscht, das die Securities als Rückzugsort benutzen. Gerade instruiert Samtpfote die Wachen. Einer der Männer soll drinnen Position beziehen, der andere die Außentür sichern. Die beiden nicken diensteifrig. Ihr Boss macht sich zufrieden auf den Rückweg.

»Ich würde zu gern wissen, was uns drinnen erwartet«, flüstert Phil. »Man müsste ...«

Weiter kommt er nicht, weil Rufus – SSSSSssssssckk – bereits dabei ist, das Dach zu entern und die Lage auszukundschaften.

Ein paar Minuten später wissen wir, dass Jeremy sich im Lagerraum befindet, geknebelt und an einen Stuhl gefesselt. Und dass er von einem bewaffneten Sicherheitsmann bewacht wird.

»Wenn wir uns mit zwei von diesen Typen gleichzeitig anlegen, dann ziehen wir bestimmt den Kürzeren«, überlegt Phil. »Wir müssen sie nacheinander ausschalten.«

Rufus fummelt erneut die Enterhakenpistole aus seinem rosa Holster und zielt auf die Dachkante. »Ray und ich halten den Wachmann drinnen so lange in Schach, bis du den Kollegen hier draußen erledigt hast. Am besten, du betäubst ihn mit dem Kugelschreiber. Montgomery hat gesagt, es dauert keine fünf Sekunden, dann geht sogar ein Nashorn in die Knie.« SSSSSssssssckk. »Halt dich fest, Ray.«

Oben angekommen, entfernt Rufus den Haken und fährt das Seil ein. Lässig schultert er seine Pistole und schlendert damit zu einer der Luken.

»Was hast du überhaupt vor?«, frage ich.

»Wir angeln uns jetzt einen Securitymann«, sagt mein

Bruder und zielt mit der Enterhakenpistole auf den Bewacher von Jeremy. »Du kannst Phil das Zeichen geben.«

Ich laufe zur Dachkante und zeige Phil ein Daumen hoch, nur ohne Daumen, den haben wir Erdmännchen ja leider nicht. Danach sagt mir ein Schnurren, dass Rufus seine Pistole abgefeuert hat.

Als ich zurückkomme, zappelt der Securitymann tatsächlich am Haken. Der hat sich in die Schutzweste gebohrt und womöglich sogar in die Schulter des Mannes, denn der ist aufgesprungen und versucht panisch, das Ding abzuschütteln. Als er sich dabei einmal um die eigene Achse dreht, wickelt sich der dünne Draht um seinen Hals, was ihn würgen lässt.

Rufus versucht, den Pistolengriff am Dachfenster einzuklemmen, aber das Ding löst sich immer wieder, weil die Beute zu sehr zappelt. Gerade will ich helfen, da meldet Phil sich zu Wort.

»Verdammt!«, höre ich ihn rufen. »Das Ding ist kaputt!«

Ich laufe zurück zur Dachkante. Phil hat dem zweiten Securitymann einen Körperhaken verpasst, denn der Kerl ist in die Knie gegangen, krümmt sich am Boden und atmet schwer. Erst jetzt bemerke ich, dass er aus kleinen Wunden am Hals blutet.

»Schau dir das an!«, ruft Phil und sticht dem Mann die Kugelschreiberspitze in den Hals. Der Security bemerkt es nicht einmal, weil er mit seinen schmerzenden Rippen beschäftigt ist.

Phil zieht die Spitze wieder heraus und hebt dann ratlos die Arme. »Siehste? Nichts passiert.«

Er sticht noch mal zu. »Nichts!«

Und noch mal. »Da! Wieder nichts!«

»Habt ihr es bald?«, höre ich Rufus stöhnen. »Lange kann ich ihn nicht mehr halten.«

»Der Kugelschreiber geht nicht«, erkläre ich.

»Über dem Schriftzug ist so ein kleiner Knopf. Den muss er erst nach oben drücken und dann nach links«, ächzt Rufus.

Ich drehe mich wieder zu Phil. »Da ist ein kleiner Knopf über dem Schriftz-«

Weiter komme ich nicht. Phil hat sich gerade dazu entschlossen, den Securitymann auf klassische Weise ins Reich der Träume zu schicken, nämlich mit einem Kinnhaken.

»Hat sich erledigt«, sagt er.

In diesem Moment purzelt hinter mir Rufus über das Dach, als wäre ihm die Angelschnur gerissen. Tatsächlich hat sich der Haken gelöst, und sein dicker Fisch ist frei.

»Achtung, der andere kommt jetzt raus!«, rufe ich.

Phil hechtet los – wobei hechten sportlicher klingt, als es aussieht. Er schafft es, sich im Lauf den Holzschemel zu schnappen, der den Männern als Kartentisch gedient hat. Als die Tür auffliegt und sein Gegner erscheint, die Waffe im Anschlag, drischt Phil mit dem Schemel auf ihn ein, und zwar mit solcher Wucht, dass er auf dem Schädel des Securitymannes in zwei Teile zerbricht.

Der Hüne geht bewusstlos zu Boden.

»Die Luft ist rein«, sage ich zu Rufus.

Mein Bruder lässt das Drahtseil zurücksurren und hakt den geöffneten Enterhaken an der Kante der Dachluke fest. »Dann bitte alles einsteigen.«

Gemeinsam schweben wir hinab und landen direkt neben Jeremy, der aussieht wie ein Rollbraten.

Während Rufus den Enterhaken einholt und seine Pistole

lässig im Klettgurt verstaut, bekomme ich das Minitaschenmesser, um Jeremys Fesseln durchzuschneiden. Könnte ich zwar auch mit den Krallen erledigen, aber mit dem Messer geht es schneller.

Als Phil erscheint, ist Jeremy fast frei. Mein Partner nimmt ihm den Knebel ab. »Keine Zeit für Erklärungen. Wir müssen so schnell wie möglich von hier verschwinden.«

Jeremy nickt mechanisch.

»Daraus wird leider nichts«, höre ich meinen Knopf im Ohr sagen.

Als wir uns zur Tür drehen, schauen wir in die Mündung einer Sig Sauer MPX Copperhead.

38

Der Mann, der auf uns zielt, ist Angelito, Samtpfote höchstpersönlich. »Hinknien und Hände hinter den Kopf«, befiehlt er. »Beide.«

Phil und Jeremy gehorchen. Auch Rufus setzt sich abrupt auf die Hinterbeine. Ist ein Reflex. Hinknien ist nicht bei Erdmännchen. Das macht unser Körperbau nicht mit.

»Ich glaube, er meinte nur die Männer«, sage ich.

»Weiß man's?«, antwortet mein Bruder.

Auch wieder wahr. Sicherheitshalber hocke ich mich neben ihn.

Angelito zieht Handschellen aus seinem Sakko und wirft sie auf den Boden. Jeremy soll Phil damit fesseln, Hände auf den Rücken. »Und keine Tricks.«

Anschließend wird auch der Bräutigam wieder an den Stuhl gebunden.

Während Samtpfote seine Geisel verpackt, spricht er auf Spanisch in sein Headset.

»Jetzt haben wir den Salat«, sagt Rufus. »Wir werden sterben und, schlimmer noch, wir haben die Mission versaut.«

»Persönlich finde ich das mit dem Sterben den unangenehmeren Teil«, sage ich.

»Ist beides noch nicht raus«, wirft Phil ein.

»Shut up«, befiehlt Angelito und schlägt ihm den Griff seiner Sig Sauer gegen den Kopf.

Phil, immer noch kniend, schwankt kurz, fällt aber nicht um. Da, wo ihn der Pistolengriff getroffen hat, beginnt eine leuchtend rote Beule zu wachsen. Diesmal sieht man sie sogar trotz der Schminke.

Die Tür knarrt. Wir bekommen noch mehr Besuch. Louis Burns erscheint, der lustige Mister Dog.

»Was will der denn hier?«, frage ich erstaunt, um im nächsten Moment zu verstehen, dass die Anwesenheit des Hot-Dog-Multimillionärs irgendwie kein Zufall sein kann.

Mein Bruder ist wieder einmal schneller. »Das darf doch nicht wahr sein«, flüstert er entgeistert.

Während ich mir noch zu erklären versuche, was Mister Burns hier will, fügt Rufus hinzu: »Ich hätte meine Schwanzspitze darauf verwettet, dass Angelito Samtpfote ist.«

»Er ist es ... nicht?«, frage ich verwirrt.

Rufus, der immer noch den Hot-Dog-König anstarrt, schüttelt den Kopf.

Und nun sickert die bittere Erkenntnis langsam auch in mein kleines Hirn. Wir waren die ganze Zeit über mit unseren Ermittlungen auf dem Holzweg. »Mister Dog ist ... Samtpfote.«

»Leider wahr«, flüstert mein Bruder.

So wie ich ihn kenne, ärgert Rufus sich zwar auch darüber, dass wir die Mission versaut haben und jetzt sterben müssen. Am meisten geht ihm aber gegen den Strich, dass er sich geirrt hat.

»Was für eine Überraschung«, höre ich Phil sagen.

»Wenn Sie tatsächlich überrascht sind, dann empfinde ich das als Kompliment«, erwidert Burns. »Es ist nicht so leicht, einen echten Profi zu täuschen.«

»Allerdings bin ich überrascht«, antwortet Phil. »Wer hätte

das gedacht? Angelito ist nur der Handlanger. Und ein kleines Würstchen entpuppt sich als der echte Drogenbaron.«

Phil kassiert erneut einen Schlag mit dem Pistolengriff. Tut bestimmt noch mehr weh als beim ersten Mal, weil Angelito fast genau die gleiche Stelle erwischt.

»Da haben Sie den Nagel auf den Kopf getroffen«, erwidert Burns grinsend. »Aber die Hauptsache ist doch, dass meine Tarnung glänzend funktioniert hat. Für die Leute hier bin ich nur ein lustiger Würstchenverkäufer, der es mit Glück zu viel Geld gebracht hat. Niemand, nicht einmal Sie haben meine wahre Identität erraten, Mister … Ich vermute, Sie wollen mir Ihren wahren Namen nicht verraten, oder?«

»Sie zuerst«, sagt Phil.

»Diese Information wäre für Sie vollkommen nutzlos«, erwidert Burns. »Sie nehmen dieses Gespräch sowieso mit ins Grab.« Er lächelt freundlich. »Aber zuvor möchte ich Ihnen auch ein Kompliment machen. Ich habe eigentlich einen sehr guten Riecher für Cops. In Ihrem Fall hat es deutlich länger gedauert, bis ich Verdacht geschöpft habe. Ihre Tarnung als Tierdompteur ist wirklich beeindruckend. Wer kommt auf so eine Idee? Die DEA? Das FBI? Die CIA? Europol? Interpol? Für wen arbeiten Sie, Mister Müller?«

»Die Antworten auf diese Fragen werde ich wohl auch mit ins Grab nehmen«, entgegnet Phil trocken.

Burns zuckt mit den Schultern. »Wie Sie wollen.«

»Wodurch habe ich mich eigentlich verraten?«, fragt Phil.

»Sie wussten sehr viel mehr über Romy und ihren Fonds, als ich einem Erdmännchen-Dompteur zutraue. Sicherheitshalber war deshalb nach unserer Plauderei immer einer meiner Männer in Ihrer Nähe. Allerdings war ich schon so weit, zu denken, dass mein Misstrauen unbegründet wäre. Hätten

Sie nicht versucht, Jeremy zu befreien, wären wir Ihnen bestimmt nicht auf die Schliche gekommen.«

»Hab ich es doch gewusst«, ärgert sich Rufus. »Wären wir mal lieber abgehauen.«

»Das reicht«, sagt Burns zu Angelito und meint damit, dass der Securitymann den Bräutigam nicht länger mit Panzertape umwickeln soll. »Er darf gleich wieder zu seiner Braut. Romy hat bezahlt. Meine Bank hat die Blitzüberweisung bestätigt. Wir müssen uns nur noch darüber unterhalten, dass der liebe Jeremy absolutes Stillschweigen über diesen Vorfall bewahrt, damit er nicht das gleiche Schicksal erleidet wie der vorwitzige Revisor seiner Mutter. So ein Unfall auf gerade Strecke passiert sehr viel schneller, als man meint.«

Jeremy, der von Angelito wieder geknebelt worden ist, versichert mit vor Angst geweiteten Augen, dass er schweigen wird wie ein Grab. Verstehen kann man ihn zwar nicht, aber sein panisches Stöhnen spricht Bände.

Burns sieht das ebenso. »Ich wusste, dass du ein guter Junge bist. Und bestimmt willst du auch nicht, dass deiner lieben Mutter oder deiner schönen Braut etwas zustößt, oder?«

Mit feuchten Augen schüttelt Jeremy den Kopf.

Den Drogenboss nervt es offenbar, sich mit einem solchen Weichei abgeben zu müssen. »Nimm ihm die Fesseln ab«, befiehlt er Angelito. »Ich will nicht, dass unser Bräutigam sich vor Angst noch in seinen Zehntausend-Dollar-Anzug pinkelt.«

Angelito löst Jeremys Fesseln, und der springt sofort auf und stolpert hektisch zur Tür. »Danke! Danke!«, stottert er atemlos. Allerdings ist damit nicht Phil gemeint, sondern Louis Burns. »Ich sage kein Sterbenswort, versprochen.«

Für unseren Partner hat Jeremy nur ein »Sorry« und »Dumm gelaufen« übrig. Und dann ist der feige Bräutigam auch schon verschwunden.

»Was für ein Milchbubi. Bringt es nicht mal fertig, sich angemessen bei Ihnen dafür zu bedanken, dass Sie Ihr Leben für ihn riskiert haben«, kommentiert Burns den Abgang des Bräutigams. »Wenn Sie mich fragen, dann liegt das in den Genen. Die ganze Familie ist ein verkommener Haufen. Der Sohn ein rückgratloser Schnösel, die Mutter eine niederträchtige Kriminelle.«

»Sagt ein Mörder und Drogenhändler«, wirft Phil ein, wofür Angelito ihm gleich noch einen Schlag mit der Sig Sauer verpassen will. Aber Samtpfote gebietet seinem Gehilfen Einhalt.

»Glauben Sie mir, Mister Müller, ich lasse schon seit vielen Jahren nichts unversucht, um endlich in der Legalität anzukommen. Aus dem kleinen Jungen, der sich auf den Straßen von Monterrey durchschlagen musste, ist nicht nur ein erfolgreicher Geschäftsmann, sondern auch ein verantwortungsvoller Bürger geworden. Einer, der der Gesellschaft gerne etwas zurückgeben möchte.«

»Mir kommen gleich die Tränen«, sagt Phil.

Burns nickt Angelito zu, und der lässt nun doch noch einmal den Pistolengriff gegen Phils Dickschädel krachen.

»Ich habe mich nicht darum gerissen, bei dieser Hochzeit aufzukreuzen. Viel lieber wäre ich in den Vereinigten Staaten, um dort meine Expansionspläne voranzutreiben. Aber leider sind wir alle Opfer von Romy Davis' Habgier geworden. Der NE-Invest ist nichts anderes als ein riesiges Ponzi-System …«

»Hab ich es doch gewusst«, zischt Rufus.

»Das hast du eben schon mal gesagt«, erwidere ich.

»Hat ja auch eben schon gestimmt«, sagt mein Bruder.

Ich will mir gar nicht vorstellen, wie sehr es an seinem Ego kratzt, sich in Samtpfote geirrt zu haben.

»Ausgerechnet ich gerate an eine Kriminelle!«, ereifert sich Burns. »Das muss man sich mal vorstellen! Ich hatte es in meinem Leben mit den skrupellosesten Typen zu tun, bin den besten Polizisten der Welt durchs Netz gegangen und habe bis heute nicht eine einzige Kugel abbekommen. Und dann falle ich ausgerechnet auf Romy Davis herein. Wäre es nicht so traurig, könnte man darüber lachen.« Er zuckt mit den Schultern. »Aber gut, wieder was gelernt. Und Sie werden heute auch etwas lernen, Mister Müller. Nämlich sich nicht in meine Angelegenheiten zu mischen. Hat mich gefreut, mit Ihnen zu plaudern, aber jetzt muss ich mich verabschieden. Und auch Sie werden sich verabschieden. Aus Ihrem Leben.« Er nickt Angelito zu. »Du regelst das.«

»Was mache ich mit den beiden?«, fragt Samtpfotes Ausputzer und deutet auf Rufus und mich.

»Lass dir was einfallen«, erwidert Burns. »Ich könnte mir vorstellen, dass Mister Müller beim Sterben gern Gesellschaft hätte.«

»Verstanden«, sagt Angelito.

Im nächsten Moment hat er Rufus und mich mit Panzerband umwickelt. Er stellt uns Rücken an Rücken und lässt das Band noch einige Male um uns kreisen. Danach sehen wir aus wie ein politisch extrem unkorrektes Weihnachtsgeschenk.

Phil wird geknebelt, dann kriegt er einen vierten und den zugleich härtesten Schlag mit dem Pistolengriff verpasst. Diesmal sackt unser Partner ohnmächtig in sich zusammen.

39

Bevor wir gemeinsam mit Phil in einen schwarzen Sack gestopft werden, klebt Angelito Rufus und mir noch rasch die Schnauzen mit Panzertape zu. Das ist besonders unangenehm, weil Erdmännchen nicht nur empfindliche Nasen haben, sondern noch empfindlichere Tasthaare. Es wird also ganz schön wehtun, sich das klebrige Zeug wieder von der Schnauze zu knibbeln. Aber vielleicht kommt es dazu ja gar nicht mehr, weil wir vorher den Löffel abgeben.

Wir landen also in dieser übergroßen Plastiktüte, direkt neben Phils Füßen. Angelito hat unserem Partner die Knöchel mit Panzertape bandagiert. Samtpfotes Killer scheint eine besondere Beziehung zu diesem Klebeband zu haben. Vielleicht macht er den Job nur, weil er so gern Leute verpackt.

Der Sack besteht aus robustem Plastik. Die Außenhülle ist so dick, dass Geräusche nur dumpf ins Innere dringen. Es schaukelt, wir werden mitsamt unserer Verpackung hochgehoben, dann wieder sanftes Schaukeln, was wohl bedeutet, dass die Männer, die Angelito eben hat kommen lassen, uns wegtragen.

Rufus, der stumm und bewegungsunfähig an meinem Rücken klebt, will mit der Krallenspitze eines seiner Gimmicks aus dem Klettgurt fischen, aber es gelingt ihm nicht.

Als ich mein Glück versuche, erwische ich immerhin die

Mini-LED-Lampe. Leider bekomme ich sie nicht ganz zu fassen, und das Ding fällt mir runter. Halb so wild, gegen unsere Fesseln hätte ich mit der Lampe sowieso nichts ausrichten können.

Immerhin habe ich mit meiner Aktion Rufus auf eine Idee gebracht, denn der versucht nun, seine Hüften kreisen zu lassen. Das ist leichter gesagt als getan, weil das Panzertape so eng sitzt wie eine zweite Haut. Rufus' Hüftkreisen erschöpft sich deshalb darin, dass er seinen Hintern an meinem reibt. Trotzdem führen seine Verrenkungen dazu, dass sich der Klettgurt Millimeter für Millimeter um seine Hüfte dreht, bis das nächste Gimmick für mich in Reichweite rutscht. Ich greife zu. Ein Laserpointer, leider ebenso nutzlos wie die Taschenlampe. Auch ihn lasse ich gleich wieder fallen, während Rufus sich weiter mit Micro-Twerking abmüht, um das nächste Gimmick in Position zu bringen. Neuer Versuch.

Diesmal erwische ich das Minitaschenmesser. Jackpot – zumindest theoretisch, denn jetzt muss es mir noch gelingen, die Klinge zu öffnen. Was bei dieser ewigen Schaukelei echt schwierig ist. Aber dann hört das Schaukeln auf, und ich beginne, vorsichtig unser Panzertape-Korsett zu durchschneiden. Weit komme ich nicht, denn plötzlich schlagen wir hart auf, und das Messer rutscht mir aus der Kralle. Fühlt sich an, als hätten die Träger den Sack achtlos auf den Boden gepfeffert.

Durch die Wucht des Aufpralls werden Rufus und ich herumgeschleudert. Zum Glück reißt dabei das gerade von mir angeschnittene Panzertape, und wir sind nun wenigstens nicht mehr Rücken an Rücken gefesselt.

Da wir außerdem unsere Krallen minimal bewegen können, ist der Rest ein Kinderspiel. Ich durchschneide Rufus' Fesseln, er die meinen, und dann knibbeln wir uns vorsichtig das klebrige Tape von den Schnauzen.

»Hast du eine Ahnung, was die mit uns vorhaben?«, frage ich.

»Du hast doch gehört, was Samtpfote zu Angelito gesagt hat«, antwortet Rufus. »Dass er sich was einfallen lassen soll.«

Das Tape ziept wie Sau an den Tasthaaren. »Und das wäre?«

Mein Bruder zuckt mit seinen nicht vorhandenen Schultern. »Keine Ahnung, aber wenn man einem mehrfachen Mörder sagt, dass er sich was einfallen lassen soll, dann kann das eigentlich nur heißen, dass er uns umlegen soll, fantasievoll vielleicht, aber trotzdem umlegen. In dem Moment, als wir wussten, wer Samtpfote ist, haben wir unser Todesurteil unterschrieben. Angelito kann uns gar nicht am Leben lassen.«

Wieder wird der Sack bewegt, wieder folgt eine harte Landung.

»Warum werfen die uns immer auf den Boden?«, ächze ich.

»Ich glaube, diesmal haben sie uns auf die Ladefläche eines Transporters gepackt«, sagt Rufus. »Die bringen uns weg.«

Tatsächlich wird ein Motor gestartet, und wir setzen uns ruckelnd in Bewegung.

»Ich werde mal schauen, wo wir sind«, sage ich und schicke mich an, ein Loch in den Sack zu stechen, halte aber inne, weil die gedämpfte Stimme eines Mannes zu hören ist. Er spricht Spanisch. Ein anderer Mann antwortet ihm. Könnte Angelito sein.

Dann ist das kreischende Geräusch von Metall zu hören, das über Metall schabt. Wieder wird der Sack bewegt. Diesmal rollt ihn jemand hin und her, und mit jeder Bewegung wird es enger für uns. Der Sack wird in Panzertape eingepackt, vermute ich mal, und obendrein mit Seilen verschnürt.

»Wenn wir Glück haben, dann werden wir in diesem Leichensack lebendig begraben«, sagt Rufus.

»Wir sind in einem Leichensack? Ist ja abgefahren. Aber warum sollten sie so blöd sein, uns einzubuddeln? Das wäre so, als würde man versuchen, Fische zu ertränken.«

»Vielleicht wissen sie nicht, wie gut wir im Buddeln sind«, erwidert Rufus. »Oder sie halten uns für blöd. Oder sie denken, dass wir es niemals schaffen, das Panzertape loszuwerden.«

Der Wagen hält. Türenknallen.

Wir werden erneut angehoben und kurz danach wieder abgelegt.

»Verdammt«, sagt Rufus.

»Was ist denn?«

»Hörst du das?«

»Meeresrauschen?«, tippe ich.

»Die wollen uns nicht verbuddeln, die wollen uns ertränken.«

»Die wollen … was?«

»Es passt alles zusammen«, erklärt Rufus. »Sie haben uns mit dem Transporter die Steilküste hochgefahren. Das metallene Geräusch war ein Gewicht, das sie an unserem Sack befestigt haben. Wenn meine Vermutung stimmt, dann liegen wir jetzt am Rand eines Felsens an der Steilküste. Gleich wird jemand das Gewicht über die Klippe schieben, und es wird unseren Sack bis hinunter auf den Meeresboden befördern und dort festhalten.«

»Klingt gruselig«, sage ich. »Ich hoffe, du irrst dich.«

»Diesmal hoffe ich das auch«, versichert Rufus.

Wir hören ein gedämpftes »Vamos«.

Jemand zerrt ruckartig an unserem Sack, wieder und wieder. Plötzlich fühle ich mich für einen Moment schwerelos.

Dann geht es ab in die Tiefe.

40

Es gibt eine gute und eine schlechte Nachricht. Die gute zuerst. Statt an einem Felsvorsprung zu zerbröseln, landen wir direkt im Wasser. Die schlechte Nachricht lautet, dass es uns nichts bringt, den Sturz von der Klippe überlebt zu haben. Unser Sack sinkt wie ein Stein. Wir sind im Arsch.

Rufus meint, dass wir entweder ersticken oder ertrinken werden, was, medizinisch gesehen, das Gleiche sei. In jedem Fall bleiben uns nur ein paar Minuten, max.

»Wie viele?«, will ich wissen.

»Etwa so viele, wie du zählen kannst.«

»Siehst du, manchmal ist es gar nicht nötig, dass man weiter zählen kann als bis sechs.«

Findet Rufus nur bedingt witzig. Unsere Optionen seien sehr begrenzt, meint er. Übersetzt heißt das: Wie wir es auch drehen und wenden, am Ende bleibt uns die Luft weg. Wir können entweder auf diesen Moment warten, oder wir können die Sache beschleunigen, indem wir den Sack mit unseren Krallen zerschneiden und dann sofort ertrinken. Aber selbst wenn Rufus und ich es wie durch ein Wunder irgendwie an die Oberfläche schaffen, wäre es das Todesurteil für Phil, weil der immer noch bewusstlos ist.

»Wir beide sind nicht stark genug, um ihn nach oben zu schleppen«, spricht Rufus es laut aus. »Und selbst wenn er bei Bewusstsein wäre«, überlegt er weiter, »könnten wir zwar seine Beinfesseln durchschneiden, aber ob er es mit Handschellen an die Oberfläche schafft, ist mehr als fraglich.«

»Streng dich an, Rufus«, sage ich. »Wenn hier einem eine Lösung einfällt, dann nicht mir.«

»Jetzt könnten wir gut die Mini-Taucherausrüstung gebrauchen, die auf meiner Wunschliste für Mary Montgomery stand«, sagt mein genialer Bruder. »Damit würde einer von uns das Seil zerschneiden, das uns hier festhält.«

»Und dann?«, frage ich.

»Und dann würden wir an die Oberfläche schweben, bevor Phil den Löffel abgibt.«

»Hast du nicht eben gesagt, wir sind nicht stark genug, um ihn nach oben zu schleppen?«

»Hab ich«, bestätigt mein Bruder. »Aber wenn wir dieses Halteseil durchtrennen könnten, dann würde die Physik das für uns erledigen. Die Luft in diesem Sack ist leichter als Wasser, deshalb drängt sie an die Oberfläche. Der Auftrieb, den sie erzeugt, würde ausreichen, um uns wie von selbst nach oben schweben zu lassen. Und zwar mit Phil. Deshalb haben Angelitos Leute uns das Gewicht an den Sack gebunden.«

»Okay, eine Sache dazu«, sage ich.

»Bin gespannt«, erwidert mein Bruder.

»Angenommen, es gäbe diese Mini-Taucherausrüstung, und Angelito hätte uns erlaubt, sie mitzunehmen, wäre es dann nicht nötig, dass einer von uns diesen Sack verlässt, um das Seil durchzuschneiden?«, frage ich.

Rufus überlegt, dann nickt er.

»Und würde sich der Sack dann nicht augenblicklich mit Wasser füllen und wir trotzdem alle absaufen?«

»Die Sache mit dem Seil müsste sehr schnell gehen«, sagt Rufus.

»Aber könnte der Sack nicht reißen, wenn man ein Loch reinschneidet?«, hake ich nach.

Wieder überlegt Rufus. »Guter Punkt. Wäre möglich. Wie kommst du darauf?«

»Hab mal ein Schwimmbecken platzen sehen«, sage ich. »Und mir gedacht, dass ein Loch hier unten einen ähnlichen Effekt haben könnte. Nur andersherum.«

Mein Bruder nickt anerkennend. »Falls wir das hier überleben, Ray, dann solltest du endlich damit anfangen, an deinem Potenzial zu arbeiten. Es ist wirklich eine Schande, wie du es verschleuderst.«

»Lenk nicht ab«, sage ich. »Gib lieber zu, dass ich gerade deine Theorie widerlegt habe.«

»Ist noch nicht raus«, sagt Rufus. »Aber du hast mich auf eine Idee gebracht.«

»Dann hat sich der Aufwand gelohnt«, sage ich. »Wie lautet dein Plan?«

»Wir könnten den Sack an der tiefsten Stelle mit Panzertape bekleben. Es würde verhindern, dass die Plastikhülle reißt, wenn man sie durchlöchert.«

»Durch das Loch würde aber Wasser eindringen«, gebe ich zu bedenken.

»Nicht sehr viel«, sagt Rufus. »Hat auch mit Physik zu tun, erkläre ich dir gern später.«

»Okay, wir pieksen ein Loch in die Hülle. Und dann?«

»Versuchst du, mit dem Messer das Halteseil zu durchtrennen.«

»Moment, ich soll meinen Vorderlauf mitsamt Taschenmesser durch dieses Loch schieben?«

»Korrekt.«

»Aber ich habe nicht die geringste Ahnung, was sich da draußen befindet.«

»Ebenfalls korrekt.«

»Und wer sagt mir, dass ich wirklich das Seil erwische und nicht beispielsweise die Schwanzflosse von irgendeinem Killerhai?«

»Was denn für ein Killerhai?«, fragt Rufus.

»Keine Ahnung. Aber mein Vorderlauf hängt irgendwo im Meer herum und ist ein prima Snack für jeden Raubfisch, der zufällig vorbeikommt.«

»Es gibt hier keine Killerhaie«, sagt Rufus. »Und auch keine Raubfische, die Interesse an deinem Vorderlauf haben könnten. Außerdem ist es unsere einzige Chance. Wenn du es nicht schaffst, uns freizubekommen, dann muss nicht nur dein Vorderlauf dran glauben.«

Ich starre ins Dunkel. »Falls ich es schaffe, rauschen wir nach oben und retten damit Phil. Da bist du dir sicher.«

»Bin ich«, sagt Rufus. »Hab meinen Sohn nicht umsonst nach dem Mann benannt, der das Prinzip entdeckt hat.«

»Archi?«

»Der Gelehrte hieß Archimedes. Ich weiß nicht, ob sie ihn damals auch schon Archi genannt haben.«

»Okay. Kleb den Sack ab«, sage ich. »Ich suche das Messer.«

Kurz darauf schiebe ich vorsichtig meinen Vorderlauf durch das Stück Panzertape, in das ich gerade ein kleines Loch gestochen habe, nicht größer als der Umfang meines Vorderlaufs. Immerhin stimmt Rufus' Theorie bis hierhin. Dank des Panzertapes reißt die Außenhülle nicht ein.

Es kostet mich Überwindung, nicht daran zu denken, dass auf der anderen Seite scharfe Zähne darauf warten könnten, mir meine Pfote abzubeißen.

»Bist du wirklich sicher, dass es hier keine Fische gibt, die es auf mich abgesehen haben?«, frage ich und spüre, dass das Wasser zwar kühl ist, aber längst nicht so kalt, wie ich es mir vorgestellt habe.

»Wir sind in unmittelbarer Küstennähe«, antwortet Rufus. »Haie gibt es nur weiter draußen.«

»Haie!? Ich denke, hier gibt es keine Haie!«

»Sag ich doch«, erwidert Rufus. »Da würde ich mir eher um Barrakudas oder Muränen Gedanken machen. Oder um Stachelmakrelen. Oder um Skorpionfische. Oder meinetwegen um …«

»Halt bloß die Klappe«, unterbreche ich ihn. »Ich muss mich konzentrieren. Und das kann ich nicht, wenn du sämtliche Fische aufzählst, die mir den Vorderlauf abbeißen könnten.«

Ich taste mich an der Außenhaut entlang auf der Suche nach dem Halteseil, bis ich tatsächlich einen Widerstand spüre. Um die Stelle mit der Messerklinge zu erreichen, muss ich mich strecken, weshalb oberhalb meiner Schulter etwas Wasser eintritt.

Rufus ist sofort zur Stelle und beginnt, das Leck mit noch mehr Panzerband abzudichten.

»Hast du das Seil gefunden?«, fragt er.

»Ich weiß nicht. Hier ist zwar was, aber es fühlt sich viel härter an. Ich hoffe nur, mir bricht jetzt nicht die Klinge ab.«

Am anderen Ende des Sacks ist ein Räuspern zu hören. Dann fragt Phil: »Kann mal jemand das Licht anmachen?«

»Gibt kein Licht«, sagt Rufus. »Meine Taschenlampe müsste aber irgendwo hier herumliegen.«

»Wo bin ich?«, fragt Phil mit matter Stimme.

»Wird dir nicht gefallen«, antworte ich und konzentriere mich darauf, das Messer nicht zu verlieren.

»Immer raus damit«, bringt Phil mühsam hervor.

»In einem Leichensack auf dem Grund des Mittelmeeres. Die haben uns von einem Felsen ins Meer geworfen«, erklärt Rufus.

Schweigen. Phil scheint darüber nachzudenken, was Rufus ihm gerade gesagt hat.

Ich säble vorsichtig weiter, voller Sorge um meinen Vorderlauf und davor, dass jeden Moment die Klinge abbrechen könnte. »Das kann kein Seil sein, Rufus. Das fühlt sich an wie Granit.«

»Mach weiter«, sagt er. »Ein Seil unter Spannung kann steinhart werden. Das muss nichts heißen. Die Hauptsache ist …«

Rufus kommt nicht dazu, mir zu erklären, was die Hauptsache ist, denn in diesem Moment geht ein Ruck durch den Sack, und mein Bruder purzelt über Phils Füße.

»Was ist denn jetzt schon wieder los?«, fragt Phil.

Trudelnd und schlingernd schweben wir nach oben. Ich kann spüren, wie das Wasser an meinem Vorderlauf vorbeiströmt.

»Ich glaube, wir haben es geschafft«, sage ich atemlos und öffne die Klaue, um meine Rückkehr ins Leben zu begrüßen … Ups, denke ich. Da war ja noch das Messer drin. – Egal.

Im Vergleich zum Hinweg ist der Rückweg ein kurzes Vergnügen. Als die Ballonfahrt endet, bin ich beinahe enttäuscht. Andererseits fühlt es sich verdammt gut an, am Leben zu sein. Ich höre das dumpfe Poltern der Brandung und spüre, wie der Seewind mein nasses Fell streichelt.

»Leichensack?«, fragt Phil. »Hast du gerade ›Leichensack‹ gesagt?«

»Er braucht dringend frische Luft«, befindet Rufus.

41

Phil ist zwar wieder unter den Lebenden, aber der Sauerstoffmangel hat ihn vorübergehend auf das geistige Level von Rocky zurückgeworfen.

»Gib mir mal schnell das Taschenmesser«, sagt Rufus.

Bedauernd ziehe ich die Schultern hoch. »Sorry, aber …«

»Du hast es verloren?«, fragt er.

»Yep«, antworte ich und mache mich auf einen Tadel gefasst.

Zu meiner Überraschung winkt Rufus ab. »Wen juckt's? Dann schlitzen wir den Sack eben mit unseren Klauen auf.«

»Wen juckt's?«, wiederhole ich perplex. »Es macht dir nichts aus, dass ich dein Taschenmesser verloren habe?«

»Doch, aber ich krieg hoffentlich ein neues.«

»Aber nicht von mir.«

»Nein. Von Interpol. Mag ja sein, dass sie uns keine Mini-Taucheranzüge besorgen können, aber ein Taschenmesser wird Montgomery wohl noch auftreiben. Vielleicht springt sogar ein besseres für mich dabei heraus.«

»Könnt ihr mal mit dem Quatschen aufhören und mich losbinden?«, kommt es dumpf vom anderen Ende des Sacks. »Und mir sagen, wo wir sind und warum wir dauernd auf und ab schaukeln?« Jetzt hört er sich so brummig an, als wäre er schon wieder der Alte.

»Würde mich auch interessieren«, sagt Rufus, während ich mich um Phils Fußfesseln kümmere.

Wenig später haben wir uns aus dem Sack befreit, und Phil ist das Panzertape los. Weil er immer noch die Handschellen trägt, muss er ebenso strampeln wie wir, um den Kopf über Wasser zu halten. Rufus strengt sich besonders an, weil er den zerschnittenen Sack hinter sich herschleppt.

»Warum lässt du das Ding nicht einfach los?«, frage ich.

»Schwimmt im Meer denn nicht schon genug Plastik?«, erwidert mein Bruder und prustet entrüstet.

Zum Glück ist das rettende Ufer nicht weit. Die Klippe, von der Angelitos Männer uns gestürzt haben, liegt an jenem Teil der Steilküste, die man von Romys Anwesen aus sehen kann. Es gibt da oben einen Parkplatz. Leicht zu erkennen, weil es aussieht, als hätte die Küste an dieser Stelle kreisrunden Haarausfall.

In der Ferne sind die Lichter der Hochzeitsfeier zu sehen. Ob das Konzert schon begonnen hat? Rufus und mich durchzuckt der gleiche bange Gedanke. Zum Glück hören wir einen Song von Ed Sheeran übers Meer schwappen.

»Er ist also noch nicht da«, murmelt Rufus zufrieden.

»Wo bleibt ihr denn?«, ruft Phil, der schon fast bei der kleinen Bucht angelangt ist, die vor uns im Halbdunkel liegt. Sie wird zu beiden Seiten von Felswänden eingerahmt. Sieht aus, als wäre sie nur vom Wasser aus zu erreichen.

Ich überlege, ob wir die steile Felswand hochklettern können, und lasse meinen Blick hinaufwandern, als mir ganz oben ein Licht auffällt.

Ein blaues Licht.

Rufus bemerkt es ebenfalls.

»Montgomery«, sagen wir beide wie aus einem Mund.

»Logisch«, fügt Rufus hinzu. »Sie ist dem Sender gefolgt, den wir Angelito verpasst haben, und jetzt glaubt sie, dass ihr Samtpfote ins Netz gegangen ist.«

»Was macht ihr denn da?«, ruft Phil, der es bereits ans Ufer geschafft hat, wo er im seichten Wasser kniet und mich an einen Schiffbrüchigen erinnert.

»Montgomery!«, rufe ich, so laut ich kann, um die Brandung zu übertönen, und zeige nach oben.

Phil schaut hoch, dann springt er auf. »Das ist Montgomery! Beeilt euch! Wir müssen da hoch und ihr sagen, dass sie den Falschen erwischt hat.«

»Beruhigend«, sagt Rufus. »Sein Gehirn funktioniert wieder tadellos.«

Während wir uns durch die Wellen in Richtung Ufer kämpfen, brüllt Phil wieder und wieder Montgomerys Namen die Felswand hinauf.

Zuerst vergeblich, doch dann geschieht tatsächlich das Wunder. Mary Montgomery erscheint am Rand der Klippe, begleitet von zwei Uniformierten, die ihr mit Taschenlampen den Weg leuchten.

»Hier!«, ruft Phil. »Wir sind hier unten!«

Sie reagiert nicht. Steht nur da im Schein der Taschenlampen und blickt aufs Meer hinaus, wo das Abendrot verglüht. Sieht aus, als würde sie auf etwas warten. Vielleicht hat sie aber auch das Gefühl, dass etwas nicht stimmt.

»Hier! Hier unten!«, brüllt Phil, aber die Brandung verschluckt auch diesen verzweifelten Hilferuf.

Montgomery nimmt noch einen tiefen Zug Seeluft, was von hier unten wie ein langer Seufzer aussieht, dann dreht sie sich um und verschwindet aus unserem Blickfeld.

Während das Licht der Taschenlampen langsam schwächer wird, muss auch Phil einsehen, dass es keinen Sinn hat, sich noch länger die Seele aus dem Leib zu brüllen.

Suchend sieht er sich um und legt die Hände dann so um einen Felsen, dass die Handschellenkette sich darüberspannt. »Schnell! Besorgt einen Stein! Wir müssen da hoch.«

»Das kannst du vergessen«, sagt Rufus. »Wir beide können unmöglich einen Stein heben, der groß genug ist, um diese Kette zu sprengen.«

»Versucht es wenigstens«, bittet Phil.

»Könnte für deine Hände aber übel ausgehen«, gebe ich zu bedenken.

»Versucht es trotzdem«, beharrt Phil. »Ich will nicht, dass diese Typen davonkommen.« Er schaut mich an, und ich bemerke den eigentümlichen Gesichtsausdruck, den ich bei ihm schon früher in ähnlichen Situationen gesehen habe. Ich weiß, was das bedeutet. »Ab hier wird's persönlich, richtig?«

»Dieser Würstchenverkäufer und seine Abrissbirne wollten uns ertränken«, antwortet Phil. »Ab hier wird es definitiv persönlich.«

Kann man schlecht gegenargumentieren, finde ich, also suchen Rufus und ich den größten Stein, den wir finden und hochheben können, schleppen ihn zu Phil, wuchten den Klotz über unsere Köpfe und lassen ihn mit einem Stoßgebet auf die Handschellenkette niedersausen. Die zerbricht tatsächlich, und mit einem Ruck kann Phil die Hände auseinanderreißen.

»Na bitte!«, ruft er, überzeugt sich aber sicherheitshalber doch davon, dass seine Finger noch dran sind. Wie durch ein Wunder haben seine Hände keinen Kratzer abgekriegt.

Als er in einer Geschwindigkeit, die ich ihm gar nicht zugetraut hätte, den Felsen erklimmt, um Montgomery vielleicht doch noch zu erwischen, haben Rufus und ich Mühe, mit seinem Tempo mitzuhalten. Offenbar nimmt er die Sache diesmal besonders persönlich.

Wir verpassen Montgomery um Haaresbreite. Als wir den Parkplatz erreichen, rollen die Einsatzwagen der hiesigen Polizei auf die Küstenstraße. Die Schweinwerfer entfernen sich in Richtung Nizza. In genau der entgegengesetzten Richtung findet die Hochzeit statt.

Phil schaut zuerst der Polizeikolonne hinterher, dann wandert sein Blick zu Romy Davis' Anwesen, wo in diesem Moment ein Schiff ablegt: die Jacht von Louis Burns.

»Die Ratten verlassen das sinkende Schiff«, kommentiert Phil.

»Stimmt in diesem Fall nicht ganz«, widerspricht Rufus. »Weil die Ratten ja eigentlich das Schiff zur Flucht nutzen. Sie verlassen es also nicht, sondern … ähm …« Er merkt selbst, dass das gerade nichts zur Sache tut, und verstummt.

Phil hat ihm sowieso nicht zugehört. »Wir müssen zurück zur Party«, entscheidet er und läuft zu dem Transporter, der einsam und verlassen auf dem Parkplatz steht.

»Der gehört bestimmt Angelito und seinen Leuten. Damit haben sie uns herbefördert«, sagt Rufus.

»Bestens«, erwidert Phil und schlägt das Seitenfenster ein. Er setzt sich hinters Steuer und beginnt, die Verkleidung herauszureißen und den Wagen kurzzuschließen.

»Manchmal liegt der Schlüssel auch auf einem der Reifen«, gibt mein Bruder zu bedenken.

Der Motor heult auf.

»Einsteigen«, sagt Phil. »Jetzt drehen wir mal den Spieß um und stecken die Katze in den Sack.«

42

Das Eingangstor ist unbewacht. Angelitos Männer scheinen ihren Job erledigt und dann ebenso wie ihr Boss das Weite gesucht zu haben. Trifft sich gut, denn Phil hat sowieso nicht vor, sich anzumelden. Als der Transporter durch das Tor kracht, werden Rufus und ich gegen die Windschutzscheibe geschleudert, wo wir kurz kleben bleiben, bevor Phil eine Vollbremsung hinlegt. Während Rufus und ich quietschend aufs Armaturenbrett rutschen, sprintet Phil bereits die Einfahrt hoch.

Wir treffen ihn am Haupthaus, wo er seinen Blick suchend über die Hochzeitsgesellschaft wandern lässt. Der Garten wird von stylishen Fackeln beleuchtet, die Party ist in vollem Gange. Während wir auf dem Meeresgrund lagen und kurz davor waren, den Löffel abzugeben, haben die Hochzeitsgäste es sich gut gehen lassen und ein weiteres Buffet abgegrast. Jetzt fließen Champagner, Wein und Longdrinks in Strömen, im Pool wird gelacht und geplanscht, am Strand außerdem noch getanzt. Die Anwesenden warten auf den musikalischen Höhepunkt, und die Musik vom Band schürt die Vorfreude auf das Event. Gerade läuft nämlich *Sweet Creature*.

Phil hat gefunden, wonach er sucht. »Da ist er ja.« Er meint Günther Rauch, den Bohnenkönig.

Der unterhält sich gerade angeregt mit Anita, während

deren Traummann Lovis an seinem Cocktail nippt und dabei Coco anschmachtet. Natürlich komplett erfolglos. Er perlt an ihr ab wie ein Tropfen am Stiel eines Champagnerglases.

»Ich müsste mir mal Ihr Rennboot ausleihen«, sagt Phil zu Rauch. »Dauert nicht lange.«

Der Bohnenkönig muss lachen. »Haben Sie getrunken, Herr Müller?«

»Bin so nüchtern wie selten«, antwortet Phil. »Den Schlüssel, bitte.«

Rauch wirft einen Seitenblick zu Anita und wittert die Chance, seiner Lieblingsbeschäftigung nachzugehen: posen, bis das Publikum um Gnade winselt.

»Was denken Sie sich nur, Herr Müller? Dieses Boot ist ein Unikat.« Er lacht herablassend. »Hat mich zwei Millionen gekostet, das gute Stück. Dollar. Hab es auf der Bootsmesse in Miami ersteigert.« Er wirft einen heischenden Blick zu Anita, die tatsächlich beeindruckt wirkt. »Davon ganz abgesehen: Können Sie mit so einem Boliden überhaupt umgehen? Das ist eines der schnellsten Boote der Welt.«

»Bestens«, erwidert Phil unbeeindruckt. »Genau so eins brauche ich. Den Schlüssel. Bitte.«

Rauch schüttelt energisch den Kopf. »Ganz sicher nicht.«

»Ich kann das Ding auch kurzschließen, wenn Sie wollen. Aber dann muss ich die Verkleidung kaputt machen«, sagt Phil.

Jetzt wird der Bohnenkönig sauer. »Was glauben Sie eigentlich, wer Sie sind?«

Das sagt der Richtige, denke ich.

Phil beugt sich über ihn, jetzt wird's persönlich. »Ich hab keine Zeit für dieses Spielchen«, sagt er. »Und Sie auch nicht.

Ich bin Ihre letzte Chance, wenigstens ein bisschen von dem Geld zu retten, das Sie heute verloren haben.«

Erschrockenes Schweigen. Rauch und Anita tauschen verdutzte Blicke.

Schnell zieht der Bohnenkönig den Schlüssel aus der Tasche und hält ihn Phil hin. »Woher wissen Sie das mit dem Geld?«

Phil schnappt sich den Schlüssel. »Erkläre ich Ihnen später.«

»Passen Sie auf mit dem …«, ruft Rauch ihm hinterher, aber Phil hört nicht, womit er aufpassen soll. Er ist bereits auf dem Weg zum Pier.

Rauchs schwarz-gelber Riesenstachel hat fünf Sitze. Rufus und ich teilen uns den Beifahrersitz. Hier gibt es ähnlich viele Knöpfe wie auf der Fahrerseite und ebenfalls ein großes Display, einen Tacho und einen Drehzahlmesser. Allerdings fehlen das Steuer und der Schubregler.

»Der Co-Piloten-Sitz«, erklärt Rufus. »Von hier aus kann man dem Bootsführer assistieren.«

Phil startet die Motoren. Er gibt vorsichtig Gas und schlängelt sich durch die in der Bucht liegenden Jachten, um aufs offene Meer zu gelangen.

»Mal sehen, ob das GPS uns verrät, wie viel Vorsprung Samtpfötchen hat«, sagt Rufus und schaltet das Display ein. Es befindet sich unmittelbar vor uns und würde sich von der Größe her auch prima für einen schönen Kinoabend eignen. War jedenfalls klar, dass mein Bruder es nicht lassen kann, an den Knöpfen herumzufummeln. Wenn es um technischen Kram geht, dann hat Rufus die Geduld eines Hais im Blutrausch.

Bevor mein Bruder alle Knöpfe ausprobiert hat, liegt die

Bucht hinter und die offene See vor uns. Der Mond hat das Meer in silbriges Licht getaucht. Der Himmel ist sternenklar, die Sicht gut. Phil kann Gas geben. Und das tut er auch. Der Riesenstachel sticht in See.

Rufus wird in den Sitz zurückgeworfen, und dann drückt uns die Beschleunigung sanft, aber bestimmt in das butterweiche Premiumleder der Sitze.

Erstaunlicherweise wird das Knurren der Motoren mit zunehmender Geschwindigkeit nicht lauter. Es verwandelt sich nur in ein Sirren, das von einem angenehmen Wasserrauschen begleitet wird. Die Rennpropeller ziehen nämlich eine meterhohe Wasserfontäne hinter sich her. Nennt sich »rooster tail«, meint Rufus, und heißt übersetzt Hahnenschwanz. Sieht auch ein bisschen so aus. Was mein Bruder so alles weiß.

»Nicht schlecht, oder?«, ruft Phil. »Ich hätte nicht gedacht, dass man für zwei lumpige Millionen so ein hübsches Spielzeug kriegt.«

»Er hat höchstens eine dafür bezahlt«, sagt Rufus. »Das hier ist nicht mal die Premiumversion. Die beiden V8-Motoren leisten zusammen nur knapp dreitausend PS …«

»Was? Das ist ja fast peinlich!«, ruft Phil. Breit grinsend genießt er den Fahrtwind.

»Allerdings«, stimmt Rufus ihm zu. »Deshalb schafft unser Modell auch keine zweihundert Sachen, während das Premiummodell es auf locker zweihundertzwanzig bringt.«

»Ist jedenfalls mal wieder typisch für Günther Rauch«, sagt Phil. »Nimmt die Klappe immer zu voll. Von wegen zwei Millionen und schnellstes Boot der Welt.«

»Na ja«, sagt Rufus. »Langsam ist es nun auch wieder nicht.«

»Jetzt wüsste ich nur noch gerne, in welche Richtung wir müssen«, sagt Phil.

»Kurs Südsüdwest«, erwidert Rufus prompt. »Das meint zumindest unser GPS.«

Phil wirft einen prüfenden Blick auf den Bildschirm.

»Der kleine Punkt unten links«, fügt Rufus hinzu.

»Ach da. Interessant«, sagt Phil. »Was hat er vor? Will er etwa auf die Balearen?«

»Vielleicht wartet da ein Flugzeug auf ihn«, antwortet mein Bruder. »Oder er will nach Marokko. Oder nach Gibraltar. Oder nach Algerien.«

»Egal. Was auch immer er im Schilde führt, er wird seine Pläne ändern müssen.« Phil korrigiert den Kurs unseres Bootes, und auf dem Display folgt nun unser Punkt dem von Samtpfotes Jacht.

»Ich schätze, dass er uns drei bis sieben Seemeilen voraus ist«, überlegt Rufus. »Da er nicht damit rechnet, verfolgt zu werden, lässt er es bestimmt gemächlich angehen. Sagen wir mal, er macht zehn Knoten. Wir hingegen fahren mit Höchstgeschwindigkeit und schaffen somit einhundertfünf Knoten. Bedenkt man zudem, dass der Mond scheint und die Sicht gut ist, dann dürfte es …«

»Ich glaube, ich kann die Positionslichter sehen«, unterbricht Phil.

»… jeden Moment so weit sein, dass wir die Positionslichter sehen können«, bringt Rufus den Satz zu Ende.

»Holen wir uns das Kätzchen.« Phil nimmt Kurs auf die Lichter, als würde er sie aufspießen wollen.

»Glaubst du wirklich, dass es so einfach ist?«, frage ich. »Samtpfote hat doch bestimmt einen Plan B, oder?«

»Es gehört zu seinem Erfolgsrezept, dass er unerkannt

bleibt«, erwidert Phil. »Ich wette, er ist allein mit seiner Frau auf dieser Jacht unterwegs und hat nicht mal eine Waffe an Bord, weil er sich als harmloser Tourist ausgibt. Denkt dran, er liebt perfekte Tarnungen. Deshalb sind wir auf ihn reingefallen und haben den Falschen getrackt.«

Wir sehen, wie sich zu den Positionslichtern der Jacht nun zwei weitere Lichter gesellen. Es dauert nicht lange, da schwärmen sie aus und kommen im Zickzackkurs näher.

»Die Wette hast du verloren«, sage ich. »Dein harmloser Tourist hat zumindest mal zwei Killer mit Jetskis dabei.«

»Verdammt«, flucht Phil.

»Apropos Plan B«, sagt Rufus. »Haben *wir* eigentlich einen?«

43

Glaubt ihr, Rauch hat eine Signalpistole an Bord?«, ruft Phil in den Fahrtwind.

»Falls er im Besitz des sogenannten Pyroscheins ist, dann darf er pyrotechnische Seenotsignale der Unterklasse T2 an Bord mitführen«, antwortet Rufus. »Für den Gebrauch einer Signalpistole wäre allerdings der sogenannte kleine …«

»Ja oder nein, Rufus?«

»Unwahrscheinlich«, antwortet mein Bruder. »Da dieses Boot vornehmlich in Küstennähe gefahren wird, reichen ein paar Handfackeln für den Notfall. Außerdem können wir mit einer Signalpistole höchstens einen von den beiden Killern ausschalten.«

Die Lichter der beiden Jetskis sind jetzt so nah, dass Phil sich instinktiv duckt. Keine Sekunde zu früh, denn in diesem Moment fallen Schüsse, und gleich danach brausen die beiden Maschinen links und rechts an unserem Boot vorbei.

»Wow. Wie schnell sind diese Dinger?«, fragt Phil perplex.

»Schnell, aber im Vergleich zu uns eher lahm«, antwortet Rufus.

»Und das heißt?«

»In der schnellsten Ausführung schaffen sie um die fünfzig Knoten. Wir sind also doppelt so schnell.«

»Dann mach mal deine Enterhakenpistole fertig«, sagt Phil und steuert unser Boot in eine lange Kurve.

»Was hast du vor?«, frage ich.

»Ich ramme eins von den Dingern. Ihr müsst versuchen, die Knarre von dem Kerl zu erwischen. Damit kann ich dann den anderen erledigen.«

Phil hat unser Boot gewendet und hält jetzt schnurgerade auf die beiden Angreifer zu. Urplötzlich dreht er jedoch ab und nimmt Kurs aufs offene Meer, als würde er doch lieber die Flucht ergreifen.

Das Täuschungsmanöver gelingt. Während einer der beiden uns weiter verfolgt, dreht der andere bei, um den Winkel zu verkürzen und uns den Weg abzuschneiden.

Phil gibt genug Gas, um den Verfolger auf Distanz zu halten, aber nicht genug, um ihm davonzufahren. Tatsächlich sucht er nur einen günstigen Zeitpunkt, um anzugreifen.

Dann ist der Moment gekommen. Phil verringert urplötzlich die Geschwindigkeit, reißt das Steuer herum, schert aus und erwischt den Jetski mit der Bugspitze. Es ist kaum mehr als ein kleiner Rempler, dennoch zerbricht die Verkleidung des Wassermotorrads wie Glas, seine Nase taucht ab, und das Gefährt legt augenblicklich eine Vollbremsung hin, die so heftig ist, dass es sich mehrmals laut röhrend überschlägt.

Phil folgt dem dahinfliegenden Jetski und seinem Fahrer, der ebenfalls durch die Luft katapultiert wird. Beim mehrfachen Salto rutscht ihm die Waffe aus der Hand.

Rufus versucht, sie im Flug zu erwischen. Der Enterhaken schießt surrend durch die Luft, schnappt zu, verfehlt aber sein Ziel. Die Pistole fällt ins Wasser, wo sie augenblicklich versinkt. Phil zwingt das Boot mit Umkehrschub zum Stehen, was die Motoren zum Jaulen bringt. Rufus hat bereits nachgesetzt und den Haken dort ins Wasser geschossen, wo die Pistole gerade untergegangen ist. »Komm schon«, murmelt er und holt den Draht ein. »Komm schon.«

Das Surren der Leine dauert eine gefühlte Ewigkeit, dann klappert etwas gegen die Bootswand, und gleich danach fällt die von Rufus geangelte Pistole aufs Deck.

»Petri Dank«, sagt Phil und schnappt sich die Waffe, um auf den anderen Jetskifahrer anzulegen, der mit Höchstgeschwindigkeit angeprescht kommt und nun das Feuer eröffnet.

Kugeln bohren sich in die Außenwand unseres Bootes. Ein Zischen verrät, dass mindestens einer der Motoren getroffen wurde. Phil will das Feuer erwidern, aber als er die Waffe hebt, reißt ihn eine Kugel von den Beinen. Es hat ihn am Arm erwischt. Ein glatter Durchschuss, so heftig, dass er sich einmal um die eigene Achse dreht und vor die Hintersitze fällt.

»Phil!«

Ich will zu ihm, aber er hebt die blutüberströmte Hand, während er die andere gegen seinen Arm presst. »Hängt euch dran«, keucht er. »Sonst sind sie weg!«

Ich sehe, dass der zweite Jetskifahrer gerade seinen Kollegen aus dem Wasser fischt und den Verletzten auf die Sitzbank hievt.

Rauchschwaden ziehen über unser Boot. Der getroffene Motor kokelt vor sich hin. Wieder schaue ich zu Phil.

»Ging mir nie besser!«, versichert er, während das Blut von seinem Arm tropft. »Schnappt euch die Typen.«

Rufus sieht mich fragend an.

Wortlos ziehe ich seine Enterhakenpistole aus dem Klettgurt und feuere auf den Jetski. Der Haken gräbt sich in sein Hinterteil.

»Festhalten«, sage ich.

»Ach du Scheiße«, erwidert mein Bruder.

Gemeinsam umfassen wir den Griff der Enterhakenpistole.

Der Jetskifahrer dreht sich um, mustert unser angeschlagenes Boot und überlegt. Dann gibt er zwei weitere gezielte Schüsse auf die Motoren ab, was dazu führt, dass der Rauch, der über das Boot zieht, dichter wird und das Zischen lauter. Er wartet kurz, die Waffe im Anschlag, ob sich etwas tut. Die beiden Erdmännchen, die leicht zitternd auf dem Beifahrersitz stehen und Mühe haben, über die Bordwand zu schauen, kann er nicht erkennen.

Zufrieden dreht er sich um.

»Ruhig atmen«, sagt Rufus. »Der Ruck wird heftig, wenn er Gas gibt. Hoffentlich bleiben unsere Extremitäten dran.«

Keine Ahnung, was Extremitäten sind, aber ich würde es auch begrüßen, wenn alles an mir dranbliebe, was dran sein soll.

»Versuch, die Hinterfüße nach vorn zu …«

Weiter kommt Rufus nicht, denn in diesem Moment gibt der Kerl Gas. Und obwohl er vorsichtig beschleunigt, damit sein Kollege nicht vom Sitz rutscht, fühlt es sich an, als würde man mir ruckartig die Vorderläufe rausreißen. Noch bevor ich prüfen kann, ob meine Gelenke weiterhin funktionieren, werden Rufus und ich unter Wasser gezogen.

So müssen sich Hechte fühlen, denke ich, wobei denen das Wasser bestimmt nicht so in den Ohren rauscht wie mir gerade. Haben Hechte überhaupt Ohren? Ich merke, dass ich etwas Sauerstoff gebrauchen könnte. Rufus scheint auch die Luft auszugehen. Er macht ganz komische Verrenkungen neben mir.

Dann wird mir plötzlich klar, dass er versucht, seine Hinterbeine nach vorn zu bekommen. Logisch. Das war es, was er mir eben sagen wollte. Ich beginne damit, dieselben komischen Verrenkungen zu machen, wir twerken unter Wasser!

Gemeinsam schaffen wir es, uns gegen den Strom zu stemmen, und plötzlich spüre ich, dass uns diese Körperhaltung nach oben drückt. Zuerst guckt mein Kopf aus dem Wasser, und ich kann nach Luft schnappen. Dann schiebt sich auch mein Oberkörper aus den Fluten, und bevor ich mich darüber wundern kann, was hier gerade passiert, kitzelt das Wasser unter den Fußsohlen. Rufus und ich fahren Wasserski – nur ohne Ski.

Macht extrem Laune, ist aber auch eine wackelige Angelegenheit, weshalb das Vergnügen nur von kurzer Dauer ist. Eine winzige falsche Bewegung, und wir klatschen aufs Wasser und werden wieder nach unten gezogen.

Als wir es noch einmal in den Wasserski-Modus geschafft haben, ist die Fahrt vorbei. Der Jetski fährt in die Garage einer Jacht. Verglichen mit den Protzdingern, die in der Bucht vor Romys Anwesen ankern, wirkt diese hier beinahe bescheiden.

Der Verletzte, dessen Bein übel verdreht und bestimmt gebrochen ist, schleppt sich mithilfe seines Kollegen die Treppe hoch. Er stöhnt unter Schmerzen.

Als unser Verfolger seinen Kumpel versorgt hat und zurückkehrt, um den Jetski zu vertäuen und die Ladeluke zu schließen, haben Rufus und ich längst den Haken entfernt und uns in der Nähe der Treppe versteckt. Wir nutzen den günstigen Moment, um die Stufen hochzuflitzen und uns auf dem Hauptdeck hinter einem Whirlpool zu verstecken, bis die Luft rein ist.

»Ich wiederhole gern meine Frage von vorhin«, flüstert Rufus. »Haben wir einen Plan B?«

»Klar«, flüstere ich zurück. »Wir schalten Samtpfotes Bewacher aus, nehmen den Boss fest und informieren Montgomery.«

Er nickt anerkennend. »Ist zwar kein Plan, aber klingt gut.«

44

Rufus meint, bevor wir Samtpfotes Männern in den Hintern treten, müssen wir erst einmal wissen, wie viele Hintern überhaupt an Bord sind. »Und dann brauchen wir auch noch einen Plan, um die Typen zu erledigen. Immerhin sind es schwer bewaffnete Elitekämpfer.«

»Man kann es mit dem Planen aber auch übertreiben«, halte ich dagegen.

»Stimmt«, sagt Rufus. »Man kann es aber auch damit übertreiben, sich blindlings in jede Gefahr zu stürzen.«

»Macht aber Spaß«, erwidere ich.

»Schadet trotzdem nicht, wenn wir erst mal die Lage auskundschaften«, beharrt Rufus. »Ich kümmere mich um die untere Etage. Du schaust dich hier auf dem Hauptdeck um, okay?«

»Gebongt.«

»Gut. Wir treffen uns achtern.«

»Okay. Wo ist achtern?«

»Hinten.«

»Warum sagst du dann nicht ›hinten‹?«

»Weil in der Seemannssprache … ach, vergiss es.«

»Gern«, sage ich. »Dann bis gleich.«

Rufus befestigt seinen Enterhaken an der Reling und klettert über die Bordwand.

»Was hast du vor?«, frage ich.

»Hab ich doch gesagt. Ich schau unten in die Fenster, du oben.«

»Hast du mir nicht auf der *Golden Silverstar* erklärt, dass die Dinger in der Seemannssprache ›Bullaugen‹ heißen?«

Er pfeift anerkennend. »Du hast es dir gemerkt. Bin begeistert. Aber sie heißen nur so, wenn sie rund sind. Bei Jachten wie dieser ist das selten der Fall.« Wie ein SEK-Mann beginnt er sich abzuseilen und verschwindet mit obercooler Miene langsam hinter der Bordwand.

Ich schleiche mich vorsichtig um den Whirlpool herum und versuche, einen Blick in den hell erleuchteten Salon zu werfen, der offenbar das Herzstück der Jacht bildet und beinahe das gesamte Deck einnimmt. Rufus hat gesagt, dass die Jacht drei Decks hat. Ein Unterdeck zum Pennen, ein Hauptdeck zum Kochen, Essen und Netflix Gucken und ein Oberdeck, um den Kasten zu steuern. Wobei man vom Salon aus über eine Treppe direkt auf die Brücke kommt, damit man schnell eingreifen kann, falls der Autopilot mal Mist baut.

Samtpfotes Jacht ist also so überschaubar, dass meine Zählkünste ausreichen, um sie zu beschreiben. Drei Decks, vier Kabinen, vier Badezimmer, ein Salon und eine Brücke. Man könnte auch sagen, dass es sich um eine schwimmende Fünf-Zimmer-Wohnküche-Bad-Bad-Bad-Bad-Bude handelt.

Im Schatten der Bordwand schleiche ich zur Längsseite des Salons, wo eine Sitzgarnitur vor den bodentiefen Fenstern steht, die so groß ist, dass mein gesamter Clan sie als Hüpfburg benutzen könnte. Dahinter gehe ich in Deckung.

Louis Burns und seine Frau Brooke sitzen im vorderen Teil des Salons, dem Essbereich. Offenbar haben sie keine Lust auf ihre kuschelige Wohnlandschaft. Sie hocken stattdessen in der Küche an einem Tresen und diskutieren gestenreich. Zwischen ihnen stehen drei Champagnerflaschen, zwei davon sind leer.

Ich lege das Ohr an die Fensterscheibe, um zu hören, was drinnen gesprochen wird, aber es dringt kein Laut nach draußen.

Schritte. Jemand klopft gegen die hintere Glastür, was mich zusammenzucken lässt. Der Mann, den Burns hereinwinkt, ist der Guard, der Phil angeschossen hat.

Als er den Salon betritt, schwappen ein paar Wortfetzen und leise Musik aufs Deck. Dann wird die Tür geschlossen, und es ist wieder still. Ich lege noch einmal das Ohr ans Glas, höre aber nur das Rauschen des Meeres und das leise Wummern des Bootsmotors.

Der Guard nähert sich in demütiger Haltung seinem Boss. Was sein Handlanger ihm zu sagen hat, scheint Samtpfote ganz und gar nicht zu passen. Der sonst so sonnige Mister Dog bekommt einen Wutanfall und schimpft auf ihn ein. Der Guard will seinen Boss beschwichtigen, allerdings ohne Erfolg. Mit einem ungnädigen Handwedeln, wie um ein lästiges Insekt zu verscheuchen, schickt Burns den Mann weg.

Ich flitze zum Heck des Schiffes, wo Rufus bereits wartet.

»Unter Deck ist nur der Guard, der sich mit seinem Jetski überschlagen hat«, sagt er. »Aber der kann uns nicht gefährlich werden. Er hat sich beide Beine gebrochen. Mehrmals, vermute ich. Wie sieht es hier oben aus?«

Ich erzähle ihm, was ich gesehen habe. »Hören konnte ich leider nichts. Ich glaube, die Fenster sind schalldicht.«

»Panzerglas«, erwidert Rufus. »Unten genauso. Der Kahn ist eine schwimmende Festung. Wenn dieses Boot beschossen wird, dann kannst du einfach die Türen verriegeln und in Ruhe weiterfrühstücken. Mit Gewalt kommt hier keiner rein. Ist aber gut für das, was wir vorhaben. Wenn keiner reinkommt, dann kommt nämlich auch keiner raus.«

»Klingt, als hättest du einen Plan«, sage ich.

»Ich habe deinen genommen und ihn ein wenig modifiziert«, erwidert Rufus. »Allerdings brauchen wir Werkzeug …« Er öffnet eine Kiste, die an der hinteren Bordwand steht und die ich für eine Sitzbank gehalten habe. »… und das findet man gewöhnlich in der Backskiste.« Er kramt darin herum, murmelt: »Seile, Seile, Seile«, zieht dann eine Stange heraus und drückt sie mir in die Pfoten. »Halt mal. Ein Bootshaken. Kann man immer gebrauchen.«

Er kramt weiter, wobei sein Oberkörper mehr und mehr in der Kiste verschwindet. Als er wieder auftaucht, hat er eine Golftasche geangelt. Er zieht am Tragegriff. »Hilf mir mal.« Ich tue es, und gemeinsam bringen wir die Tasche zum Stehen. »Bestens. Das sind mehr Eisen, als wir benötigen«, verkündet er zufrieden. »Ein Glück, dass hier Golf gespielt wird.«

»Wie spielt man denn im Meer Golf?«, wundere ich mich.

»Man lässt ein schwimmendes Putting Green zu Wasser und zielt darauf«, erklärt Rufus. »Ein ausgefallenes Hobby für reiche Leute. Aber ich bin sicher, dass Samtpfote die biologisch abbaubaren Bälle verwendet, um seinen CO_2-Abruck klein zu halten.«

»Diesem Typen ist echt nichts heilig«, sage ich. »Lass ihn uns endlich hopsnehmen.«

»Ganz deiner Meinung.« Rufus zieht Montgomerys Kugelschreiber aus seinem Klettgurt und hält ihn mir hin. Mit der anderen Pfote zeigt er zur höchsten Stelle des Schiffes, wo ein Gestänge mit allerlei Lampen und Technik in den Himmel ragt. »Der Radarmast«, erklärt er. »Du kletterst hoch und hältst dich bereit. Ich locke unseren Verfolger aufs

Oberdeck und genau unter den Mast. Du stürzt dich dann auf ihn und jagst ihm das Beruhigungsmittel in den Hals.«

»Wieso hab ich wieder mal den Teil mit dem Sich-auf-ihn-Stürzen?«, frage ich.

»Du hast doch eben gesagt, es mache dir Spaß, dich blindlings in jede Gefahr zu stürzen. Ich möchte dir nicht im Weg stehen.«

»Funktioniert das Ding jetzt wenigstens?«, frage ich.

»Ich habe den Mechanismus höchstpersönlich aktiviert«, verspricht Rufus.

Ich schnappe mir den Kugelschreiber, schiebe ihn zwischen die Zähne wie ein Piratenmesser und nehme den Radarmast in Angriff.

Rufus seilt sich an der Bordwand ab, um in der unteren Etage mit einem Golfball gegen die Scheibe zu klopfen.

Es dauert nicht lange, da ist das Surren der Enterhakenpistole zu hören, und mein Bruder klettert eilig zurück an Bord. »Geht gleich los«, sagt er. »Er ist auf dem Weg.«

Drei Atemzüge und einen kurzen Sprint später steht der Typ, dem Phil eine Kugel zu verdanken hat, direkt unter mir. Rache ist süß, denke ich und springe ihm an den Hals.

Gleich der erste Stich sitzt. Aber leider lässt die Wirkung auf sich warten. Ich muss mich an den Haaren des Typen festkrallen und erneut zustechen.

Wieder nichts.

Während der Kerl mich zu erwischen versucht und dabei wie von der Tarantel gestochen herumhüpft, komme ich mir vor, als würde ich ein Wildpferd reiten. »Rufus«, keuche ich. »Das Ding …«

Ich steche noch einmal zu. Und noch mal. Und noch mal.

Rufus will mir helfen, indem er dem Typen in die Waden

beißt, was aber nur dazu führt, dass mein Ritt immer wilder wird.

Wieder und wieder steche ich zu, bis der Druckknopf des Kugelschreibers den Geist aufgibt und in hohem Bogen davonfliegt. Zugleich höre ich ein Zischen, und im selben Moment schlägt es meinem Wildpferd die Beine weg.

Ungebremst knallt der Guard aufs Deck, ich mit ihm. Ich rolle zur Seite, werfe die Haarbüschel weg, die ich ihm ausgerissen habe, und schüttle mich.

»Ich würde mich nicht scheuen, von einem Konstruktionsfehler zu sprechen«, doziert mein Bruder. »Der Mechanismus hat geklemmt.«

Ich hole tief Luft, um ihm zu erklären, dass diese Aktion auch ganz leicht nach hinten hätte losgehen können, doch Rufus kommt mir zuvor.

»Keine Zeit«, sagt er. »Wir müssen die Türen verriegeln, bevor Burns bemerkt, dass hier etwas nicht stimmt.«

»Wie soll er das nicht längst bemerkt haben?«, frage ich. »Wir waren so laut wie eine Büffelherde. Burns müsste taub sein, oder …« Ich verstumme. »Panzerglas.«

»So ist es. Wenn ich richtigliege, dann sitzen Burns und seine Frau immer noch am Tresen und plaudern angeregt. Jetzt müssen wir nur noch die Türen verriegeln. Und hier kommen die Golfschläger ins Spiel. Die Türen haben Längsgriffe, die jeweils paarweise innen und außen angebracht sind. Wenn man die äußeren Griffe blockiert, dann hocken die beiden in der Falle.«

»Wir müssen nur schneller sein als Burns«, ergänze ich.

»Oder cleverer«, erwidert mein Bruder.

45

Während wir mit den Eisen 3 bis 6 die beiden Türen zum Unterdeck und den Eingang zur Brücke verschließen, ahnen Louis und Brooke Burns noch nicht, dass sie gleich unsere Gefangenen sein werden. Immer noch diskutieren sie aufgebracht, wobei es nun an Brooke ist, einen Wutanfall zu bekommen. Sie zielt mit dem Zeigefinger auf ihren Mann, als würde sie ihm ihre Meinung mit dem knallroten Fingernagel eintätowieren wollen. Würde mich ja schon interessieren, worüber die beiden streiten. Aber Hauptsache, sie tun es, denn das kommt unserem Plan sehr entgegen. Wir haben nicht nur alle Zeit der Welt, um die Seiteneingänge des Salons zu verriegeln, sondern können auch die Panoramatür in Ruhe gleich doppelt sichern, nämlich mit dem Bootshaken und dem 9er Eisen.

»Mission erfüllt«, befinde ich.

»Nicht ganz«, erwidert Rufus.

Ich überlege, welcher Teil meines genialen Plans fehlt. Dann fällt es mir ein. »Wir müssen Montgomery noch informieren.«

»Schon passiert«, sagt Rufus. »Ich habe ihr eine Nachricht geschickt. Und unseren Standort. Phil übrigens auch.«

»Wann?«, frage ich und bin erstaunt darüber, was Rufus noch so alles nebenbei erledigt.

»Bevor ich die Brücke verrammelt habe«, antwortet mein

Bruder. »Jetzt müssen wir aber noch das Schiff stoppen, damit Phil und Montgomery uns nicht erst bei Gibraltar einholen.«

»Warum hast du das Schiff nicht gestoppt, als du auf der Brücke warst?«, frage ich.

»Die Brücke liegt über dem Salon«, antwortet Rufus. »Hätte ich den Autopiloten ausgeschaltet, wäre das mit Sicherheit aufgefallen.« Er grinst. »Außerdem habe ich eine viel bessere Idee.«

»Lass hören«, sage ich.

»Wir stoppen das Schiff, indem wir die Schraube blockieren«, antwortet Rufus. »Die Backskiste ist voll mit Seilen, Werkzeugen und Krimskrams. Wir binden alles zusammen und bescheren dem Motor damit einen hübschen Kolbenfresser.«

»Soso, du willst also diese wunderschöne Jacht einfach kaputt machen«, fasse ich zusammen.

»Yep.«

»Und das vor den Augen ihres Besitzers.«

»Yep.«

»Jenes Mannes, der Phil und uns ertränken wollte.«

»So ist es«, antwortet mein Bruder.

»Geiler Plan«, sage ich.

Als wir eine hübsche Kette aus Werkzeugen, Golfschlägern und Tauchgewichten geknüpft haben, ist Mister Dog noch immer damit beschäftigt, sich mit seiner Frau zu streiten.

»Ich gebe denen mal Bescheid, dass die Show beginnt«, sage ich, schnappe mir einen Golfball und klopfe damit so lange gegen die Panoramaglastür, bis Brooke Burns ihren Mann antippt und auf mich zeigt. Als er mich sieht, springt Burns sofort vom Hocker und rauscht durch den Salon.

Ich spiele den Zirkusdirektor, Standbein hinten, Spielbein vorn, stemme einen Vorderlauf in die Hüfe und recke den anderen in die Luft. Dann drehe ich mich kunstvoll zur Seite, um Rufus zu präsentieren, der eine Verbeugung andeutet.

Burns würde gern rauskommen und uns auf der Stelle die Hälse umdrehen, aber die verriegelte Tür ist im Weg. Er rüttelt daran, tritt dagegen und wird dabei immer zorniger.

Leider kann ich nicht hören, was er sagt, aber seinen Lippenbewegungen nach zu urteilen flucht er wie ein Eisbär, dem die Scholle unterm Hintern wegschmilzt.

Als Burns sieht, dass Rufus das Ende des Seils, an dem ein schwerer Hammer hängt, langsam ins Wasser gleiten lässt, wechselt sein Gesichtsausdruck von wütend zu entsetzt. Er schüttelt den Kopf und hebt abwehrend die Hände.

»Sieh an«, sage ich. »Der Mann, der uns umbringen wollte, bittet darum, dass wir sein Schiff verschonen. Dabei hatte er mit uns nicht das geringste Mitleid.«

»Kurz ist der Wahnsinn, lang die Reue«, sagt Rufus.

»Rudi Völler?«, rate ich.

»Brasilianischer Volksmund«, erwidert mein Bruder und senkt den Hammer mit Gefühl tiefer in die Fluten. Es ertönt ein knirschendes Geräusch, und der Motor verschluckt sich.

»Hat gepackt«, befindet Rufus und lässt das Seil los, das nun von ganz allein ins Wasser gezogen wird, und zwar mit all dem Krimskrams, den wir drangebunden haben.

Ich schaue zu Samtpfote, der fassungslos zusehen muss, wie große Teile seiner Ausrüstung große Teile seiner Jacht kaputt machen.

Gemächlich zieht die Schiffsschraube das Seil und den daran hängenden Kram ins Wasser. Und je mehr Zeug in den

Fluten landet, desto lauter knarzt und knirscht es im Bauch des Schiffes. Als der Außengrill, den Rufus auf der Backbordseite entdeckt hat, ins Meer gezogen wird, scheppert es ordentlich, weil das riesige Ding sich am Whirlpool verkantet und daran entlangschrammt, bevor es über Bord geht. Wieder stockt der Motor, und die Nase der Jacht hebt und senkt sich, als müsste sie nach Luft schnappen.

Das Tagesbett hält länger durch als der Grill. Die Antriebswelle braucht eine Weile, um das fest verschraubte Möbel mit lautem Knarren und Knirschen aus dem Teakholz zu zerren. Das Bett knallt zuerst gegen den Whirlpool und dann gegen die hintere Reling. Der Pool schlägt Leck, die Reling wird nach kurzer Gegenwehr mitgerissen und kracht mitsamt Bett gegen die hochgeklappte Badeplattform. Teile des Bettes und der Reling werden ins Wasser gezogen, der Rest bleibt stecken und ragt nun hinter der Badeplattform aus dem Meer.

Die Schraube schafft es nicht, auch diesen Happen noch zu schlucken. Das gibt dem Motor den Rest. Es ist eine Art Spucken und Würgen aus dem Maschinenraum zu hören, dann ein lauter Knall.

»Ich glaube, da hat sich gerade die Antriebswelle verabschiedet«, sagt Rufus.

Ein Krachen und Knirschen. Hört sich an, als würde der Motor auf Metall herumkauen.

»Und jetzt legt sich das Getriebe schlafen«, erklärt mein Bruder. »Aber keine Sorge, gleich ist Ruhe.«

Tatsächlich wird das Knirschen zuerst lauter, aber dann kehrt Stille ein. Dunkler Qualm steigt aus dem Unterdeck, die Jacht gleitet noch ein Stück und dümpelt dann leise plätschernd vor sich hin.

Ich sehe mich nach Burns um, dem die Show ganz und gar nicht gefallen hat. Er tigert durch den Salon, wirft Gläser und Dekoartikel gegen das Panoramafenster und weiß vor Wut nicht, wohin mit sich.

Brooke kennt ihren Mann offenbar in diesem Zustand. Sie lässt ihn wüten und tigern und gießt sich in aller Ruhe Champagner nach.

Mister Dog entdeckt neben der Wohnlandschaft einen Feuerlöscher, groß, sogar sehr groß, und ziemlich massiv. Als er Anlauf nimmt, um mit dem Ding die Glastür zu zerschmettern, habe ich kurz Angst, dass ihm das tatsächlich gelingt.

Rufus winkt ab. »Dreißig Millimeter. Keine Chance, Alter.«

Wie so oft hat mein Bruder recht. Das Panzerglas bekommt nicht mal einen Kratzer ab. Was Burns allerdings nicht davon abhält, wieder und wieder zuzuschlagen. Draußen ist das als dumpfes, monotones Bollern zu hören. Nervt ein bisschen, lässt sich aber aushalten.

»Lassen wir ihn einfach toben«, sagt Rufus. »Bis Phil und Montgomery hier sind, hat er sich sicher wieder im Griff.« Er klettert auf eine der beiden Sonnenliegen, die sich links und rechts von der Stelle befinden, die vorher das Tagesbett eingenommen hat. Mit einem wohligen Seufzer streckt er sich aus. »Ein Drink wäre jetzt perfekt.«

»Was hättest du denn gern? Cola, Limo oder Saft?«, frage ich.

»Ach ja, Limo«, sagt Rufus sehnsüchtig.

»Kommt sofort.«

Er hebt den Kopf. »Du hast nicht wirklich Limo entdeckt, oder?«

»Der Grill hat den Deckel von der zweiten … Wie heißt das Ding doch gleich?«

»Backskiste.«

»Genau. Der Grill hat den Deckel abgerissen«, sage ich.

»Und da ist Limo drin?«, fragt Rufus.

»Die Backskiste ist keine Backskiste, sondern ein Kühlschrank für den Außenbereich. Es gibt alles. Champagner, Wein, Whiskey, Saft, Cola, Limo. Sogar Strohhalme haben die hier.«

»Ich bleibe bei Limo«, sagt Rufus und rutscht zur Seite, damit ich mich neben ihn legen kann.

Wir teilen uns eine Flasche mit zwei Strohhalmen und genießen die Ruhe. Das heißt, ganz ruhig ist es ja nicht, weil Burns immer noch mit dem Feuerlöscher gegen die Panzerglasscheibe bollert.

»Bist du sicher, dass die Tür das aushält?«, frage ich.

Rufus nickt. »Locker.« Er reckt den Hals und blickt aufs Meer, das im Mondlicht silbergrau glänzt. »Siehst du das auch, dahinten?«

Ich folge seinem Blick. »Yep.«

46

Rufus springt auf, läuft zur Backskiste und kramt ein Fernglas hervor.

Weil wir es sowieso zu zweit halten müssen, kann jeder von uns durch ein Rohr schauen.

»Phil«, stelle ich fest. »Und er lebt.«

»Leider macht das Boot kaum Fahrt«, sagt Rufus. »Ich fürchte, es steht bis zum Rand unter Wasser. Hoffentlich schafft Phil es, bevor der Kahn absäuft.«

Wieder ballert hinter uns der Feuerlöscher gegen die Scheibe. Samtpfote will einfach nicht aufgeben. Diesmal zeigt der Schlag sogar Wirkung. Keine große zwar, aber die Türen haben minimal nachgegeben. Es ist ein Spalt entstanden, nur wenige Millimeter breit, aber breit genug, um den Schall durchzulassen. Wir merken es daran, dass plötzlich Musik und Wortfetzen aufs Deck plätschern.

Erstaunt drehen wir die Köpfe und schauen zu Burns. Der wittert Morgenluft und bearbeitet die Tür weiter, während seine Frau ihn unablässig angiftet.

Ich glaube, dass sie Englisch mit ihm spricht, und wundere mich darüber, dass mein Übersetzer sich nicht einschaltet. Ich taste nach dem Knopf im Ohr und stelle fest, dass ich ihn verloren habe.

Rufus merkt es auch. »Sie sagt, dass sie seine Tarnung als Hot-Dog-Unternehmer schon immer rasend blöd fand.

Wenn es nach ihr gegangen wäre, dann würde ihr ganzes Geld jetzt in Luxusimmobilien in Miami stecken, so wie es alle Kriminellen machen, die nicht völlig auf den Kopf gefallen sind.«

»Immerhin ist er bislang mit seiner Tour durchgekommen«, wende ich ein.

»Das hat er auch erwidert«, sagt Rufus. »Und er bedauert, dass sie ihm in diesem Nachtclub in Tijuana über den Weg gelaufen ist. Hätte er sie nicht aus der Spelunke befreit, dann würde sie immer noch besoffene Touristen beklauen, statt ihm ständig auf die Nerven zu gehen.«

»Hat er das wirklich so gesagt?«, frage ich.

Rufus nickt, und Brooke bestätigt es, indem sie eine leere Champagnerflasche nach ihrem Mann wirft. Burns kann ausweichen, aber die zweite Flasche trifft ihn an der Schulter.

Während die beiden darüber streiten, wer sich mit wem den größten Fehlgriff seines Lebens geleistet hat, kommt Phil langsam näher. Das Rennboot liegt im Wasser wie ein voll beladener Heringskutter und hat auch etwa die gleiche Geschwindigkeit.

»Dahinten ist noch was.« Rufus springt auf. »Hilf mir mal mit dem Feldstecher.«

Tatsächlich ist am Horizont ein Punkt zu erkennen. Ein grauer Punkt mit zwei kleinen Farbtupfern, einem roten und einem blauen.

»Französische Küstenwache«, sagt Rufus. »Montgomery ist also ebenfalls unterwegs.«

Obwohl Phil im Schritttempo übers Meer tuckert, kommt er früher bei uns an als unsere Criminal Intelligence Officerin.

»Warum musst du eigentlich immer so trödeln?«, rufe ich ihm zu, während er an der Seitenreling festmacht.

Er grinst. »Habt ihr hier zufällig einen Verbandskasten?«

»Nein, aber es gibt Whiskey«, sage ich. »In dem Kühlschrank neben dem Grill – also dahinten, wo eben noch der Grill stand.«

»Noch besser«, erwidert Phil.

Während er abwechselnd seine Wunde und sich selbst mit Single Malt versorgt, hat Burns es durch beharrliches Eindreschen geschafft, die Lücke zwischen den Glastüren zu vergrößern. Ich sehe, dass er die Finger der rechten Hand durch den Spalt schiebt, um den Golfschläger wegzudrücken, der die Griffe blockiert. Ist nicht ganz einfach, weil sich der Schläger verkantet hat.

Burns gelingt es trotzdem. Er ist kurz davor, sich zu befreien, als Phil das Problem löst, indem er beiläufig, aber ziemlich heftig gegen die Tür tritt.

Ein markerschütternder Schrei ist die Folge. Mit schmerzverzerrtem Gesicht zieht der Drogenbaron seine lädierten Finger zurück. Die knallrote Hand schwillt an wie ein Ballon. Brooke zeigt auf den Champagnerkübel, ihr Mann beeilt sich, seine Finger ins Eiswasser zu tauchen.

»War höchste Zeit, dass ihm mal jemand auf die Samtpfoten haut«, sagt Phil und lässt sich in aller Ruhe mit einem Gläschen Single Malt auf der Sonnenliege nieder.

Als Montgomery eintrifft, haben auch Rufus und ich uns einen neuen Drink besorgt und es uns auf der anderen Liege bequem gemacht.

Unsere Criminal Intelligence Officerin trägt ein regenbogenfarbenes, wallendes Sommerkleid, dezenten Schmuck und dazu ein mit silbernen Pailletten besetztes Täschchen. Sie sieht so frisch und adrett aus, als wäre sie gerade von einer Gartenparty weggerufen worden. Was man von Phil nun wirklich nicht behaupten kann.

»Oh, Ihr Arm sieht aber gar nicht gut aus«, sagt Montgomery. »Das sollten wir sofort verarzten.«

»Später«, erwidert Phil. »Bin noch beim Desinfizieren.«

»Freut mich, dass ich meine beiden anderen Agenten bei bester Gesundheit vorfinde«, sagt Montgomery.

Ich merke, dass Rufus spontan zehn Zentimeter größer wird.

Sie schaut durch das Panoramafenster. »Das ist er also.«

Phil nickt. »Louis Burns alias Samtpfote.«

»Was ist mit seiner Hand passiert? Die eine ist fast doppelt so groß wie die andere.«

»Hat sich die Finger eingeklemmt«, sagt Phil. »Kleines Missgeschick.«

»Verstehe«, erwidert Montgomery. »Angelito ist ein ganz ähnliches Missgeschick passiert.«

»Wobei?«, fragt Phil.

»Beim Schweigen«, antwortet Montgomery. »Aber dann war er plötzlich ganz redselig und hat uns alles erzählt, was wir wissen wollten. So haben wir erfahren, dass Sie den falschen Mann getrackt haben und zur Strafe dafür auf dem Grund des Meeres gelandet sind. Außerdem hat er uns verraten, dass nicht nur Samtpfote, sondern auch seine Männer das Weite gesucht haben. Die hiesige Polizei hat die Gunst der Stunde genutzt, um eine Razzia auf dem Anwesen von Romy Davis durchzuführen und ein paar ausstehende Haftbefehle zu vollstrecken.«

»Sie waren bei Romy Davis?«, fragt Phil.

»Ich nicht. Keine Zeit. Ich musste ja die Küstenwache in Stellung bringen, um nach Ihnen zu suchen. Aber dann rief einer der Kollegen an und erzählte, dass Sie kurz vor dem Eintreffen der Polizei auf der Party aufgetaucht seien und sich das Boot von Rauch ausgeliehen hätten. Ein klitzekleiner Hinweis an Ihre Criminal Intelligence Officerin, dass Sie noch am Leben sind, wäre in diesem Moment nett gewesen.«

»Wir mussten improvisieren«, sagt Phil entschuldigend.

»Ich weiß«, erwidert Montgomery. »Und dagegen ist ja auch nichts einzuwenden. Trotzdem habe ich mir Sorgen gemacht. Um ein Haar hätten Sie diese Mission ebenso wenig überlebt wie Ihr Anzug.«

»Das Boot hat es noch schlimmer erwischt«, sagt Phil.

Montgomery sieht sich um. »Burns' Jacht? Die wird sowieso beschlagnahmt.«

Phil schaut zur Reling, wo die Nase von Rauchs Rennzigarre aus dem Wasser ragt. Das Hinterteil des Bootes ist inzwischen abgesoffen. »Ich meinte eigentlich das da.«

Montgomery schlendert zur Reling, Phil will ihr folgen, hat aber einen Schwächeanfall und muss sich bei ihr aufstützen. »Greifen Sie ruhig zu«, sagt unsere Criminal Intelligence Officerin. »Ich bin gern Ihr Fels in der Brandung.«

Wir nehmen Rauchs ramponiertes Spielzeug in Augenschein, das sich nur mit letzter Kraft über Wasser hält.

»Sie haben bestimmt eine Lenzpumpe dabei, oder?«, fragt Phil.

Montgomery öffnet ihr Paillettentäschchen, zieht ein Springmesser heraus, lässt es aufschnappen und schneidet damit die Leine durch, mit der Rauchs Boot an der Jacht vertäut ist und die es gerade so über Wasser hält.

Ein Blubbern, dann sackt das Hinterteil des Rennbootes noch tiefer ins Wasser, und die Nase hebt sich kerzengerade in den Himmel. Langsam ziehen die schweren Motoren das Rennboot leise gurgelnd in die Tiefe.

Montgomery klappt ihr Messer wieder ein und schiebt es zurück ins Täschchen. »Die Reparatur eines Luxusrennbootes übersteigt definitiv unser Budget. Außerdem kann man das dem Steuerzahler in diesen Zeiten nicht vermitteln.«

Phil starrt auf Montgomerys Tasche. »Was haben Sie da sonst noch alles drin?«

»Nur das Nötigste. Eine kleine Waffe, ein großes Messer und ein bisschen Parfum. Was mich daran erinnert, dass wir uns beeilen sollten.« Sie klatscht in die Hände. »Schlemmer! Den Anzug!«

Ein junger Mann mit dunkel geränderter Brille, zurückgegelten Haaren und einem perfekt sitzenden schwarzen Anzug erscheint. Er trägt zwei durchsichtige Kleidersäcke, in denen sich ein cremefarbener Leinenanzug und ein dazu passendes weißes Leinenhemd befinden.

»Ihr neues Outfit«, erklärt Montgomery.

»Sie sagten doch, Sie hätten jemanden mitgebracht, der mir einen amtlichen Verband anlegen kann«, sagt Phil. »Ich will den schönen Anzug nicht gleich vollbluten.«

»Natürlich habe ich einen Arzt dabei. Wollen Sie sich erst mal frisch machen?«

»Was haben wir denn eigentlich vor?«, fragt Phil.

»Wir vier Hübschen, also Sie, ich und Ihre beiden Freunde, werden jetzt zum geselligen Teil des Abends übergehen«, antwortet Montgomery. »Das haben wir uns verdient.«

Phil schaut uns fragend an, aber wir wissen auch nicht,

was unsere Chefin im Schilde führt. Gleichzeitig heben Rufus und ich die Schultern, also ich zumindest, bei Rufus weiß man es nicht genau.

»Sie wollen sich doch nicht das Konzert von Harry Styles entgehen lassen«, sagt Montgomery.

»Auf keinen!«, rufen mein Bruder und ich zugleich.

Phil nimmt den Anzug und das Hemd in Empfang. »Haben Sie nicht eben gesagt, die Polizei sei auf Romys Anwesen zugange?«

»Und?«

»Das klang für mich, als wäre die Party vorbei.«

»Die Party ist vorbei, wenn ich sage, dass sie vorbei ist«, antwortet Montgomery. »Die Verdächtigen sind bereits in Handschellen. Aber deshalb müssen wir ja nicht auf Harry Styles verzichten.«

»Geben Sie mir zehn Minuten«, sagt Phil.

»Aber bitte«, erwidert Montgomery mit einem Lächeln. »Hat mich übrigens gefreut, dass Sie mich so dringend brauchen.«

Wieder wirkt Phil irritiert.

»Der Funkspruch«, führt sie aus.

»Der Funkspruch«, wiederholt Phil und schaut zu Rufus.

»Du hast ihr einen Funkspruch geschickt«, erklärt mein kleiner Bruder. »Phil braucht Montgomery, dringend.«

»Phil braucht Montgomery«, wiederholt Phil. »Dringend.«

»Wenn Sie es laut sagen, klingt es beinahe wie eine Liebeserklärung«, gurrt Montgomery.

Phil schultert die Bügel mit seinen Klamotten. »Ich leg mal los.«

Montgomery nickt und winkt den jungen Mann mit der großen Brille zu sich. »Sagen Sie dem Doc, dass er sich um unseren Patienten kümmern soll. Und dann besorgen Sie mir ein Gläschen Champagner.«

47

Die gediegene, aber auch langweilige Pool- und Gartenparty von heute Mittag ist Geschichte. Aus einer trägen Hochzeitsgesellschaft, die den frisch gestrichenen Rasen plattgestanden hat, ist ein zappelndes, schwitzendes Menschenknäuel geworden, das vor der Bühne klebt und Harry Styles anbetet. Hexenkessel statt Teekännchen.

Die wogende Menge wird von zwei Dutzend Uniformierten beaufsichtigt, die einen Kreis um die Tanzenden gebildet haben und kräftig mitwippen. Gerade strahlt der Refrain von *Late Night Talking* mit den Sternen um die Wette.

»If you're feeling down, I just wanna make you happier, baby«, singen Rufus und ich unserem Partner direkt in die Ohren.

Wir sitzen auf Phils Schultern, damit wir besser sehen können. Und damit er bei Montgomery eine Ausrede hat. Solange wir auf seinen Schultern sitzen, kann er offiziell nicht mittanzen, sondern nur mitwippen. Außerdem hat Montgomerys Arzt ihm nicht nur einen neuen Verband verpasst, sondern auch eine schwarze Armschlinge spendiert. Die passt ganz ausgezeichnet zum hellen Leinanzug. Phil wippt also, und das ist gut so. Man will ihn nicht tanzen sehen. Ehrlich gesagt, nicht einmal wippen bekommt er besonders gut hin.

Ganz im Gegensatz übrigens zu Montgomery, die ein

Vielfaches von Holly Kim auf die Waage bringt, aber auf dem Dancefloor eine Bombenfigur macht. Liegt an der Power und Grandezza unserer Criminal Intelligence Officerin. So leidenschaftlich, wie sie Verbrecher verknackt, so tanzt sie auch.

Holly Kim ist übrigens einer der wenigen Hochzeitsgäste, die nicht verhaftet worden sind. Brautmutter, Bräutigam und Braut tragen ebenso Handschellen wie Geneviève und Philippe Haut les cœurs, die Gayakwads sowie Anita und Lovis.

Montgomery hat sich unterwegs per Funk die Zusammenhänge erklären lassen.

Romy Davis ist verhaftet worden, weil sie ihre Investoren um Milliarden betrogen hat. Logisch. Zwar gilt sie als alleinige Erfinderin und Managerin von NE-Invest, allerdings gibt es eine wichtige Komplizin, von der bislang niemand wusste. Heather. Wer hätte gedacht, dass die Vorzeigejuristin mit Vorzeigefamilie in Wahrheit eine Kriminelle ist?

Jedenfalls hat Heather schon vor Monaten für sich und ihren damaligen Verlobten mehrere Firmen in Übersee gegründet, für die Jeremy als Strohmann fungiert. Nach der Hochzeit sollte das verbliebene Geld aus dem NE-Fonds in diesem Firmengeflecht versickern, um es vor dem Gesetz und den Investoren in Sicherheit zu bringen. Weil Samtpfote schneller war, befindet sich das restliche Fondsvermögen nun offiziell in seinem Besitz. Als solches wird es der Staat beschlagnahmen. Die Investoren werden deshalb wohl leer ausgehen.

Philippe Haut les cœurs hat angesichts dieser Hiobsbotschaft die Nerven verloren und sich mit einem antiken Jagdgewehr in Romys Weinkeller verschanzt. Lange hat die Polizei nicht gebraucht, um ihn zu überwältigen, weil das

Gewehr weder funktionstüchtig noch geladen war. Außerdem ist Philippe nach einer weiteren Flasche Bordeaux, die er während der Verhandlungen mit der Polizei getrunken hat, einfach eingeschlafen. Trotzdem muss er sich nun wegen Widerstandes gegen die Staatsgewalt verantworten. Geneviève, die das zum Anlass genommen hat, die Beamten wüst zu beschimpfen, wurde gleich mit verhaftet.

Im Rahmen der Ermittlungen der französischen Kollegen hat sich auch herausgestellt, dass Anita und Lovis unversteuertes Geld in Romys Fonds geparkt haben. Das Lifecoach-Traumpaar hat dafür die Höchststrafe bekommen, nämlich ein gemeinsames Paar Handschellen. Jetzt brüllen die beiden sich mit hochroten Köpfen an und hassen sich noch leidenschaftlicher, als sie sich je geliebt haben.

Rahul und Saira Gayakwad standen eigentlich nicht auf der Fahndungsliste. Sie sind beim Plündern der Villa erwischt worden, als sie Teppiche, Schmuck und Bilder einsacken wollten, um jene Frau zu bestehlen, die sie bestohlen hat. Die beiden diskutieren gerade mit dem Einsatzleiter. Ich vermute, sie wollen ihn mit einem Gastauftritt in *Nishay – Ich bete dich an* bestechen. Aber der Kollege hört nur mit halbem Ohr zu, denn die anderen anderthalb sind voll und ganz bei Harry Styles.

Auch Romy, Jeremy und Heather möchten sich diesen besonderen Abend nicht dadurch vermiesen lassen, dass es für lange Zeit ihr letzter in Freiheit sein wird. Heather und Jeremy, die sich ebenfalls ein Handschellenpaar teilen und von den Beamten nicht aus den Augen gelassen werden, tanzen ebenso ausgelassen wie die offenbar angeschickerte Romy, die an einen jungen Polizisten gefesselt ist, der sich von der Atmosphäre hat mitreißen lassen und ebenfalls tanzt. Er hat die Uniformjacke ausgezogen, sie ihre Schuhe. Ich schätze mal, Romy würde ihm auch ohne Handschellen nicht weglaufen. Im Gegenteil. Wäre er nicht beruflich, sondern privat hier, dann hätte sie ihn verhaftet.

Heathers Eltern haben sich zwar nicht ins Getümmel gestürzt, genießen das Konzert aber dennoch, indem sie neben der Bühne auf dem Rasen liegen und Hand in Hand die Sterne betrachten. Sieht aus, als müssten sie sich festhalten, um nicht umzufallen – obwohl sie ja bereits liegen. Ist aber auch ein starkes Stück, dass nicht nur deine perfekte Tochter eine Kriminelle ist, sondern auch ihr Bräutigam und ihre Schwiegermutter. Außerdem ist Lord Ashton heute Morgen noch als armer Schlucker belächelt worden, so als kleiner Millionär unter lauter Milliardären. Wäre möglich, dass er mit seinem bescheidenen Vermögen inzwischen wieder zur Spitzenklasse gehört. Und er muss sich nicht darüber ärgern, dass er zu arm war, um von Romy Davis erhört zu werden, denn sonst wäre auch sein Geld jetzt futsch.

Apropos futsch: Einer, der weniger Glück hat, ist Günther Rauch. Als er Phil sieht, ist er sofort zur Stelle.

»Wo ist mein Boot?«, fragt er und streckt die Hand aus.

Phil legt den Schlüssel hinein. »Ich musste außerhalb der Bucht parken.«

Rauch tippt an seine Hutkrempe. »Kein Problem. Hauptsache, ich komme zum Hafen. Da liegt einer meiner Frachter. Ich muss heute Nacht nämlich noch ganz spontan nach Brasilien …«

Weiter kommt er nicht, denn im Vorbeigehen legt ihm ein Polizist Handschellen an und zieht ihn mit sich.

»Aber wieso …?«, stottert Rauch.

Der Polizist erwidert etwas, das ich nicht verstehe.

»Fluchtgefahr«, übersetzt Rufus.

»Und wovor wollte er flüchten?«, frage ich.

»Vermutlich vor seinen Verpflichtungen«, antwortet Rufus.

Während Harry seine Fans mit *Watermelon Sugar* in Entzücken versetzt, tippt jemand Phil auf die Armschlinge.

Coco drückt ihm einen doppelten Single Malt in einem perfekten Tumbler in die Hand. Sie hat Hervé im Schlepptau. Coco und Hervé prosten Phil zu. Der freut sich über den Drink und prostet zurück.

Während Coco lächelnd zusieht, wie Phil und Hervé mit geschlossenen Augen ihren Single Malts nachschmecken, tippt Rufus mich an und zeigt zur Bühne.

Versteckt hinter einem Lautsprecher, steht dort Jean Jacques und winkt uns zu sich.

»Unser Hilfsagent hat Redebedarf«, stelle ich fest.

»Sonderagent«, erwidert Rufus. »So viel Zeit muss sein.«

Wir lassen uns von Phil absetzen – der ist sowieso gerade damit beschäftigt, sich von Coco und Hervé zu verabschieden – und flitzen zu Jean Jacques unter die Bühne.

»Wollt ihr backstage?«, fällt unser Sonderagent mit der Tür ins Haus. »Hinten gibt es eine Stelle, wo man bis hinter die Kiste mit den Getränken klettern kann.«

Das lassen wir uns nicht zweimal sagen. Rufus und ich folgen Jean Jacques, der »entzückt« ist, dass er mit seinen beiden Agentenkollegen abhängen kann. Ist jetzt meine Interpretation, denn das Wort »abhängen« kommt Jean Jacques natürlich nicht über die Lippen, dafür ist er viel zu vornehm.

Wir lassen uns von Kollege Sonderagent hinter die besagte Kiste bringen, die allerdings ein bisschen zu hoch ist, um Harry Styles performen zu sehen.

»Kannst du mich mal huckepack nehmen?«, frage ich Rufus.

»Seid bloß vorsichtig«, warnt Jean Jacques. »Wir dürfen nicht gesehen werden. Das kann böse enden.« Er geht zwei Schritte zurück und versteckt sich hinter einem Technikturm.

Ich klettere Rufus auf die Schultern, und gerade, als wir beide aussehen, als wollten wir Kirschen klauen, beugt sich jemand über die Kiste, um den Deckel zu öffnen und ein Getränk herauszuholen.

Harry Styles.

»Pinkel dir jetzt ausnahmsweise mal nicht auf die Hinterbeine«, sagt Rufus, während Harry Styles uns ungläubig anstarrt.

Tatsächlich pinkele ich mir manchmal auf die Hinterbeine, wenn ich geschockt bin. Aber jetzt gerade bin ich so geschockt, dass ich sogar zu geschockt bin, um es laufen zu lassen.

Harry Styles dreht den Kopf zur anderen Seite der Bühne und fragt etwas, das ich nicht verstehe. Dann erscheint ein Typ, den ich nicht kenne, der aber zum Glück einen alten Bekannten im Schlepptau hat: Luc, unseren Weddingplanner. Der antwortet Harry Styles, aber auch das kann ich nicht verstehen, weil ich meinen blöden Ohrstöpsel verloren hab. Ich höre allerdings, dass Rufus' und mein Name fallen.

»Er hat ihm gerade gesagt, dass wir bei der Hochzeit aufgetreten sind«, übersetzt Rufus.

Harry Styles erwidert etwas, das mein Bruder mit einem »Oh mein Gott!« quittiert.

»Was ist los? Was hat er gesagt?«

»Oh! Mein! Gott!«, wiederholt mein Bruder.

»Mein Gott was!? Rufus?!«

Harry Styles geht zurück zum Mikro, um die nächste Nummer anzukündigen, während Rufus mich zu Boden gleiten lässt und ich praktisch im selben Moment von Luc zwei Wunderkerzen in die Pfoten gedrückt bekomme. Rufus bekommt ebenfalls zwei.

»Rufus, was geht hier ab?«

Ich sehe, dass sich heute ausnahmsweise mal mein Bruder auf die Hinterbeine pinkelt.

»Showtime«, sagt er atemlos, während Luc unsere Kerzen anzündet.

Ein Funkenregen ergießt sich über uns, ich schaue zur Bühne, dann schaue ich zu Rufus. »Nicht wahr.«

»Doch wahr«, sagt Rufus. »Luc hat es ihm vorgeschlagen, und Harry findet es eine tolle Idee.«

Die Musik setzt ein, und ich höre Harry singen. »Baby, you were the love of my life … wooooahoo …«

Er dreht sich zu uns um und lächelt, wie nur Harry Styles lächeln kann.

Showtime.

Wir schwenken die Wunderkerzen und treten ins Rampenlicht.

Leseprobe

ISBN der gedruckten Ausgabe 978-3-423-21857-3
eBook ISBN 978-3-423-44151-3

1

Ich wache auf, weil Natalie mir zärtlich ins Ohr schnarcht. Ihr Vorderbein liegt auf meiner Brust. Jedes Mal, wenn sie ausatmet, kitzelt es an den Härchen in meinem Ohr. Hat was Romantisches.

Mit meinem anderen Lauscher horche ich in unseren Bau hinein. Alle noch am Pennen. Schon sonderbar, denke ich. Jahrelang habe ich in meiner kleinen Schwester nur das sexy Boxenluder aus dem vierten Wurf gesehen, dann wurden wir Freunde, dann Gelegenheitslover, dann irgendwie mehr als nur Gelegenheitslover.

Und jetzt? Werde ich das Gefühl nicht los, sie würde sich am liebsten den ganzen Winter über mit mir in der Kuschelecke meiner Kammer rekeln, die sie so liebevoll mit der Mauser von Skipper und Ping ausgepolstert hat. Skipper und Ping sind übrigens die beiden Pinguine, die ebenfalls aus dem Zoo abgehauen sind und jetzt bei uns im Wald leben. Lange Geschichte. Ich erzähle das auch nur, damit klar ist, dass es um Kaiserpinguine geht. Und wer sich schon einmal in der Mauser von Kaiserpinguinen gerekelt hat, der weiß, da kommt man nur schwer wieder raus.

Nächster Gedanke: Wenn Natalie meine Kammer mit frischer Mauser auspolstert und außerdem sowieso praktisch jede Nacht hier verbringt, ist das dann noch *meine* Kammer? Oder vielleicht eher *unsere?* Und was macht dieser Gedanke mit mir? Sollten wir vielleicht mal drüber reden, Natalie und ich.

Oder auch nicht.

Vorsichtig schiebe ich Natalies Vorderbein von meiner Brust, gleite wie eine zu weich gekochte Nudel aus der Kuschelecke, strecke mich, lasse meine Halswirbel knacken, laufe aus meiner Kammer und bleibe mit dem Kopf in einem Gestrüpp hängen, das über Nacht von der Decke gewachsen ist.

»What the f…«

»Guten Morgen, Großer«, höre ich Natalie hinter mir sagen.

Sie hat diesen Ton, der mich unweigerlich zu ihren superflauschig behaarten Beinen zurückzieht. Es sei denn, ich schaffe es vorher aus meiner Kammer. Aus unserer.

»Ist was?«, fragt sie.

»Hier ist wirklich was«, erwidere ich. »Da wächst ein Gebüsch aus der Decke.«

Natalie gluckst vergnügt. Noch so etwas, das mich unweigerlich zu ihren superflauschig behaarten … Ist klar, was ich sagen will. »Das ist eine Mistel«, sagt sie, und es klingt, als wäre es das Normalste von der Welt.

Ich ziehe mir einen Zweig aus dem Ohr. »Wieso wächst da eine fucking Mistel aus der Decke?«

»Du bist süß«, entscheidet Natalie. »Die wächst da nicht, die hängt da.«

»Und warum tut sie das?«

»Eine Maßnahme unserer Bauverschönerungsaktion.«

Den Satz muss man sich mal auf der Zunge zergehen lassen. Da ist hinter jedem Wort ein Fragezeichen:

Eine? Soll das heißen, es gibt noch mehr?

Maßnahme? Was für Maßnahmen?

Unserer? Wer ist uns? Ich jedenfalls nicht.

Bauverschönerungsaktion? Haben hier alle den Verstand verloren?

Ich entscheide, von hinten anzufangen:

»Bauverschönerungsaktion?«

»Wir machen's uns gemütlich. Rufus sagt, die Adventszeit steht vor der Tür.«

»Die Advents … Hat der sie noch alle?«

»Wenn sich Paare unter einem Mistelzweig küssen, bringt das Glück fürs neue Jahr.«

Aha. Offenbar sind wir also ein Paar. Ich fuchtele mir den Mistelzweig aus dem Gesicht. »Also, ich gehe jetzt erst einmal meine Runde drehen. Danach können wir uns küssen, wann und wo und so lange du willst.«

»Fein. Dann treffen wir uns nach deinem Rundgang genau da, wo du jetzt stehst – unter dem Mistelzweig.«

»Mistelzweig«, sage ich nur und stapfe aus meiner Kammer. Unserer Kammer. Was weiß ich.

2

Als ich aus dem Bau komme, sehe ich kaum mehr als in meiner Kammer. Es beginnt gerade erst zu dämmern. Ein eisiger Wind streicht über die Savanne. Also, unsere Savanne. Ist in Wirklichkeit ein ehemaliger NVA-Truppenübungsplatz irgendwo in Brandenburg. Undeutlich zeichnet sich die Baumlinie gegen den Nachthimmel ab.

Ich trete auf etwas Hartes. Den Boden. Nachtfrost. So weit sind wir jetzt also, denke ich. Was ein wirklich bescheuerter Gedanke ist, wie mir auffällt: *So weit sind wir jetzt also*. Ich klinge wie mein alter Herr. Klar sind wir so weit, Ray, man nennt es Jahreszeiten.

Ein Winterfell wäre jetzt cool, so wie es sich die Füchse und Wölfe und Wildschweine zulegen. Sogar die Amseln haben in den letzten Wochen ihr Gefieder gepimpt. Können wir Erdmännchen lange drauf warten. Als Savannentiere hat uns die Evolution da voll im Stich gelassen. Hat sie nicht mit gerechnet, die Evolution, dass wir uns mal im Brandenburger Wald würden durchschlagen müssen.

Ich mache ein paar Aufwärmübungen, stelle fest, dass bei der ersten Kniebeuge mindestens drei Gelenke gleichzeitig knacken, trabe den Hügel hinunter, den Pfad zwischen den nicht explodierten Sprengkörpern entlang und in den Wald hinein. Das mache ich neuerdings, um mich morgens auf Betriebstemperatur zu bringen: laufen statt gehen. Rufus meint, das sei voll gesund – joggen bei Kälte – und dass es das Immunsystem boostern würde. Nicht, dass ich Rufus jemals hätte joggen sehen.

Als Erstes laufe ich zur Keilerschanze, dem Rückzugsort der Wildschweine. Dort sprinte ich die Stufen zur Ruine hinauf, spüre das Blut in meinen Ohren rauschen und wie es meinen Puls in die Höhe treibt. Oben angekommen, sehe ich wie jeden Morgen zwei Überläufer – also Wildschweinteenager –, die den Eingang bewachen sollen und wie jeden Morgen so tief schlafen, dass man die Ruine in die Luft jagen könnte, ohne dass sie aufwachen. Falls sich einer fragt, wie es sich anhört, wenn so eine Ruine in die Luft fliegt – ich weiß es. Ich war dabei. Ebenfalls eine lange Geschichte.

Noch etwas ist wie jeden Morgen. Auf spitzen Klauen schleiche ich mich an, brülle »Stillgestanden!«, und die Überläufer springen panisch auf die Beine, bevor sie merken, dass nur ich es bin, das bekloppte Erdmännchen.

»Boah, Ray«, grunzt der eine. »Du nervst so was von!«

Der andere: »Das stresst voll ab.«

Der eine: »Früher hätten wir dich für die Aktion einen Kopf kürzer gemacht.«

»Weitermachen!«, sage ich nur und hüpfe die Stufen wieder runter. Danach bin ich fast wieder richtig gut drauf.

Als Nächstes trabe ich am Wasserfall vorbei, hinter dem sich das *Acapulco* befindet. Erstaunt stelle ich fest, dass die Waschbären tatsächlich damit begonnen haben, unsere Partylocation auszumisten. Neben den Spaßbecken türmt sich ein beeindruckender Müllhaufen auf.

Eddy hat mich neulich gefragt, ob es okay wäre, wenn sie sich die Darkrooms im hinteren Teil als Winterquartier herrichten. Richtig Winterschlaf würden sie zwar nicht machen, wie er mir erklärte, aber so was Ähnliches. Als ich Bernie und Freddy fragte, wie ich mir das vorzustellen habe, meinte Freddy: »Wir hängen dann so ab die meiste Zeit.« Und Bernie: »Genau, wir liegen dann so rum.« Und Freddy: »Aber zum Pinkeln gehn wir raus, versprochen. Also, meistens.«

Kein Unterschied zu sonst, dachte ich und meinte nur: »Macht ihr mal.« Ich war mir sicher, dass sowieso nichts passieren würde. Aber siehe da, offenbar verspürt sogar die faulste Bande im gesamten Wald den Drang nach »Verschönerungsmaßnahmen«.

Ich lege einen Zwischenspurt hin und schaue kurz an der Bachbiegung bei Skipper und Ping und ihren vier Adoptiventen vorbei, die alle schon auf den Beinen sind, während sich ihre Eltern noch im Tiefschlaf befinden. Dann mache ich mich auf den Heimweg.

Der Weg zurück führt mich bei Spanner vorbei. Jens Spanner. Gelbhalsmaus. Mit ihm hatten wir unsere liebe Mühe, als wir ankamen. Gelbhalsmäuse sind echt schreckhaft und haben oft Minderwertigkeitsgefühle wegen ihrer Glupschaugen. Ich gebe zu: Die sind gewöhnungsbedürftig. Jedenfalls machen Veränderungen ihnen Angst. Große Angst. Spanner hätte gerne gehabt, dass alles für immer so geblieben wäre, wie es war. Da war so ein Clan waldfremder Tiere mit Migrationshistorie natürlich Gift für die Stimmung. Inzwischen aber pflegen wir »freundschaftlich-nachbarschaftliche Beziehungen«, wie Spanner das nennt.

Ich treffe ihn dabei an, wie er die letzten Bucheckern in seinen Bau schiebt, dabei quillt der sowieso schon über vor Vorräten. Bestimmt war er wieder die halbe Nacht unterwegs, um die letzten aufzustöbern. Hat immer Angst, jemand anderer könnte ihm was wegschnappen.

»Morgen, Spanner!«

»Guten Morgen, Herr Nachbar.«

»Erwartest du Verwandtschaftsbesuch aus der Stadt?«

»Wenn das eine Anspielung auf meine Vorratswirtschaft sein soll – mach dich nur lustig über mich. Doch lass dir gesagt sein: So ein Winter hier im Wald kann sehr lang werden. Wer zuletzt lacht, lacht am besten.«

Der nun wieder.

Da fällt mir etwas ein: »Sag mal, wo du dich mit den Gebräuchen hier im Wald so gut auskennst. Weißt du, was es mit Mistelzweigen auf sich hat, unter denen man sich küssen soll, weil das angeblich Glück bringt?«

Spanner kratzt sich nervös am Ohr. »Ach, ihr Städter«, sagt er mitleidsvoll, »kennt die ältesten deutschen Bräuche nicht. Also: Es heißt, wenn eine junge Frau von ihrem Liebsten unter einem Mistelzweig geküsst wird, dann werden sie im Jahr darauf heiraten. Bleibt sie ungeküsst, wird es nichts mit der Heirat.«

»Ach du Scheiße«, murmle ich. »Die will einen Clan mit mir gründen.«

»Wie bitte?«

»Nichts, nichts.«

3

Die Frage, ob Natalie und ich nächstes Jahr heiraten werden, bleibt fürs Erste unbeantwortet, denn als ich in die Savanne zurückkomme, sitzt Rufus auf dem Gefechtsturm unseres T-72 und versucht, mit seinem Solarpanel das nicht vorhandene Tageslicht einzufangen. Ist sein neues Hobby. Seit unserem Zirkusbesuch hat er nämlich wieder ein Smartphone. Aber keinen Strom. Macht ihn fertig.

Ach ja, hab ich noch gar nicht erwähnt: Wir waren neulich im Zirkus, um uns die Nummer mit den drei Bärenbrüdern anzusehen, die unserer Waldgemeinschaft so zugesetzt hatten. Bei dieser Gelegenheit trafen wir unglaublicherweise Phil und Lea und Mo wieder, meinen alten Partner aus Berliner Zeiten, zusammen mit seiner Frau und seiner Tochter. Und hinterher steckte plötzlich ein Smartphone in Rufus' Klettgurt.

»Wo hast du das denn her?«, wollte ich wissen.

»Was denn?«

Ich zog es aus seinem Gurt und hielt es ihm vor die Nase. »Das hier?«

»Oh, ein iPhone 5.«

Als hätte ihm das jemand im Vorbeigehen in den Gurt gesteckt. Und als würde das die Frage beantworten. »Wo hast du es her?«

»Äh … gefunden. Lag zufällig unter der Tribüne im Zirkus.«

Aber sicher doch.

»Als du es gefunden hast, zufällig, unter der Tribüne«, sagte ich, »lag es da zufällig in einer Tasche oder so?«

»Könnte sein. Aber wie gesagt, ist nur ein iPhone 5. Für viele Anwendungen lässt sich das gar nicht mehr benutzen. Streng genommen ist das Elektroschrott.«

Seitdem also hat Rufus ein neues Hobby. Wobei »Hobby« ganz klar eine Untertreibung ist. Er selbst würde von einer Obsession sprechen, auch wenn ich nicht genau weiß, was das ist. Jedenfalls habe ich manchmal das Gefühl, dass nicht Rufus ein neues iPhone hat, sondern dass das iPhone einen neuen Rufus hat.

So oder so gibt es im Wald keinen Strom. Hinzu kommt, dass die Akkulaufzeit von Rufus' iPhone voll für den Arsch ist, wie er selbst sagt. Beides zusammen führt dazu, dass er bei Tagesanbruch auf dem Gefechtsturm sitzt, sich seinen pelzigen Arsch abfriert und versucht, das nicht vorhandene Licht einzufangen.

Was mich zu seinem Solarpanel bringt. Unter »Panel« stellt man sich ja schnell etwas vor, das auf ein Hausdach montiert wird, krass spacig aussieht und so viel Strom macht, dass man sich für den Garten eine Flutlichtanlage zulegen muss, um das alles wieder zu verbrauchen. So ein Panel ist das von Rufus ganz klar nicht. Das von Rufus ist eher … winzig. Also kleiner als das Display seines iPhone 5. Er hat es bei Bauer Fröhlich mitgehen lassen, und eigentlich ist es dafür gedacht, die LED-Lichterkette eines schwedischen Möbelherstellers tagsüber so aufzuladen, dass sie, wenn es Nacht wird, so aussieht, als würden ein paar Glühwürmchen durch die Dunkelheit schwirren. Es dauert Tage, das iPhone damit zu laden, weshalb Rufus es immer nur minutenweise benutzt und sofort Schnappatmung bekommt, sobald es außer Sichtweite ist, weil er Angst hat, einer aus dem vierten oder fünften Wurf könnte es zum Zocken missbrauchen.

»Haben die Außerirdischen schon Kontakt mit dir aufgenommen?«, rufe ich meinem Bruder zu.

»Dir ist hoffentlich klar, dass das keine Antenne ist, oder?« Er richtet das Panel aus, nach was auch immer. »Dafür müsste es nämlich parabolförmig sein, außerdem müsste es im Brennpunkt über einen Empfangskopf verf-«

»Rufus!«

»Was?«

»Ich weiß, dass das keine Antenne ist.«

»Beruhigend.«

Ich klettere die Glieder der Panzerkette hinauf, schwinge mich auf die Metallschürze, erklimme den Gefechtsturm und setze mich neben Rufus. Schon ein cooler Ort hier oben, besonders wenn der Tag gerade erst anbricht und der Rest des Clans noch schläft. Fühlt sich an wie »die Herde hüten«.

»Ganz schön neblig«, sage ich.

Rufus sieht mich an. »Das ist dein Atem. Der kondensiert beim Ausatmen.«

Weiß ich natürlich. Also nicht das mit dem Kondensierdings. Aber dass es mein Atem ist, schon, bin ja nicht komplett bescheuert. »Ach, echt? Ist ja interessant.«

Rufus setzt zu einer Erklärung an, merkt, dass er verarscht wird, wendet sich seinem einzig wahren Freund zu – seinem iPhone – und knurrt: »Sieben Prozent. Damit komme ich nicht weit.«

»Wie weit willst du denn kommen?«

»Du verstehst es nicht, Ray. Dieses nachgerade antike Gerät ist unsere einzige Verbindung zur Außenwelt.«

»Und wozu brauchst du die? Wir haben doch hier unsere eigene Welt. Den Wald.«

»Ich sage doch – du verstehst es nicht.«

Neuerdings ist Rufus noch empfindlicher als sonst. Vielleicht hat es damit zu tun, dass er demnächst Vater wird. Also nicht richtig, aber irgendwie schon. Grete ist nämlich trächtig. Das Ding ist: Sie ist nicht von ihm trächtig. Denn Grete ist nicht nur die demokratisch gewählte Oberbeschützerin des Waldes und Rufus' – äh – Geliebte, sondern außerdem Feldhäsin. Und Feldhäsinnen und Erdmännchen können sich – äh – vergnügen, so viel sie wollen, aber Nachwuchs kommt da nicht bei raus. Hat mit irgendwelchen Chromosomen zu tun. Wer's genauer wissen will, muss sich an Rufus wenden. Was ich sagen wollte, ist, dass sich Grete von einem Durchhoppler hat schwängern lassen. Trotzdem wollen sie und Rufus ihre Jungen gemeinsam großziehen, als Familie. Nennt sich Patchwork. Wie bei Skipper und Ping und den Mandarinenten.

Ich denke an meine Geschwister, die unter uns in ihren Kammern liegen und schlafen. Ehrlich gesagt, denke ich vor allem an Natalie. Und die Geschichte mit dem Mistelzweig.

»Wie geht's dir eigentlich damit«, frage ich Rufus, »dass du demnächst Familienvater wirst?«

4

Gut geht's mir damit«, sagt Rufus sofort. »Großartig. Könnte besser nicht sein.«

Hm.

Als es darum ging, wer zum Oberbeschützer des Waldes gewählt werden soll, da hat Rufus auch immer gleich mehrfach betont, wie NICHT wichtig es ihm ist, weiterhin der Chef zu sein, dass er wirklich GAR NICHT an der Macht klebt, WIRKLICH NICHT. Abgeben wollte er sie trotzdem nicht.

»Was für eine Fügung des Schicksals«, sagt er. »Grete und ich gründen … eine … Familie.«

Hm.

»Andererseits …« Er checkt sein iPhone. »Immer noch nur sieben Prozent.«

»Andererseits?«, frage ich.

Er justiert sein Panel. »Andererseits bedeutet so eine Veränderung natürlich auch eine immense Verantwortung.«

Hm.

Mit seinen Klauen macht er eine Geste, als versuchte er, die Erde zu stemmen. »Also, gewaltig.«

Hm.

»Da kann einem schon mal mulmig werden.«

Sieh an.

Ich überlege, ob ich Rufus sagen soll, dass ich den Verdacht habe, dass Natalie sich das ebenfalls wünscht, also dieses Familiengründedings, mit mir und dass ich bei der Vorstellung auch ganz schön Eierflattern bekomme. Aber gerade, als ich es sagen will, schnarrt Rufus' Sieben-Prozent-iPhone plötzlich über den Panzer, und das Display fängt an zu leuchten.

»Das ist Lea!«

Erfreut lehnt Rufus das iPhone gegen die Dekontaminierungseinheit und drückt den Button. Ist ein FaceTime-Anruf, was bedeutet, dass wir Lea sehen können. Damit sie von uns auch etwas erkennen kann, halten wir unsere Köpfe möglichst nah ans Display. So sehen wir zwar wie behaarte Luftballons aus, ist aber besser als nichts.

Lea winkt in die Kamera. »Hi, Ray, hi, Rufus!«

Wir winken zurück.

»Hallo, Lea!«, ruft Rufus.

Und ich so: »Krzfzmpkadzdudida!«

Lea weiß, dass wir sie verstehen können, aber da sie uns nicht verstehen kann, ist es völlig Rille, was ich sage. Ich versuche, meine Klaue wie ein Daumen-hoch-Emoji aussehen zu lassen, was logisch behämmert aussieht ohne Daumen.

Lea dreht sich um die eigene Achse, damit wir ihr neu gestrichenes Kinderzimmer bewundern können. Die eine Hälfte ist mint, die andere pink. Mir dreht sich der Magen um, aber Lea findet's »voll krass«.

»So eine Farbkombination kann Epilepsien auslösen«, flüstert Rufus.

Keine Ahnung, ob das was Gutes oder was Schlechtes ist, trotzdem sage ich: »Hey Lea, viel Spaß mit deiner Epilepsie!«

Rufus stößt mir eine Klaue in die Seite. »Das ist eine ganz schlimme Krankheit.«

»Ist doch Banane«, erwidere ich und rufe begeistert: »Sieht echt krass krank aus!«

Als Nächstes hüpft Lea aufs Bett und zeigt uns ihre Kuscheltiersammlung, achtunddreißig Stück, ein ganzer Kuscheltierzoo, und jedes hat einen eigenen Namen. Die beiden Erdmännchen-Kuscheltiere heißen Ray und Rufus und sehen aus wie Verwandtschaftsbesuch vom Südpol.

Man hört, wie die Tür aufgeht, und schon am Geräusch der schlackernden Ohren erkenne ich, dass das nur Leas dämliche Töle Susi sein kann, die auch sofort aufs Bett springt und Leas Smartphone beschnuppert, was Lea krass lustig findet.

»Guck mal«, kichert Lea und hält Susi das Display hin, »da sind Ray und Rufus.«

Susi starrt auf das Display, und ich schwöre, der Hohlraum hinter diesen Augen ist größer als die Milchstraße. Logisch hat sie längst vergessen, dass sie mich schon mal gesehen hat. »Ich bin Susi«, bellt sie. »Ich bin ein Hund!«

»Schön für dich«, sage ich.

Vor lauter Begeisterung darüber, ein Hund zu sein, fängt Susi an, wie blöd auf Leas Bett herumzuhopsen. »Ich springe!«, ruft sie. »Ich springe! Ich bin ein Springehund!«

»Grundgütiger«, seufzt Rufus.

Dann füllt plötzlich Susis Schnauze das gesamte Display aus, und ich bin froh, dass ich das nur sehen und nicht auch noch riechen muss. Offenbar versucht sie, das Handy zu fressen.

»Lass das, du Verrückte«, kichert Lea und bringt Susi auf Abstand.

»Wie heißt ihr?«, bellt Susi. »Seid ihr Ray und Rufus?«

»Nein«, sage ich, »wir sind Heinz und Erwin.«

»Und könnt ihr auch hüpfen?«

»Klar«, sage ich. »Ich kann sogar Salto.«

Susi hat einen Schreckmoment. »Echt?«

»Sogar doppelt, mit Schraube.«

Susi hüpft im Kreis. »Mach mal, mach mal, mach mal, mach mal!«

»Keinen Bock«, sage ich.

Wieder bleibt Susi in der Bewegung stecken. In so einem Hundegehirn geht es zu wie in Disneyland. Hinter jeder Ecke wartet eine Überraschung.

»Lea ist mein Frauchen«, bellt Susi jetzt, »und Mo ist auch mein Frauchen. Und Phil ist mein Herrchen!«

»Hammer«, sage ich.

»Habt ihr auch ein Frauchen?«

»Hundert«, sage ich.

Mal sehen, wie weit ich noch gehen kann, bevor Susi mitschneidet, dass sie verarscht wird. Ich glaube, die versteht das Konzept gar nicht. Lea findet's lustig.

»Ui-iii!«, plärrt Susie. »Was seid ihr für Tiere?«

»Erdkröten!«

Jedes Mal, wenn sie innehält, ist es, als würde plötzlich das Bild einfrieren. Sie legt ihren Kopf schief, bis ihr Spanielohr in der Luft baumelt wie ein riesiger nasser Teebeutel.

»Erdkröten!« Susi ist so aus dem Häuschen, dass sie vor Begeisterung das Display abschleckt. »Erdkröten! Ihr seid süß, Erdkröten!!«

»Ich halt's nicht aus«, stöhnt Rufus.

»Der Akku schmiert eh gleich ab«, tröste ich ihn.

In dem Moment hört man Phils Stimme, der ins Kinderzimmer ruft: »Viertel vor acht, Lea, wir müssen!«

Lea hat das Smartphone wieder an sich genommen, allerdings ist jetzt lauter Sabberschmiere auf der Kamera, wodurch sie irgendwie zerlaufen aussieht.

»Hier sind Ray und Rufus!«, ruft sie.

Phil kommt ins Zimmer. »Am Telefon?«

»Wir machen FaceTime!«

Phil lässt sich das Handy geben, und dann habe ich tatsächlich meinen alten Partner und Freund und mit ihm mein ganzes altes Leben vor Augen – verschwommen zwar, aber trotzdem –, und ich muss zweimal trocken schlucken, um nicht sofort in Tränen auszubrechen.

»Ray!«, Phil grinst in die Kamera, »Rufus!«

Ich winke zaghaft, sage »Hi, Phil« und versuche, so lässig wie irgend möglich zu klingen.

»Gut, dass ich euch sehe!« Phil blinzelt in die Kamera, als hätte er was im Auge. »Sagt mal, ist das ein Panzer, auf dem ihr da sitzt?«

»Ein alter T-72.« Rufus klopft mit einer Klaue gegen das gesprungene Glas des Zielgeräts. »Lange Geschichte.«

»Auf die bin ich schon gespannt. Ihr könnt sie mir ja heute Abend erzählen. Ich wollte nämlich …« In dem Moment wird das Display schwarz.

»Quod erat demonstrandum«, schimpft Rufus.

Ich sage nichts, sondern vergieße nur im Stillen ein paar Tränen in Erinnerung an vergangene Zeiten.

Erst als Rufus stöhnt, »das dauert einen halben Tag, ehe ich das Ding wieder hochfahren kann, mindestens«, wird mir klar, was Phil gerade gesagt hat.

»Rufus?«

Mein Bruder ist schon wieder damit beschäftigt, den Sonnenstand hinter der Wolkendecke abzuschätzen. »Was?«

»Heute Abend?«

»Ja?«

Ich reiße ihm sein lächerliches Panel aus der Klaue. »Phil!«

Rufus wartet. Als nichts weiter kommt, wiederholt er stumpf: »Phil.«

»›Ihr könnt sie mir ja heute Abend erzählen‹«, zitiere ich. »Das war es, was Phil gerade gesagt hat. Heute Abend.«

»In der Tat«, schnalzt Rufus. »Das wirft Fragen auf.«

5

Der heutige Aktivitätslevel meiner Familienmitglieder gleicht dem von Rufus' Ladeanzeige. Irgendwann kommen Marcia, Minka und Mitzi aus dem Bau, bleiben kurz vor dem Eingang stehen und halten ihre zarten Näschen in den Wind. Es nieselt leicht.

»Voll der Abturn«, stellt Marcia fest.

»Echt ma«, bestätigt Minka, die immer bestätigt, was Marcia findet.

»Ohne mich, Leute«, sagt Mitzi, und schon sind sie wieder in den Bau gekrochen.

Später tauchen Kirk und Konrad, zwei von den Hängern aus dem vierten Wurf auf. Als sie Rufus und mich auf dem Panzer sehen, salutieren sie zum Spaß. Mit seinen Krallen formt Kirk etwas, das eine Zeigefingerpistole darstellen soll. »Wir gehen uns ein paar Harlekine schießen«, erklärt er, und gemeinsam trotten die beiden Richtung Wald.

Mit Harlekine sind Harlekin-Käfer gemeint. Die bilden im Herbst Kolonien, schmecken so mittel, sind aber dafür selbst im Dämmerlicht gut zu erkennen.

Kaum sind die beiden im Wald verschwunden, kommen sie auch schon wieder zurück. »Leck Arsch«, sagt Konrad, bevor sie wieder im Bau verschwinden.

Kirk erklärt: »Die Erde ist voll hart.«

»Und nass, Alter. Whallah.«

Apropos Dämmerlicht: Hell wird es heute nicht. Dafür wieder dunkel. Geht eigentlich nicht, weiß ich schon, dass es dunkel wird, ohne vorher hell geworden zu sein. Aber an so einem Tag wie heute geht's dann eben doch.

Vorsichtig, als könnte es jeden Moment explodieren, schaltet Rufus das iPhone ein. Drei Prozent. Die Ausbeute eines ganzen Tages. »Bei dieser Lichtintensität dauert es einen Monat, bevor der Akku vollständig geladen ist.«

Das iPhone gibt ein zartes Ping von sich.

»Lea hat uns eine WhatsApp geschickt!«, ruft mein Bruder.

»Und?«

»Hier«, für einen Moment dreht er mir das iPhone zu, »lies selbst. Ach, nein«, schiebt er hinterher, »das geht ja nicht! Denn mein Bruder weigert sich ja beharrlich, das Alphabet zu lernen.«

Zu Rufus' Entschuldigung muss ich sagen, dass er nicht immer so empfindlich ist. Ich schätze, es liegt an Grete und dass er bald Patchwork-Daddy wird. Und dass er keinen Strom hat. Zwei Dinge, die er nicht kontrollieren kann. Das sind zwei zu viel.

»Das A kann ich schon«, sage ich.

»Glückwunsch.«

»Was schreibt Lea denn jetzt?«

Rufus dreht das Display wieder zu sich hin. »Dass wir ihr unseren Standort schicken sollen, damit Phil … Zwei Prozent, fuck.«

Hektisch wischt Rufus über das Display, öffnet Apps, drückt Buttons.

»Zwei Prozent«, murmelt er, »zwei Prozent, zwei Prozent, zwei Pro-«

Und zack, ist das Display wieder schwarz.

»Und was machen wir jetzt?«, frage ich.

»Wir hoffen, dass meine WhatsApp noch raus ist, und warten.«

»Stand da was davon, weshalb sie kommen wollen?«

»Ja, aber das konnte ich in der Eile nicht mehr lesen.«

Die Nachricht, dass Phil kommt, setzt automatisch Dinge bei mir in Gang. Schließlich sage ich: »Glaubst du, Phil hat einen neuen Fall für uns?«

»Dieser Zug ist abgefahren, mein Lieber. Phil hat jetzt eine Festanstellung, eine Frau, ein Kind, einen Hund und ein Häuschen mit Garten. So jemand nimmt keine unnötigen Risiken mehr auf sich.«

Hat er wahrscheinlich recht, mein kleiner Bruder. Schön für Phil. Andererseits auch schade. Dass man im Leben aber auch immer nur das eine ODER das andere haben kann.

»Das A kann ich übrigens wirklich«, sage ich und scharre mit meiner Klaue über das kalte Metall.

»Welch große Leistung«, raunt Rufus.

»Merkst du selber, oder?«, frage ich.

»Was?«

»Wie scheiße du drauf bist – dafür, dass alles super ist.«

Ja, merkt er selber. »Entschuldige. Ich bin im Moment einfach etwas …«

Überfordert, denke ich.

»… angespannt«, sagt Rufus.

Sicher doch.

Ich denke an Natalie. Und dann denke ich, dass ich den ganzen Tag über nicht in meine Kammer zurückgegangen bin. Und alles nur, weil ich Schiss vor dem Mistelzweig habe.

Ich weiß nicht, wie lange wir schon warten. Gefühl hab ich in meinem Hintern längst keins mehr, auch wenn wir irgendwann auf die Idee gekommen sind, uns die Alu-Knisterdecke aus dem Schrottwagen unterzulegen. Die Sonne ist ebenfalls längst untergegangen. Nehme ich jedenfalls an, dass sie untergegangen ist. Gesehen haben wir es nicht. Nur Düsternis, die in Dunkelheit übergeht.

»Da«, sagt Rufus.

In einiger Entfernung zucken zwei LED-Leuchten durch den Wald. Kurz darauf hören wir Leas Stimme: »Hier lang, Papa.«

Wow, denke ich. Phil und Lea. Kommen tatsächlich. Und sie nennt ihn Papa. Bei den Haken, die das Leben schlägt, kommt kein Hase hinterher.

Rufus klemmt sich das iPhone in den Klettgurt. »Dann wollen wir unsere Besucher mal in Empfang nehmen.«

Wir erwarten sie auf dem Pfad am Rand der Savanne. Und dann stehen sie vor uns.

Lea geht auf die Knie, breitet die Arme aus, Rufus und ich laufen zu ihr, und dann drückt sie uns an sich, und ich, ganz der Onkel, denke: Wann ist die so groß geworden?

»Hey, ihr beiden«, sagt Phil und streicht mir über den Kopf. Früher war der nicht so sentimental. Kommt wahrscheinlich, wenn man Kinder hat, das weicht einen auf, Mistelzweig und so weiter. »Ich hätte nicht gedacht, dass ich das mal sagen würde, aber es tut wirklich gut, euch zu sehen.«

Da klingt Wehmut durch, finde ich. Also frage ich: »Ist wer gestorben?«

Phils Tasche sinkt auf den Boden. Er schlägt den Deckel zurück. Alles wie früher, sogar der Geruch. Krass, was ich in dieser Tasche alles erlebt habe.

»Dann steigt mal ein«, sagt Phil. »Den Rest erkläre ich euch im Auto.«

Rufus und ich klettern in die Tasche, die Phil extra mit einer Fleecedecke ausgepolstert hat, der Deckel schließt sich über uns, und ich denke, dass ich mich echt glücklich schätzen kann. Dass nicht viele Erdmännchen so viel erlebt haben wie ich, keins wahrscheinlich. Und dass Freundschaft echt krass geiler Scheiß ist.